《我们深圳》
首部全面记录
深圳人文的
非虚构图文丛书

献给中华人民共和国成立七十周年

# GREAT TRANSFORMATION

# 大转折

## 深圳1949

◎ 张黎明 / 著

深圳报业集团出版社

站多高才拍出这龙岗、坪山地区围屋的"盔甲"效果？1948年秋成立的坪山乡总农会，那1,000多名会员多是各村围屋的耕作人，一个串一个，一围串一围，口传"跟共产党过好日子"的大白话，百分之九十的村子成立了农会，族群、土客间的械斗"盔甲"重组成共同的"盔甲"……（殷秀明 拍摄于龙田世居）

　　1949年10月16日，宝安县（现为宝安区）县长黄永光骑着马，率政府工作人员和警卫连、金虎队进入南头古城……几近70年变迁，今日南头古城的周边已无田野，高楼一望不尽，不说六纵三横的九条街，连当年耸立的城门楼也凹在高楼群和绿林之间，正中央那独一的瓦面楼就是古城的南门……（殷秀明 拍摄）

图为2009年平移43米的观澜古墟"红楼"。这建于1923年的"公益酒家",再移也移不出楼旁流过的观澜河。1949年10月16日,边纵东一支三团麦定唐团长率新二营,通过高达六七米的窄木桥,经西门入观澜中心小学,迎接队伍的是"翻身得解放,人民坐天下"的大红标语……(殷秀明 拍摄)

　　观澜古墟内有6座炮楼，最高为8层的成昌楼。1948年10月5名共产党情报人员曾被囚禁于此，自焚炮楼和武工队围攻均无法让他们脱险……终被押解到观澜河沙坝枪决。因他们均用假名且来自外地，至今观澜烈士纪念碑仍无法刻上5人的真实姓名。（殷秀明　拍摄）

一面铭记历史的墙，铭刻了水围村宋末战乱至今的600年历史，晒盐捕鱼垦荒围海，反英抗日，及1949年10月中华人民共和国成立——深圳的大转折。这发展从弱至强的村子无疑是深圳的一面镜子。（殷秀明 拍摄）

早年，梦也梦不到深圳水围村有如此华丽的转身，今天又何曾想到水围与皇岗这样边缘的村落，1927年已建立红色交通站。水围皇岗码头至香港落马洲或米埔之间，一片片小虾艇悄悄往来……从1942年接载香港文化名人至1949年输送边纵部队的人和物，药品或子弹，历经多少日月？（殷秀明 拍摄）

1949年初秋，粤赣湘边纵队独立教导营驻扎大鹏半岛等候接管广州，作家秦牧说他们经常移动，在国民党碉堡鬼火似的灯光下"肃静地疾趋而过"……他"记一辈子"的大鹏高岭古村，令人惊喜的自来水却因"老虎吃挑水人"的传闻而建。这棵树，也许是他们在不止一个月色如银的夜，讨论中国未来时依靠了的那棵树？（殷秀明 拍摄）

## 《我们深圳》

《我们深圳》?

是的。我们,而且深圳。

所谓"我们",就是深圳人:长居深圳的人,暂居深圳的人,曾经在深圳生活的人,准备来深圳闯荡的人;是所有关注、关心、关爱深圳的人。

所谓"深圳",就是我们脚下、眼前、心中的城市:是深圳市,也是深圳经济特区;是撤关以前的关内外,也是撤关以后的大特区;是1978年以来的改革热土,也是特区成立之前的南国边陲;是现实的深圳,也是过去的深圳、未来的深圳。

《我们深圳》丛书,因"我们"而起,为"深圳"而生。

这是一套"故园家底"丛书,它会告诉我们:深圳从哪里来,到哪里去,路边有何独特风景,地下有何文化遗存。我们曾经唱过什么歌,跳过什么舞,点过什么灯,吃过什么饭,住过什么房,做过什么梦……

这是一套"城市英雄"丛书,它将一一呈现:

在深圳，为深圳，谁曾经披荆斩棘，谁曾经独立潮头，谁曾经大刀阔斧，谁曾经侠胆柔情，谁曾经出生入死，谁曾经隐姓埋名……

这是一套"蓝天绿地"丛书，它将带领我们遨游深圳天空，观测南来北往的鸟，领略聚散不定的云，呼叫千姿百态的花与树，触碰神出鬼没的兽与虫。当然，还要去海底寻珊瑚，去古村采异草，去离岛逗灵猴，去深巷听传奇……

这是一套"都市精灵"丛书，它会把美好引来，把未来引来。科技的、设计的、建筑的、文化的、创意的、艺术的……这座城市，已经并且正在创造

如此之多的奇迹与快乐，我们将召唤它们，吟诵它们，编织它们，期待它们次第登场，一一重现。

这套书，是都市的，是时代的。

是注重图文的，是讲究品质的。

是故事的，是好读的，是可爱的，是美妙的。

是用来激活记忆的，是拿来珍藏岁月的。

《我们深圳》，是你的！

胡洪侠

2016 年 9 月 4 日

总序

# 序

## 当我们回望大历史时，别忘记深圳！

◎黄玲

张黎明1979年回到故乡深圳，成为深圳特区最早一批建设者，在这块改革开放热土上，她经历了激情燃烧的特区建设岁月，用自己的笔记录这个时代，成为一名作家。与其他深圳作家不同，她的血液里蕴藏着红色基因，她始终忘不了父母曾经战斗过的东江纵队的历史，数年如一日走访老同志，实地踏访东江纵队、粤赣湘边纵队战斗过的地方，所听所见所感，使她走入历史深处。由此，十多年来她先后出版了《记忆的刻度——东纵的抗战岁月》《解码边纵——粤赣湘边纵队口述史》《血脉中华：抗战烽火中的罗氏人家》《血脉：烽火罗氏》等一系列反映东江纵队和粤赣湘边纵队历史和人物的图书，其作品以厚重的历史、热情的文字、感人的情怀吸引着广大读者！在深圳作家里，她是一个难得有强烈使命感的"红色作家"。

2016年年底她又开始了新的写作，动力来自老同志的再三恳请嘱托，如此，她猫在远离深圳的一个前不着村后不着店的博罗山野角落，呕心沥血历时一年完成又一部新作《大转折：深圳1949》。让我敬佩的是这部新作还是一如既往地聚焦革命的历史，聚焦大时代下的深圳。她以犀利的眼光选择了一个重要的年份：1949年。正如历史学家黄仁宇写的《万历十五年》，也是从历史上一个重要的转折年切入。

　　1949年，在中国历史上是一个重要转换年。1921年成立的中国共产党经过28年的浴血奋战，迎来中华人民共和国，而拥有八百万军队的国民党政权兵败如山倒，永远败走台湾。多少悲欢离合、多少历史都凝聚在这个关键的一年发生。这一年，改变了中国的走向，改变了中国的历史。曾经有许多著作、许多作品、许多影视或浓墨重彩或轻描淡写反映这段历史。但深圳地区在1949年发生了什么，没有专门的著作或作品记载和反映。不要小看深圳地区，在大历史的背景下，深圳地区具有独特的战略地位。

　　深圳作为毗邻香港的地区，作为大革命时期就有中国共产党组织的地区，作为广东开展农民运动轰轰烈烈的地区，作为华南抗日武装东江纵队的发源地，在中华人民共和国成立之前所处战略地位很重要，发生过许许多多重要的历史事件。1949年的中国历史，有许多人了解，但1949年的深圳地区历史真相可能没有多少人知道。1949年的深圳地区发生了什么？有什么值得历史学家关注的大事？有什么人物应让后人记住？弹指一挥间，中华人民共和国成立已近70年，随着岁月的流逝，随着亲历者的老去和消逝，事件、人物、建筑、地形、真相等都加速消失在岁月的深处，历史背影渐渐模糊甚至最终无影无踪。

张黎明以执着和韧劲，以多年的采访积累，穿透重大历史的烟云，敏锐地发现了1949年深圳历史大转折中的变化与呼唤，发现1949年的深圳与1949的中国历史是密切联系在一起的。挖掘与还原这个特殊年份的深圳历史，是非常具有历史价值意义的。她果断地把宏大叙事与细微透视统一于一体，通过"乱世众生""绝地反击""择木而栖""报国之心""破局寻道""水到渠成"等六大章结构和丰富的史料，通过这些人物与故事，生动地反映与还原了1949年深圳大时代的风云历史。历史不是无生机的档案，历史也不是沉寂的墓园，历史是鲜活的人与事，历史是由一个个事件一个个人物一个个场景组成的。与严谨的历史专著不同，与虚构的作品不同，张黎明这本书是通过翔实的史料，以文学的笔触反映历史。在她的笔下，东纵历史、粤赣湘边纵队历史、九龙关起义历史等都是有情节有冲突有场景有人物的，特别精彩特别鲜活特别生动特别感人。在她的笔下，乱世自有人生百态、千种选择、万般悲喜。本书所记载的人物有国民党宝安县县长与太太，有英勇机智的共产党交通总站站长罗许月与她的战友，有穿草鞋的共产党员宝安县县长黄永光，有著名画家黄永玉，有达德女生关汉芝，有"白皮红心"的保长，有九龙关的"护产小组"等等，人物是生动的，场景是鲜活的，事件是真实的。张黎明用自己一颗炽热之心告诉今天的人们与后人，当我们回望大历史时，别忘记深圳！别忘记1949年的深圳历史对今天的价值与影响！

2019年，将是粤赣湘边纵队成立七十周年，也是中华人民共和国成立七十周年。1949年已永远成为史册上一个记号，远去的历史并不如烟。身处蓬勃发展欣欣向荣的深圳特区，扪心自问：我们能否在喧嚣的城市中，在一壶清茶的陪伴下静静地阅读这本书呢？我认为回望历史对一个国家、一个个体来说是必要的是必须的。我们可以通过张黎明的《大转折：深圳1949》一书，向远去的历史致敬！向1949年的深圳致敬！向始终不忘初心砥砺前行的作家张黎明致敬！

**2018年5月7日写于深圳市方志馆**

该序作者系广东中共党史学会、广东党史人物研究会副会长，深圳市史志办公室巡视员，深圳市方志馆馆长

# 目录
# CONTENTS

**1949年**，那是一个遥远的、笔者还没有出生的**年代**，而深圳也**不是现在**的深圳，它是一个隶属宝安县的**古老墟镇**。

第一章
乱世众生

# 采写手记

　　1949年，那是一个遥远的、笔者还没有出生的年代，而深圳也不是现在的深圳，它是一个隶属宝安县的古老墟镇。

　　特别地好奇，于是就有了2017年1月10日约访梁柏合、陈敏学、卓辉几位老先生，地点在当年深圳墟镇中心，如今解放路和南庆街口交叉的新安酒家（酒家其实已更换新名为鸿安酒家，不过他们习惯称呼那个从1960年开始使用的老名）。

　　此时，1927年在深圳墟鸭仔街出生的梁柏合90岁；1929年在深圳墟东新街出生的陈敏学88岁；1937年在宝安龙华弓村出生的卓辉是他们当中最年轻的，也80岁了。几位深圳土生土长的长者习惯了广东式的饮茶，边饮边聊……

　　1949年是民国三十八年，按农历（中国黄历）算为己丑年，那年有点像翻开老黄历的吉数八字时辰宜忌，费琢磨……

　　不过，长者们并不按照框定的年份诉说，他们记忆的细节在旧日的时光里跳来跳去，总落在他们自己最深刻的枝丫上。

　　既然无法把他们的记忆固定在一个时间的笼子里，就由了这些细节微妙且无所顾忌地穿过己丑年，看似毫无关联的它们缓慢地铺展着前因后果……

　　深圳墟积攒的岁月由年龄最长的梁柏合开始，也几乎由他包场。

　　梁柏合比画着木头竹子叠成的防劫五重门；陈敏学惟妙惟肖模仿着客家婆娘那长长的一声"兑——尿"；卓辉却是从一双胶底的冯强鞋

开始……

他们一同记住了1938年10月日军侵占深圳的日子。日军司令部强占南庆街的鸿安酒家，西和街驻扎了日本宪兵队，北门街的"慰安所"有一群踏木屐罩和服的军妓，而雍睦堂（当年深圳小学）便成了日本军营，这些地点压抑了许多家破人亡和流离失所的哀痛。

梁柏合10多岁时亲眼看到日本军曹从北门街（今新园宾馆附近）慰安所出来，手中执着一把长剑，四肢摇摆一路吼和唱。蔡屋围有个80多岁的老伯从西和街（今解放路西段）走出来，恰好碰上了军曹。老伯年纪大了，懵懵懂懂忘了要向日本人鞠躬，更忘了说日语"阿里阿多"（你好），军曹抡起巴掌大吼"八嘎亚鲁"（混蛋），左一耳光右一耳光，老伯在耳光的狂风中趔趔趄趄，军曹猛得连自己都招架不住，累得停下手。这间隙，老伯哆嗦着移动了小小的一步，也许只有三五寸的一步，军曹立马一脚扫去，老人倒下了，呻吟着要爬起来，军曹抬起又大又重的日本军靴，又踩又踩，老伯"呀呀"地叫，身子渐渐成了无力翻动的"干虾米"……

"太惨了，我不敢看……"梁柏合说自己赶紧掉头躲进店铺。

"我好憎日本人"，这句话他说了三遍以上。

梁柏合说深圳墟有几个汉奸，有个叶福，有个刘七，还有个刘林。汉奸经常到布吉、龙华、观澜、岗头等游击队活动区化装一番搜集情报，还带日军去扫荡。抗战胜利后，大家恨啊，你一棍棒我一竹杠追打日本人的"狗"，追到北门街的井头（今新园宾馆附近）活活把一个打死了。

他突然停下了，侧头看着陈敏学：我睇你陈敏学成日跟着日本仔，我想你个汉奸仔……

陈敏学笃定地笑了，没有答话没有解释，只是看了看笔者，那眼光说：你懂的。

懂，2005年笔者曾经采访陈敏学，知道他跟着日本人的缘由。1940

年，日军岗田部队一个加强团大概1,300多人第二次进驻深圳。司令部再次设在南庆街的鸿安酒家，这回东新街的"新东方"和养生街、深圳小学都驻进了日军。

傀儡政权维持会，除了残暴统治还强迫进行奴化教育。日军特设带特务性质的机构"宣抚班"，班长龟山在养生街设立日语学校，到各家各户强迫孩子入读。

这天，日军和维持会长拿着枪来到陈敏学家，会长咧开口笑：有书读！每人每周还发三两米。

阿妈看着他屁股后的枪。

陈敏学从阿妈身后钻出来：真的？三两米？我去！

对于饥寒交迫的家，三两米意味着什么？除了陈敏学，深圳墟还有几十个孩子开始学日语，11岁的陈敏学在日语学校学了两年。语言能力特别强的他成绩最好，龟山很赏识，干脆给起了个日本名字"铃木三郎"，一高兴还带陈敏学到日军营房玩，甚至留食留宿，有时让陈敏学做些翻译工作。原来不让他听汉奸情报的维持会也找他帮忙翻译了。

1943年的冬天格外寒冷，这天晚上，陈敏学独自待在黑灯瞎火的小破屋，"嗖"地闪进一人，悄声说自己是东纵抗日游击队的。陈敏学差点跳了起来，每每岗田部队抬着伤员回来都骂骂咧咧游击队"八嘎亚鲁"，不是炸桥梁就是毁铁路、烧炮楼……他知道这个游击队，没想到游击队找上门来了，14岁的陈敏学一时愣住了。

那人似乎什么都知道，说陈敏学没干过什么坏事，帮过老百姓，同情被日本仔迫害的人，还解救过游击队员。

"今天找你，想你为我们做点事情。"

"你们家也被日本仔害死了好几个人，想为他们报仇？"

1938年10月，日本飞机轰炸深圳墟，炸沉了一片街，陈敏学的家，就是养生街的"志和客栈"，成了横七竖八的一堆砖石。阿妈哭着扒开塌毁的"家"，一切都没了，幸好人还在。只是1岁的弟弟和3岁的妹妹天天哭着要吃的，又饿又惊不久染上白喉病，哪里有钱治？眼睁睁看着弟妹死了；舅舅在文锦渡海关不太情愿给日本兵鞠躬，日军举起枪托一轮暴打，回家后大口吐青血（胆汁），肝胆破裂而死；表哥无家可归流浪街头，最后饿死在鱼街；生病的母亲也被日军抓去筑工事，土筐太重把扁担压成弯弓，抬脚慢了，日军大吼"诈死"，鞭棍劈头而下，头脸肿得像个西瓜，连话都说不出来……

他看着黑暗中的人，一口答应了，可怎么做事情？

那人说："有情况就写个条子，交给谷行街同生茶叶店门口那卖烟的阿伯，什么也不要问，也不要说，记住不能告诉任何人，包括父母兄弟！不然，会招杀身之祸的。"

从此，陈敏学成了东纵情报人员。14岁的他有了秘密，突然觉得自己长大了，整个人"转晒性"（性格变了），过去当日本人的翻译迫于无奈，就一个不敢不干的没头苍蝇。如今没任何报酬还有杀头的危险却很想干，总感到背后有什么撑着，胆子很大。

天长日久，日军起了疑心。

有一天，日军突然审问他，用刀逼他承认是游击队的奸细。

承认还是不承认？

陈敏学还不到16岁，如何瞒过日本军官？只想到"死"也不能说。

"嗖"的一下，军刀架在他的脖子上，凉飕飕！

日军开始数：10、9、8、7、6……他一动不动，闭上了眼睛，5、4、3、2，最后的"1"刚落下，脖子上的刀就"呼啦"一滑，完了……

哦？脑袋没随刀而落，没有死？原来用刀背吓唬自己。

直到抗战胜利，他堂堂正正领着东纵港九大队收缴日军物品。

这些老战士相聚不说"你又年轻了"，只是"握手"。2006年纪念东纵北撤60周年时，易焕兰（右一），张婉华（右三）怕上95了，练文（右二）也80多了，陈敏学（左二）年轻，也77了。说事？陈敏学说得了绝症，还哈哈哈，一瘸一拐做出动罢手术的模样，笑瘸了……（张黎明 拍摄）

2017年的这天，陈敏学眼里闪动着孩子才有的惊讶，比画着那拍了拍自己脑袋便消失在黑夜中的人，这个东纵的人是谁，如何找到自己？70多年还是一个谜……

他们的话题跳到青天白日旗被换成五星红旗的年代。

梁柏合不掩饰自己的喜好，那个共产党掌握政权的日子，开始了选举，商人们推选他为工商联商会会长，才20岁。说到这，他突然让在场的儿子梁乾发回家拿一张当时盖有工商联印章的契约。他儿子有点疑惑，似乎不明白为什么要拿68年前的一张旧契约？

梁柏合夫妻1951年的婚纱照，婚礼在深圳镇人民政府举行，主婚人镇长刘斌。（梁柏合 提供）

90岁的老人没有解释：返去攞啦……

他继续说自己第二年（1950年）到广州中山纪念堂参加了广东省的人大会议，当时中共中央中南局书记叶剑英接见了珠江区的代表，梁柏合为其一。

1951年10月，他结婚了。

他留下的结婚照不是20世纪50年代那种男女并肩衣着简朴的结婚照。

这样的打扮太眼熟，与2017年常见的西式婚纱照无异，令人惊讶。

几个月后笔者再次采访，忍不住把惊讶告诉老人。他摇摇头说照片是在照相馆拍的，婚礼其实很简单，就在西和街的深圳镇人民政府举行，主婚人是刘斌镇长。

20世纪50年代初，工商联常常举行舞会。梁柏合说这是真的，还说大多跳三步或四步，很简单的交谊舞，可他不会跳。

那年头，许多商家最感不便的是深圳墟内街巷狭窄，最宽也就能过大板车。他们提议扩宽道路，镇政府采纳了意见，50年代中期把东面的东门街西面的西和街和当时深圳最宽的谷行街，合三街巷扩成可通汽车的解放路……这令梁柏合很自豪。

约访前，笔者做了功课，知道梁柏合1959年偷渡去了香港。

为什么要偷渡？他说"东生源"公私合营后，政府让他们一群工商界人士去办农场。他说，自己不是做农业的，人家种的南瓜脸盆大，自己种的拳头大，原本说一年，想想一年很快就过去了，接着说两三年，想想也可以坚持，可后来说永远，永远就不得了。所以就"督卒"偷渡到香港过深圳河了。

他不会游泳，如何过深圳河？

那天夜晚，他和太太一起来到船埠头（今和平路尽头的渔民村附近），口袋里装了14元人民币，万一被抓也有点钱用。正好河边有一根比碗口还粗的竹杠，夫妻俩扶着或许有10米长的竹杠，水不深，时而踩着河底时而浮靠着竹杠，毫无惊险过了深圳河南岸。

你憎恨共产党吗？

商人必定会说得很圆滑，不想他很干脆地摇头，"不"。

为什么？

"我中意（喜欢）和共产党做朋友，我认识的共产党都很正派，都是'老黄牛'。我有好多共产党朋友，起码有几百个，祁烽、刘斌、梁耀忠等……就算到了香港，我还搞了新会八庙同乡会，是亲内地的商会社团，我同左派在一起，每年十一国庆节就开庆祝会。1979年我一听说中国改革开放就返来了……"

为什么？

"我在深圳鸭仔街出生，有感情，我是第一批来深投资的香港商人，在内地办厂，横岗办了'东生源'三来一补棉织品加工厂，在东门湖贝办尼龙床厂，在沙头角也办厂。"

他指指卓辉这位当年的洽谈办干部：我就找对外经济联络洽谈办，找梁耀忠……

这时候，基本没怎么说话的卓辉，接上话头，笑呵呵说起引进外资和港资的往事。

这时候，梁柏合的儿子把"东生源"的买卖契约拿来了，契约为广东省政府印发，清楚标明"东生源"地处"上大街东至48号西至50号，南至谷行街60号"，属于梁历明，继承人梁柏合。

这张契约，残旧破损，页面发黄还有用透明粘贴胶纸粘贴的裂缝，依稀可见"49年12月"的字样……

他指着其中的"宝安县深圳镇工商联筹备委员会钤记"，说他认识的共产党朋友正派、公正、讲信用，大家都互相帮忙。

笔者听他说这些生活中的朋友，琢磨他说的话……决定己丑年就从他们开始。

梁柏合指着这"东生源"买卖契（换契）上盖的印：宝安县深圳镇工商业联合会筹备委员会钤记。（梁柏合 提供）

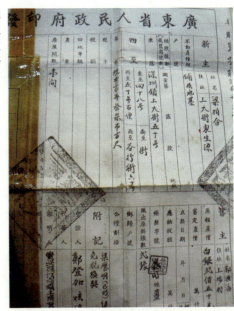

# "东生源" 防贼的五重门

　　如何进入己丑年？这一年的中国变化太大了，大得可以用天翻地覆这样的词来形容。

　　不过此年的宝安县亦算风调雨顺，6月、7月、8月的平均温度都在29度左右，当年的气象统计月报表一目了然，并无大的波动。

　　1947年宝安县规定不分男女老幼均须领取国民身份证，时查全县人口179,939人。此后不见有相关的人口统计资料，或许也如天气无很大差异。

　　深圳墟也依旧逢二、五、八圩日开市，这个清朝初年已是方圆数十里的商贸墟市，清末或因靠近香港渐渐成了深港之间的旺墟，同为广九铁路线上的四大商埠之一。

　　圩日伊始，谷行街、上大街（今东门太阳广场地段）的铺门不知道谁家先抽开了第一块木门板，于是，几十米长的小街巷好像一把折叠扇"哐哐当"地打开了……

　　东西走向经营米谷为主的"谷行街"是当年墟里最宽的大街，这能过板车的街，逢墟逢节便成热闹的圩场。与谷行街南邻并行的上大街，经营百货、布匹、文房四宝，这条被横七竖八小街巷裹在墟中的长条石板街又如何安静得了？

　　百年老布庄"东生源"就在上大街与谷行街交界的街口，铺子前门在谷行街，后门在上大街，连接了谷行街和上大街。

　　这贯通谷行街和上大街的"东生源"，梁氏第五代传人、二十出头的少东家梁柏合立于正门躬身迎客。

"东生源"起源于清朝年间的广东新会，清道光二十九年（1849年）从新会迁址深圳墟，掌门第一代梁颂扬，第二代梁朝名，第三代梁霭耀，第四代梁耀祖，第五代梁柏合。

梁柏合原本在香港读师范，无奈日军进犯，深圳、香港相继沦陷，他躲到香港又逃回深圳，终结了当老师的梦，15岁开始经营家族生意。抗战胜利后，他坐船往来顺德等地，将上好的丝绸布匹转手批发至香港大埔、元朗一带。"东生源"的布料批发生意逐渐恢复名气……己丑年的"东生源"已经成为深圳墟最大布庄，售卖丝绸、棉布、薯莨（又称香云纱）等布料；兼营绣庄，绣花裁衣车缝除结婚锦缎礼服还车缝普通唐装西装；也售卖各种家用小百货。

铺里设染布工场，光6—7丈（约18米）深的染布池就有6个。每日工人们从池子捞起浸泡的各色布料到附近岭岗晾晒，晒布岭因此得名（现在为东门晒布路）。晒好布料只是完成了三分之二的工序，最后的工序为古老的"搞布"。"搞布"框两头嵌接了重石，石头下的圆木棍缓缓碾过布面，这碾棍颤化出一阵阵蜂鸣音，音落之时，梁柏合轻手削过那拉伸压实后平整如镜的布面，踏实了。

他心里只有一个生意兴隆的念想，知道自己的布料色靓平滑，远近闻了名，生意兴隆靠的就是口碑。

每当漆亮亮的圆木隔条框门，轰的一声被压嵌入门套，梁柏合就开铺营生了。

"东生源"400多平方米的店面没有间隔。别家店铺只有一个铺位丈多宽（4块门板），它却有三四丈宽（约十米，十多块门板），开了外层厚实的木板门还有丈多宽沉重的推拉趟门。

有人纳闷"东生源"创业百年的秘诀。

梁柏合笑而不语。每日关铺，他总是细看自家的门，前门和后门，

梁柏合：民国时，我们这条街，几乎家家店铺都被打劫过，好彩我们家重重叠叠的门，贼人撬不开……（张黎明 拍摄）

直到确认如常方可睡得稳妥。

"东生源"的前门和后门，外门、内门、趟门，还加竹门、木门，足足有五重门。

五重门？一道厚竹门加上更厚的木头门，重加重，叠加叠，多少重多少叠？

今天的太平日子，千想象万想象，都想象不出五重门的模样。

梁柏合父母说过多遍的家门秘诀：紧固、厚重……

年幼的他记得，民国年间，有天半夜，广东军阀政府陈炯明的军队竟然半夜当街撬门打劫，天不应地不灵，家人把自己抱得很紧，几乎透不过气……父亲和伙计们在屋子里团团乱转，除了躲起来大气也不敢出，门外乒乒乓乓半天，听见军贼们在外头嘀咕：什么鬼门？撬不开！

贼退了。

……

己丑年的圩日如常，圩场西边的西和街，米铺下了门板，街两边摊开了簸箕、斗笠和麻绳；圩场南边的"鸭仔街"些许挑着鸡鸭鹅笼子的赤脚汉子和婆娘，抢着占了位。西边与谷行街十字交接南北走向的"维新路"（今人民北路）也醒来了，卖小吃的摇了大葵扇呼哧呼哧点火，卖杂货的蹲着摊开了一席。

而南庆街、永新街、鱼街也开始热闹了，墟里的"伦记饭店""梁筹记面店"，还有"宝光米机""永虎烟丝厂""同生茶叶店""富华云片糕店"都一一亮开了门面。

梁柏合等百姓人家，最紧迫的"岁岁平安"除了厚重的门就是几炷香一尊佛，小巷人家的香火在逼匝的热闹中升腾，这样的安慰徐徐而去，几许缥缈总比没有好。

黄昏将至，深圳墟的那些人家，那些大大小小的几重门哐当哐当，用力气在戒严令之前关闭了……1948年冬天开始，深圳治安当局颁布戒严令，每届黄昏即实行"禁止夜行，断绝过路"。

当时的文人墨客半讥半叹"惟有专事偷运为活之私枭，即自由进出，畅通无阻，此或得苍天怜悯，乃有此独厚欤！"

这戒严是否得当？

1949年春节期间，劫匪结队行劫离深圳墟只有七里路的黄贝岭村，全村几十户人家无一幸免，被洗劫一空。

梁柏合等规矩百姓唯有关门以求大吉，门的确够结实厚重，至于能否把胆战心惊关在门外，另当别说。

# 鸭仔街　两坛尿只兑了几根湿柴

己丑年住在鸭仔街贫民窟的陈敏学，家中空空如洗不需防贼。

抗战前，他们家不住贫民窟，父亲卖水果，街坊们叫他"生果陈"，因为一手"双刀削水果"的好手艺，生意越做越好。后来干脆转行在养生街（今时代广场）开了间"志和客栈"，当然比不上"鸿安酒家""南兴酒家""和平旅店"这些大店，只是租了幢两层小楼，楼上几个房间，楼下10多张床的"大通铺"，收费低廉的平民客栈维持一家大小的生活。

幼时的他，个子小小特灵动，时而在那些戴凉帽的客家女人脚边乱窜，时而趴在那戴毡帽穿长衫马褂的掌柜铺面前，时而学那补伞补碗打钥匙的晃着脑壳喊"旧花碗换新碗！""补洋遮（洋伞）打锁匙！"

看到打赤膊穿牛头裤的农夫，他会跳着大叫一声"喂"，人家一转身，肩扛的粗竹杠一个横扫，他惊乍地缩起脑袋喊"猫低"（蹲下），前后左右的人忽拉拉蹲下，竹杠敲头的刹那间，他弓着腰"猫"走了。

谷行街边上的小广场，逢年过节搭戏棚唱戏，演木头公仔戏（木偶戏），他喜欢看戏还手舞足蹈模仿戏中人。学过粤剧和武术的父亲，看出他的聪敏，教他唱戏。每日扎马站桩，下腰压腿，夏练三伏，冬练三九，手、眼、身、法、步，精、神、气、力、功。练了几年，拳法套路散手招式已经有板有眼。

快乐和有趣的童年很快被日军粉碎了……

抗战胜利后，1947年年底小镇在深圳小学的基础上开办了中学，可一家人还租住贫民窟的20平方米小房间，母亲天天替人缝缝补补，哪里有钱读书？母亲说千苦万苦，不识字最苦，少吃几口饭就省出学费。于是，陈敏学成了深圳中学的第一批学生。

他懂得母亲的苦心，每天天没亮就爬起来，烧柴草煮番薯粥饭，还就着炉前火光读一阵书，能帮母亲还能省读书的灯油钱。

这天刚出门去上学就听到"叫香"了。

客家兑尿娘一根扁担两个空尿桶一小捆柴，大赤脚踢踏作响，她们平日爱唱歌，连张口吆喝兑粪尿也娇脆婉转，活活的一只画眉鸟撑开了婆娘的嗓门：兑——尿，兑——尿……

兑？就是兑换，那个年头，先是法币再是金圆券，都不值钱，还是以物易物踏实。

陈敏学阿妈喊住"叫香"的兑尿娘，打量着兑尿娘扁担尖尖上翘起的几根湿柴……

兑尿娘哗啦啦倾倒了两坛尿，解下了那小捆柴。

阿妈掂了掂柴，眉头一皱，掰开数了数，六根，还是湿柴。

阿妈的嗓音大了：就几条湿柴？

兑尿娘的眼神一跳，蚤一样入了阿妈的眼：兑尿，兑尿，没兑过嘎样又淡又稀，没几多肥的尿！

一直没说话的陈敏学被人捅到极痛处，肥尿？活到日本太阳旗换成青天白日旗已经万幸了，一家挤在贫民窟的逼匝小木屋，不说肉连油味都不敢想。

陈敏学横在尿担子前，气呼呼正要说什么，阿妈硬邦邦地抢前一句：尿稀？你有肉你有油你有肥尿？你！

客家婆顿住了，撩起补丁叠补丁的衣襟，巴掌好似要抹一把脸却停了，掩落嘴上，怕是咽喉里咕嘟咕嘟滚动了一堆味水……想吃肉了。

都是些细细碎碎的平常日子。

# 白花洞　得到了一双"冯强鞋"

卓辉出生在羊台山下的龙华弓村，村子为什么叫"弓"？村前那拐弯的河恰似一把弓，村后与之对应的山似弓弦，山上的树则如弦上的箭，登高遥望村前村后犹如拉弦欲射之弓箭，得名弓村。

《古老龙华与传说》记载，清代的地理名师赖布衣来此，远望气势雄伟的羊台山如雄鹰展翅，落在乌石岗后又腾空而起，绕牛地埔穿龙华河，河边似一将军拉弓搭箭射雄鹰，便定名"将军箭"，后改称"弓村"。

种种说法都不离弓和箭。

何谓"冯强鞋"？1941年（民国三十年）前后，陈嘉庚、冯强先生先后在广州和香港开设了规模较大的胶鞋厂，生产各类男女装胶鞋及运动鞋，俗称"陈嘉庚鞋"和"冯强鞋"。这种胶鞋很耐穿，抗战时期，有华侨捐赠这种胶底鞋给东纵游击队，深受战士们欢迎。抗战时期能买得起鞋的人不多，抗战胜利后买得起鞋的人也不见增长，己丑年一个村有鞋穿的，多也多不到两三个。

1949年1月，卓辉12岁，做梦都想穿一双"冯强鞋"。

这年初，他只读到小学二年级就失学了，天天帮家里种田"掌牛"（看牛）。

有一天，他和同村兄弟把牛牵到了青湖和竹林交界的半坡上吃草，寒风呼呼，打赤脚孩子们冷得只有跳脚，猛一看牛撅起了尾巴哗哗屙尿，赶紧把小赤脚伸到牛屁股下，冒着热气的牛尿浇浇冰冻的脚，比什

卓辉的亲叔公卓凤康是宝安名人，同盟会员，1911年率领龙华、乌石岩近千起义农军，先声援黄花岗起义，后响应武昌起义，攻下县城清军守备署……1941年1月，宝安县第一个抗日民主政府成立，卓凤康当选为龙华乡乡长。（毛剑锋 翻拍）

么都好……卓辉长这么大没穿过鞋子，多冷也打赤脚，只有一双洗完澡上床前才能穿一阵的木屐。

几个陌生人从坡上下来了，肩上扛着长枪，卓辉眼睛一亮，他们脚上穿着"冯强鞋"。他立即猜出这是打"荷荷鸡"（国民党军队）的游击队员，兄弟俩缠上了他们要参加游击队。

这些人初始不肯，可一听说兄弟俩是弓村的就笑了，点头了，还告诉孩子们如何找游击队。

奇怪，这游击队怎么一听说弓村人就开绿灯？

弓村很出名，连省城都知道有个1906年加入同盟会的牙买加华侨卓凤康。

1938年日伪时期，卓凤康表面出任龙华乡乡长，暗中支持抗日，以"乡长"身份组建270人的护乡队协助抗日游击队。1939年8月，国共军队合作在南头沙河大涌桥打击日军，护乡队立大功获授勋章。1941年1月，宝安县第一个抗日民主政府成立，卓凤康当选龙华乡的抗日乡长，因为他支持抗日的共产党，同年9月，国民党军队一把火烧毁卓凤康3间房屋。他对妻女说"干革命总会有损失的，为革命要为到底嘛"。1942年10月，国民党军队1,000多人突然包围弓村。卓凤康转移至黄猄坑隐蔽，水绝粮尽偷偷摘果充饥，最后被日伪军黄文光捕杀于观澜墟，年56岁。

1942年底卓凤康就义后，1939年就加入中国共产党的弓村人周振熙，接任龙华抗日民主政府龙华乡乡长。他长期以教师、小贩和中医身份与胞弟周吉、长子周向荣等深入白石洲、上下沙河一带活动。1945年12月18日，周振熙在牛地埔遇国民党军队埋伏，寡不敌众，退至龙华河边，将最后一颗子弹留给了自己。

卓辉说，"我们弓村是有名的红村"。

卓辉一听完如何找游击队就把牛和锄头、粪箕送回家。兄弟俩悄悄溜出村，一路小跑一路追赶，直到天黑才在茜坑村找到游击队，接着连夜出发赶到白花洞村。个子比桌子高些许的他留在白花洞村观澜交通站（粤赣湘边纵队东一支第三团交通站）当了交通员，得到了一双"冯强鞋"。这晚他抱着鞋子睡了，真开心，半夜都笑醒了。走路去送信，遇到水沟和石头疙瘩路，他脱下鞋子挂在脖子上，怕鞋子走坏了。

部队也很穷，平日有9两米6分钱菜金，可吃饭大家一起吃，官兵一个样，吃起来特别香。没几天要过春节了，有人请假回家过年，他知道家里过年是最高兴的，爷爷疼自己，每年都给他一套过年的新衣服，杀鸡奉神还杀猪，家里会留下猪网油，一年就靠这些油，平日吃番薯和咸菜，过年却能吃白饭。可他不敢回家，怕父亲不让自己回部队。

这天他从白花洞送信去民治，竟然在望天湖和去香港的爸爸碰上了。爸爸一看就搜紧他不放，他不回家，爸爸就一直跟到交通站，没想到领导却同意爸爸带他回家。

被迫返家的卓辉很不开心，弓村的叔伯兄弟也说爸爸，人家都把孩子送部队，你却把孩子从部队拉回来。

不久，卓辉又在路上碰了认识的游击队员，高兴哦，死活跟着回了交通站。他这回要求站长不走那条路线，走白花洞到东莞，走光头仔的路线，不会碰上爸爸了。

游击队有什么好？

卓辉：我被父亲拉回家"掌牛"了，整天闷闷不乐。想部队了，想每天早上出操，谁睡懒觉，站长就拍谁的屁股大喊"起来起来"，有任务就出发，没任务就读书识字，站长还讲故事，大家一起玩，多开心……

（张黎明 拍摄）

卓辉说：我们部队有鞋穿。

一个12岁的孩子如此简单就做出了人生的选择，他做梦也不会想到自己的后来，竟然会如此天翻地覆，他和他的"部队"会像他叔公卓凤康一样被记载。

不论是深圳墟最大布庄的少东家梁柏合还是鸭仔街贫民窟里的陈敏学，抑或是弓村"掌牛"少年卓辉，他们记忆中的"五重门""兑尿娘""冯强鞋"，说起来都如此悲戚无措和纠结难言……

# 深圳镇　每元港币兑一亿元金圆券

袁志超何许人也？

1946年12月4日《申报》有一篇《越界杀人面目狰狞》报道："广东宝安深圳边界文锦渡的英守军士兵一名，3日下午1时20分，越界追捕手携白糖两小包的年约十三四岁的中国童子两名，予以殴打，为深圳警察所见，向之劝解，一时引动乡民围观，群起交涉，该英军即退返港界，继引英军若干名，登临跨于两界的文锦渡桥，向鼓噪的乡民放枪，击杀深圳第九保乡民张添祥。"

1949年4月，34岁的袁志超并不愿意担任乱世中的深圳镇镇长，可为什么经不住多方劝说，还是接任镇长一职？他上任不到10天，中国人民解放军就打过了长江。（袁志超长子袁匡年　提供）

深圳乡民愤怒，事态一触即发，深圳警察所长林万年和宪兵连长鲁慎赶来向英军交涉，深圳镇镇长袁志超也在旁极力劝导乡民，维持秩序，事件才没有进一步扩大。

抗战胜利后国民政府撤区治为乡镇治，首任深圳镇（原宝安县下辖镇，现位于罗湖区）镇长就是袁志超，此深圳罗湖人（罗湖火车站附近的罗湖村）曾就读中山大学高中班。另一出版委员"张富云"也是1949年4月就任的深圳镇副镇长。

这两人均为曾资助《深圳通讯》出版的"宝安深圳联乡慈善会"董事。《深圳通讯》可是官方许可民间筹资的杂志？

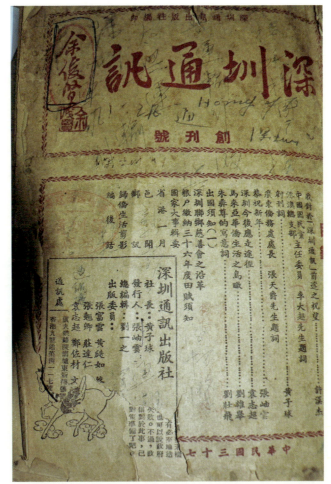

民国三十七年（1948年）元月创刊的《深圳通讯》，有个名字出现
在出版委员当中：袁志超。（张黎明 拍摄）

袁志超在1948年元月《深圳通讯》创刊号撰文《深圳今后应走途径》，提议把市面上的游资抽出一部分，用于"开垦荒地，增加农产物""组织小型工厂，制造工业品""充实各村的教育经费"和"施医赠药，救贫助灾的设备"，推行"妇女识字班，民众阅览室"。

　　途径很实在，可往下读却读出一片乱象，尤为最日常的货币。

　　1948年8月前国民政府规定通用法币，8月后为金圆券，《深圳通讯》每期物价行情让人纳闷，上个月大洋，下个月国币，先是港币，再是金圆券，连日常交易的货币也颠来倒去不见统一，属乱象一斑。

　　乱还只是一个乱，货币不断贬值、物价飞涨才是要深圳乡民的命。

　　什么叫"物价飞涨"？深圳百姓说"就像小孩子玩的气球，脱线了，越飞越高至爆炸……"

　　1948年元月的深圳柴米油盐物价：白米100斤，上半月140万元，下半月涨至240万元；松柴100斤，上半月11万元，下半月涨至17万元；盐100斤，上半月24万元，下半月涨至33万元；油1斤，上半月4万元，下半月涨至6万元。深圳靠近香港，港币成了最为保障的货币，很受欢迎，黑市兑换价格1元港币上半月兑换25,970元大洋，下半月兑换28,980大洋。

　　元月时以为2.4万元1斤米、4万元1斤油对深圳乡民来说已是天价，3个月后，1斤米涨达9万元，1斤油涨至20万元，"一元港币也涨至13万国币"（政府币），政府货币被乡民称为"废柴"，手上一有"废柴"就赶紧换成港币。政府再三禁令不得使用非政府币，更严苛的是"由广州带大洋来圳有罪，由深圳带大洋或港币往广州亦有罪"，"但一般乡民尽存港币，以致大洋几已绝迹"，深圳所有交易均使用港币。

　　解放战争打到1948年下半年也两年多了，国民党军队按预期几个月内"消灭"共产党，反而处处被动。不说国民政府战场失利，仅说其法币的发行如脱缰野马，发行量就由抗战胜利时的5万亿元升至1948年8月的604万亿。

杰克·贝尔登在《中国震撼世界》中描述：1948年8月金圆券发行以前，法币发行额增至604万亿元，比日本投降时增加了1085倍，比抗战前夕增加了30余万倍。法币膨胀连带物价飞涨，物价狂涨反过来又加速了法币的流通速度和贬值速度，乃至印刷的钞票还未出厂，已不及自身纸张和印刷成本的价格了。广东一家造纸厂，竟买进800箱票面100—2,000元的钞票，当作造纸原料。

　　深圳镇镇长袁志超的"途径"搁在要命的乱象之中，只是连分量都没有的浮尘而已。

　　国民政府把重整信心的"宝"押在币制改革上。1948年8月19日以总统命令发布《财政经济紧急处分令》，废弃法币，改发金圆券，规定自当日起以金圆券为本位币，发行总限额为20亿元，限11月20日前以法币3百万元折合金圆券1元、东北流通券30万元折合金圆券1元的比率，收兑已发行之法币及东北流通券；限期收兑人民所有黄金、白银、银币及外国币券等。

　　在没收法令的威胁下，初期大部分民众将积蓄之金银外币兑换成金圆券，国民政府试图冻结物价，以法令强迫商人以8月19日以前的物价供应货物，禁止抬价或囤积。

　　当时上海市米价限价每斤金圆券1角3分、面粉每袋7元6角、猪肉每斤7角3分、生油每斤6角。

　　币制改革连带限制物价似乎有效果，连深圳也出现了怪现象，交易都用港币的老百姓开始改用金圆券，市面却没兑换点，无从兑得金圆券，结果以港币1元3角半当成1元金圆券交易。

　　深圳物价果然随之下跌，《深圳通讯》1948年8月的深圳行情表标明以港币计算的米价每斤5角7分，油1元5角半，猪肉2元6角。和上海对比，深圳的米价如《深圳通讯》所说为全国之最，可百姓还是接受了。

　　大上海和小深圳的百姓都接受了限价，只是"限价"商品越来越稀少，物价虽稳却有市无货，上海10月后市面基本没货，商店纷纷藉词休息，民众赖以生存的食粮肉类空空如也，恐慌爆发。商人们囤货减少亏损，为逃货物登记，有的宁肯多付数倍运费，货物留在车皮内，火车在无锡、镇江等处漫游，成了一个活动仓库。

商户们屯货等待什么？

有个似乎毫无关联的插曲：深圳墟的肉行集体罢市了。1948年9月前每头猪征屠捐大洋折合港币6—7元，9月1日开始改征金圆券，折合港币却高达13元，小贩掰着算每一分钱，每猪售价仅约100元金圆券（折合港币约130元），几乎是"值百抽十"，币制改革改出更重的屠宰捐税？肉行闻到了金圆券的怪味。

后来真如《蒋经国自述》所言"一切都在做黑市买卖""一般中产阶级，因为买不到东西而怨恨，工人因小菜涨价而表示不满，现在到了四面楚歌的时候"。

1948年10月1日，国民政府被迫宣布放弃限价政策，准许人民持有金银外币，并提高与金圆券的兑换率。这下物价再度猛涨，金圆券急剧贬值。10月11日，国民政府又公布《修改金圆券发行办法》，取消发行总额的限制。

物价稳定的疾风一过，物价猛涨和疯狂抢购的龙卷风来了，所到之处天昏地暗，一片乱象。

1948年10月13日《大公报》在《东盼西盼盼来失望，广州百姓无精打采》中报道"商人们都有这般心理：货一出门，恐怕就再买不进，为着保险，就干脆更提高些"。所有的日用品市场，几乎全部"随人喊价！同是一种东西，同是一个时候，而价钱却可以相差甚远。因为卖的根本就不大想卖，宁存货不存钱，所以买不买由你"。

1948年10月20日《大公报》在《青岛怎得了》中报道"起先是食粮恐慌，全市买不到食粮，后来百货、绸缎，布匹亦步亦趋，市民及黄牛党转移注意力于百货和绸布，因此争向百货店、绸缎店、布匹店抢购，不做生意的市民也跟了上去，这等商店没法应付，只好关门大吉。经政府强迫每天开门4小时，在每天开门营业4小时的时候，实际上不过仅开3小时，若改为2小时，不用说只能开1小时了。而现在呢，其他商店如鞋帽、化妆品、茶庄等店铺也索性把门关起来不营业了。还能照常开门的，只有中西药铺，而西药铺内比较贵重一点的药品也说没有了。据说，连棺材铺也把门关起来，怕人去抢购。"

金圆券的价值不断下跌……袁志超那《深圳今后应走途径》不过是龙卷风中翻滚的满纸碎片罢了。

深圳那年头的种种乱象以走私为最，走私大的称"私枭"，用车船装运还有武装护私队；小的称"水客"，手提5斤盐肩背10斤米或挑着担子，爬山涉水的乡民。

缉私，为《深圳通讯》的报道热点——

1948年12月4日天刚亮，深圳某边防军一士兵也因金圆券成了废柴，军饷无法维持生活，肩扛白米50—60斤往深圳大站（*今罗湖站*）发卖，被协助海关缉私的宪兵缉获，截留肩上白米欲查办。士兵逃回边防军队部，队友愤怒异常群起而助之，荷枪实弹冲往墟内（*西和街附近*）缉私宪兵驻所，宪兵也立即调动人马迎战，西和街一时间大乱，居民争相逃避，幸有旁人斡旋，缉私宪兵将所扣白米发还，士兵夺回了一袋白米终平息险情。

1949年1月5日上午11时20分，从香港九龙往穗的80次直通慢车抵达深圳大站，九龙关深圳分关胡主任率队逐车厢搜查私货，连机车房也不放过，搜出机房工人没过税的香烟2条约50包，拟将没收，双方爆发争执，司机夺过香烟抛落月台地面，引得围观者哄抢一空。胡主任斥责司机故意捣乱，有围观者气愤其"逼人太甚"，一声怒吼："打！"，众拳脚齐来，胡主任拔腿就逃。其他关警听闻喧闹，举枪便向众人扫射。

当即2人亡，1人伤。

同月12日至15日，深圳海关连续4天出动大队关警，包围驶往香港的快车，共搜得白米大约三四千担。

这些能查能抓的大都是"水客"，不算什么。

"私枭"们早把广九列车当成了走私专列，列车将近过布吉站，被买通的司机故意放慢车速，车上抛下一袋袋米谷等禁运货物，铁路两旁候着的接货人蜂拥而上，车到笋岗村前，货物也卸载完毕，列车开始加速。笋岗茶亭为谷米交易的集散地可是公开的秘密，关警和宪兵们多次围缉所获无几。

1949年春夏，每天深圳联防自卫队派出10多人在笋岗一带铁路沿线截缉私米。

3月5日黄昏，缉私的自卫队突然被埋伏的私枭武装袭击，双方驳火近20分钟，幸无伤亡。第二天，调动军警100多人包围了泥岗村，没逮住半个私枭，却拘捕了大批乡民。

还是3月，一群挑着白米担子由东莞上车的"水客"，在布吉笋岗下车，沿铁路进入深圳墟，离深圳墟小站还有一里路被深圳联防自卫队截留，拟将白米充公。水客们说此等白米非偷运过境乃深圳墟自售，深圳军警纠察队赶至，反称联防自卫队"陷深圳墟市民众粮食于困境，此种行为，实属违法"，继而夺回白米，将自卫队缴械并扣留一夜。

1949年的乱，非深圳独有。

还乱到指出"深圳应走途径"的袁镇长头上，他的仕途说没就没了，早在金圆券发行前的1948年5月就被撤了。

为什么？《深圳通讯》道出因由："深圳商贸旺盛，筹募易举，成为新的角逐之场矣"；"闻当时曾有人许以六千港元与骆（县长），企图得任该镇长之职"，任职数年镇长的袁志超逢迎无术，故被"新邑篆骆来添免职"。

孰真孰假，难于考证。

确切的是，1948年5月镇长一职为张子诚所得。

"不及一年，张因擅离职守和非法揭封赌场，被县府撤职查办。"又说张镇长违禁允许设赌场，县里所派梁指导也从中勒索港币，"县府指导员梁惠民与张子诚为某案发生纠纷，尚未解决"。

宝安县参议会第一届第三次代表大会，有质询和提案两项严肃内容，《深圳通讯》揶揄"质询"成了张镇长和梁指导相互攻击的滑稽剧。

深圳墟的街头也四处张贴了署名"不平鸣"的传单，直指梁惠民组织的自卫班，借缉拿走私之名"须二三十斤米，亦执回充公，饱己私囊，因此民怨沸腾，更复利诱女子炳妹，同居西和街，查炳妹原为敌寇时期，敌军之玩品，有日本尿壶之称，后复包庇和赌博为宪兵拘捕……"如此传单也刊上了《深圳通讯》，市井的茶余饭后添增更乱的谈资。

怪乱之相比比皆是，难以一一列举。

诡异的是，1949年4月《深圳通讯》报道袁志超再被任命为第三任镇长，张富云为副镇长。

34岁的袁志超说是多方劝说方肯再次上任，4月12日接任之日，各村各团体道贺者络绎不绝，鞭炮声声，送达的镜屏多得镇公所无处可悬……

他连连拱手作揖答谢乡亲。

直到2017年5月，梁柏合还记得袁志超抗战前在香港曾经当过自己的老师，鼻梁上架着一副眼镜，教书先生的模样，至于镇长是一丝印象也没有了。

那天，镇公所上上下下都是镜屏，袁镇长走到哪里都可以看见镜屏中的自己。镜屏比泰山压顶还重。

金圆券相继印行，票额也越来越大，从100元、500元、1000元、5000元到1万元、5万元、10万元，乃至50万元、100万元的大钞。如此大钞票，难怪装钱币要用麻袋了。（吴勇利 提供）

他再度任职后不到10天，4月23日，中国人民解放军占领南京，5月27日攻取上海，接着国民政府再往南逃，总统府设在广州。

又得回头说金圆券，此时广州国民政府继续发行金圆券，尚能通用的城市极其少数，理论上深圳也算其一。

连广州所有交易都非港币不用，商铺、百姓都拒用金圆券，财政金融陷于全面崩溃。"美金、港纸等币种和国内的旧铸银圆、镍币、铜板等过时的流通手段，一起涌向市场，甚至出现以纸片记数加戳为筹码的君子货币和物物交换的原始贸易方式。"

广州市民干脆自发取缔200元和1,000元面值的金圆券流通资格，把它以二角钱一斤当废纸收购造纸。

《旧中国的通货膨胀》一书如此描述："到1949年4月，金圆券发行总额升至5万亿元，5月更增至67万亿元，6月竟达到130万亿元，为1948年8月底的24万多倍。"

金圆券相继印行，票额也越来越大，以致有人说当时国统区百业凋零，唯印钞业"欣欣向荣，一枝独秀"。

国民党最后一任宝安县县长张志光在1949年哀叹：本任接事之后，正值动荡，金融瞬息万变，四月份税捐尚未奉令改征实物，仍以金圆券为本位，计全月收入377,212,474元，比3月份多26倍而实际物价跳动何止千倍，公教员工所领奉饷，几如乌有，其他支出更无法应付，县政推行倍感棘手。

金圆券贬值到了什么程度？这1949年国民政府的"宝安县政府的工作报告"上赫然标注每元港币兑一亿元金圆券。

1949年6月23日，国民政府被迫承认金圆券破产的现实，宣布金圆券与旧铸银圆的比价为5亿比1，实际上有的地方以15亿比1的比价抛售金圆券；7月18日，进而宣布金圆券作废，规定9月1日为金圆券兑换银圆的最后期限。

金圆券废了，发行仅10个月就此收场。

面对如此浮浮沉沉的一片乱象，此时的袁镇长不再论什么"途径"，却不能不想自己的"途径"，想又如何？还能改变什么？

# 宝安县　劫匪劫到县长太太身上

南头城的县衙，多少年都被包裹在古城的中央，多么安全和稳妥，只是那"乱"好似一场瘟疫，无一幸免……

1948年春，到任没几天的国民政府宝安县县长王启后在施政报告的头条明示"秉承省府宋主席训示，治安第一"。从1948年至1949年的两年，王启后、骆来添、陈树英、张志光几乎半年一任的县长们，每每上车伊始都有此说。

1949年1月21日，薛岳被蒋介石任命为广东省政府主席，其政纲之一同是整肃治安。

1949年4月，新任县长张志光到位。

《正风报》无名氏撰文《望烟楼》道出了实情："本县县长调动频繁，大有三月一调两月一任之势，饿臭虫毫不负责的不择手段的吸宝安民众的血，吸饱了便远走高飞了，这次张县长出长本县，实行邑人治邑，真是喜出望外，单看欢迎这日，烧炮竹的情绪，已够使人感动了，相信每一个宝安民众，对张县长的期望都是很大的。"

张志光和前任有别，他是宝安县本地人，十分清楚近18万本邑百姓寄托的希望。据《深圳通讯》和《正风报》报道，各界举行欢迎大会时，张恳切表示"施政首重治安"。

治安？

货币足够乱，治安更甚。看看《深圳通讯》，"宝安人命不值钱暴徒可以任意枪毙 士兵可以随便殴死""深圳赌场公开复活""奉命

南头古城原设东南西北四门，新安县衙坐北朝南，不偏不倚就在古城的中央，不管从哪一个门进入，一直往前走，四路交叉之地就是新安县衙。如今西门不存，北门仅剩城墙，从南门和东门直入，依旧如此。（殷秀明 拍摄）

维持秩序者 是捣乱秩序之人""防军缉私 武装护私 途中相遇 大战一场""新刑警队长既然来 旧刑警队长不肯走""军警围捕 未提半个强盗 拘获大批良民""关兵（海关）枪杀民众案 仅拨四百元 为死者殓葬"等标题就乱得像一颗长满毛的心。

治安，谁治？货币还先有法币后有金圆券。可主管或执行治安的部门，一窝蜂地多，一颗长满毛的心还裂开了十几瓣：保安团、宪兵、警察、关警（海关）、自卫队，还有所谓的××特务、谍报、刑警、密探，最奇特的是《深圳通讯》毫无解释地把"新闻"也归入治安部门。

俗语说"三个和尚没水吃"，治安的部门之多之乱，一如《深圳通讯》上的顺口溜：甲放行，乙不准，丙许可，丁扣留。

乡民们"何去何从，头脑晕花，无法应付"，盗贼土匪却成了不怕猫的老鼠，成群结伙还有机枪这等武器装备，连大客车也敢劫。

1949年那阵没有今日的私家小车，可广九列车和长途客车十分便利。

深圳交通往东边有沙深公路直通龙岗、淡水、惠州，深圳联星公司拥有行车专利权，拥有客货混合车14辆，每天上午7时半开行，下午3时半止，半小时开行一趟。

往西边的宝深公路至南头、西乡，可在东莞太平接驳车辆抵达广州，该线约20多辆车行驶。另有蛇口码头至南头的客车通行。

往南边的有从深圳墟至九龙的货车，亦有从文锦渡至九龙佐敦道的客车25辆。

往北边的布深公路，这是1949年4月才开通的深圳至布吉路段。

除了往东车辆，其他车辆分属永和、永联以及源源、鸿益、超记、岩口等运输公司。

1949年元月4日，深圳联星汽车公司客车从龙岗返回深圳，上午8时40分途经宝安和惠阳交界的"四渡水"，匪徒8人携手提机枪、快掣驳壳和左轮手枪等武器一拥而上，先控制司机再搜劫，乘客财物以及售票员携龙岗上交公司的3万元金圆券，均被掠去。此时有两辆深圳开往龙岗的客车途经，匪徒先控制被劫客车不准声张，再拔枪示威喝令迎面两辆客车停驶，一并劫毕才"呼啸而去"。

自此，联星公司以及民众不断呼吁"愿负有治安责任的机关，严饬所属查究，以息匪氛，而安行旅。"只是匪劫不减且越来越甚。

从1949年初始至1949年5月，联星公司客车被自称"流浪青年团"劫匪帮截抢数十次，公司无计可施，请驻防深圳的"粤港边区警备总队部"（保警团）协助，为震慑匪帮每车派士兵4名随行护送，岂料劫匪不但没销声匿迹还更"斗胆豪心"。

1949年5月21日中午，4名士兵携带汤姆生机枪和日式步枪随行护送，班长和士兵坐在车头车灯部位，行驶至黄贝岭村白云路段，埋伏路边的劫匪突然开枪，一枪击中手持机枪的班长，班长当即倒地毙命，而士兵也被乱枪射伤臀部。匪徒喝令客车停下后喜得枪械，还从容搜劫乘客金银财物。匪徒得手后大摇大摆往布心村水围巢穴而去。其中护车士兵偷偷爬上山岭，窥见匪徒入村后久不见动静，推断必为匪巢，即原车返深报告保警团团长梁杞，梁亲率一连全副武装士兵，下午4点包围该村逐一搜索，搜查副保长梁祖业家并逮捕本人，匪徒惊觉企图出屋逃窜但已被团团围住，骤时驳火激战，双方以手提机枪、冲锋枪、手榴弹、轻机枪交战长达3小时，保警团仍然无法攻陷匪巢，梁团长下令"冲入匪巢者即赏港币200元，能擒匪一名，赏500元"。士兵闻赏冒着匪徒密集火力冲锋数次，却被匪徒击毙4人，轻重伤6—7人。

天近黑仍不入，梁恐匪趁夜突围，下令士兵将10多罐火水（煤油）洒于屋边引火烧屋。匪首叶强手提冲锋枪率众匪夺门而出，边冲边猛烈开火，指挥攻击匪窝的连长，早瞄好这唯一出口，"啪啪"一连几响，即时"轰毙"叶强，群匪或伤或被逐一被擒获，虏获20多支枪……

西面宝深公路，汽车也同样连续遭劫。

1949年仅仅4月，先是10日下午1时，沙头至白石洲车公庙路段，超记运输公司汽车从香港返回遇持短枪4劫匪；同日同地段同公司汽车从深圳返回南头，在车公庙山坳被持长短枪6匪抢劫。

14日尤甚惊骇，下午1时，南头往港深的源源和鸿益公司货客混合汽车3部先后出发。第二辆车上有宝安南头保警大队分队长黄焕仁携警兵10多人。首辆车在沙头附近突遭匪劫，黄见前状即拔枪从货卡跃下，岂料除手持短枪的车上劫匪，两边山头掩护抢劫的数十长枪一起开火，骤响，10多士兵成悍匪活靶，警兵2人被击毙。黄恐被劫枪械，赶紧指挥警兵且战且后撤，不料头胸各中一枪昏迷倒地，劫匪以为他已断气，将3辆商车洗劫一清呼啸而去，车中人才将黄救起。

若仅仅如此，是非黑白还能分得清。难的是分不了兵或贼，治谁或谁治。

1949年2月某天下午，九龙关深圳分关内班主任时祖荫便衣当值。深圳宪兵连驻地在罗湖车站，每10天或一周由广州输调一次。时主任看见有位登上往广州火车的宪兵，准备检查，宪兵不服即时纠合10多宪兵围殴时主任，宪兵压倒性多数，时不敌众，逃入附近军运办事处，头部和口部受轻伤。

报道称"司空见惯"。

1949年2月6日夜晚9时，海关接报数艘走私船将泊南头桂庙载货，海关关员、关兵和宪兵10多人潜伏待机，有木船从海面驶近，岸上亦有忽闪忽灭的手电筒光。关员喝令持手电筒人"何人？"，答"探队！"（"探队"，当时政府谍报队或情报组织的简称？无从考证），再问口令，不答并机枪扫射关员。关兵和宪兵还击，苦战几十分钟，始终不明"探队"还是"私枭"，海关方怕酿出事端故收队返关。

1949年2月14日，有服装整齐看似政府地方治安团警的几十人抵达沙头乡上梅林村，借口缉私袭击附近匪徒出没的崇山峻岭，接着进入村子大加搜劫财物，地方乡民甚疑惑"是兵还是匪？"

治安堪忧，年初到任的新县长陈树英在施政报告中说"尤以治安为庶政之急"，还说1月10日已经召开了全县的治安会议，强调保警大队和自卫队必须互相配合，等等。

宝安县参议会3月7日举行了第一届第三次大会，刑警队队长托病缺席仅派职员参会，李志刚参议员问"大新街×屋开赌，×街×屋开烟，贵队知否？"，职员不假思索"不知"。刘参议员高声斥责"胡说！""遍地烟赌，众人皆知，而身为刑警队者不知乎？"，请"王队长自动辞职"。

有人提案"本县刑警队腐败低能，无补治安，有害人民，议决咨请县府撤销，免因官邪，激成公愤"。

第三次县参议大会议决"撤销刑警队"。

参议大会决议看上去颇民主，然而1949年3月《深圳通讯》报道"讵县府尚未咨复，而驻扎深圳之刑警队，则已变本加厉，毫不忌惮，每日在深圳二号桥（在深圳小站和大站之间）勒收行水。将经以完税之国产香烟，每条勒收咸龙一毫，稍有违拗，拳打脚踢，残酷异常。一般小贩受其摧残，道路仄目久已。如政府仍需要民众支撑，似应此种枉法残民之刑警队撤销或重肃，以挽人心。"

再看一则《深圳刑警队大刮其龙　置薛主席政令于何地》：

何谓"刮龙"？乡民称毫无忌惮地明抢为"刮龙"。

有位初次挑担做小买卖的少女通过岗哨，警察从担子搜出"香烟两条""鱿鱼一扎"，便说"全是私货，要带返警察局"，少女不肯，争执中警察要把货物带回警局。众人群起求情，少女经众人示意，向警察"熟性"6元才通过岗哨。

何谓"熟性"？心照不宣暗收费用，被百姓称之"熟性"。

说白了就是携带货物通过警岗得留下买路钱，"熟性"就是惯例之意，不知哪位老百姓发明这叫法，结果流行很广，成了老百姓当年的日常用语。这样的"熟性"多如牛毛，多一事不如少一事，普通老百姓都"熟性"之后自认倒霉。

4月，省保警司令部终于另派李卓到宝安县接任刑警队长一职，其到埠后拟接任。岂知，李卓竟被宝安警察局长王应春拒绝。

怪乎？

不久前的3月，宝安县新警察局长王应春到任，他最为倚重刑警队队长王竞生，还有警局巡官王华，被私下称为"三王拍档"。

南头古城有历史，它的城门楼保存了久远的青灰色，此为南门，除了攀爬的墙苔还有共享单车的陪伴，少了许多寂寥孤独。或许有人记得1949年5月4日，一个骑车背米的沙河乡民邓金桂经过西门，毫无预兆被城楼上的哨兵一枪崩死了。荒诞，但并非虚构的故事。（殷秀明 拍摄）

旧刑警队长王竞生并无去意，李卓无法任职，返回省城禀报上峰。刑警队队长还是王竞生。

撤换一个不称职的刑警队长，省保警司令部的权利都等于零，参议大会决议算什么？

最后一任国民党县长张志光"深感自卫武力不足"，终于"呈准保五师借调保八连一连驻防县城，以维治安"，没想到恰恰南头县城的治安出事了。

1949年5月4日下午2点，宝安县城南头城西门发生命案，沙河乡民邓金桂上午返西乡探亲，西乡米比南头米便宜少许，邓帮南头县立中学在读书的亲戚代购14斤白米。下午，城西门前，邓把单车上的米袋挪到肩膀，从西门步行进入寿街口，城头上的卫兵喝令停步检查，邓老实听话止步等候，静候10多分钟仍不见士兵，士兵为什么没下来？他或许想不用检查了，或许什么也没想，你说查我停下让你查，你不来查我就走啦。

拿着枪的士兵呢？他吆喝停了城门下的"嫌犯"，想这背上鼓鼓囊囊的是什么？也许什么都没想，让你停就得停，不叫你走你就得站住。

邓金桂撑了撑往肩下滑溜的米袋，侧耳听听无任何动静，抬起了腿正要往前走……

士兵扣动扳机，"啾"子弹飞出了。

邓金桂被什么猛撞了一下，似乎还有一声闷响，倒下这一刻，所有的记忆都凝固了。

人们惊叫后聚拢在古城门下，他们不知道子弹从邓金桂的脊背进入又穿出，只是恐慌地看着邓整个胸部汹涌不止的血，邓抽搐几下，停了，有经验的老人摇头说：死了。

邓金桂是一个守法的人，却莫名其妙永远躺在了己丑年的瞬间。几乎所有人都质疑开枪士兵，他潜逃无踪。死者家属呈请县府缉办凶手。

这护卫县城百姓安危的士兵成了治安的焦点话题。

5月23日晚10时，深圳墟也出案子了，5名匪徒持械闯入上大街明生车衣店，用铁线捆绑店员，掳掠一批货物和财物。店员挣脱后报告深圳警察所，挨户搜查，在中和旅店搜出赃物一批，审查店内住客，发现住客李全为刑警队员，身上藏有铁线一捆，明生店员指证其为劫匪之一，审讯中李全供出其他4名同伙，均为县属机关刑警。

5月29日，宝安县政府终于在邓金桂毙命的第25天，执行广东省保安司令部"巩固治安"电令，召集有关部队在县府召开了整编会议，保警大队和自卫大队合编为保安营，并派郭岁担任营长。这是张志光上任以来最满意的事，大家都相信整编后的治安当日趋安定。

不想，南头城差点又出人命，伤及整编后的保安营排长。

这天是农历五月初七（大约公历6月末），宝安县警察局局长王应春以筹款为名请了粤剧班子，在中正路搭台开演，他派出代其主持筹款仪式的刑警队长，就是省保警司令部和参议大会决议都奈何不了的王竞生，以及警局巡官王华。

县宝安营第三连黄注权排长便衣巡逻，欲进入戏场侦查本排士兵军风纪律，被守门刑警阻拦，发生口角，刑警队员拔枪对准黄排长连轰数弹。一听戏场枪声大作，人们夺路而逃互相践踏踩伤撞伤无数，商家途人以为劫匪枪战争相闭门关铺自保。而保安营黄排长手下士兵一听排长伤势极重，旋即倾巢出动，荷枪实弹四处捉拿刑警队员，队员夺路出逃，有只身取赤湾海路，有结对奔夺湾下船艇，还有请船偷渡大铲岛……

7月还真出了命案，事发于警察局内部人员私自开设的鸦片烟馆。

政府从上至下严禁鸦片的当头，警察局长王应春则敢包庇数名鸦片烟贩明目张胆开设烟馆，如李明新烟馆"仓前北直一巷十号门左"，"烟灯9盏"；温成烟馆"界边街大王庙后"，"烟灯8盏"；郑喜老烟馆"仓前大三元后"，"烟灯7盏"。他的属下司法科长陈乃淦时常往十约镇等数家私家烟馆吸食鸦片，其一竟为警察局额外调训员吴仙开设，且在警察局附近的界边街。

1949年7月7日下午3时，两名配枪者突然冲出界边街烟馆，当街拔枪对骂追杀，子弹横飞，众行人魂飞魄散，其中附城吴屋村普通教师洪汇庭途经此地，听到枪声拔腿飞奔，一颗没头脑的子弹追上他，吴命丧于警察局长卫兵陈培和吴仙因分赃不匀的打斗追杀中……一个人的生命消失得如此莫名其妙。

据《深圳通讯》8月报道，群情愤慨，王应春终究被查办了。

只是治安事件并无消停，除沙井、南头、黄田劫案频发外，8月19

日西乡的钟锦华傍晚7时行至凤凰岗附近，被4名仇家开枪射杀身亡。

最讽刺的是，劫匪劫到县长太太身上。

蛇口至南头公路桥梁都很平稳，路途仅仅6华里（3,000米），而岩口公司刚添新式客车，从香港返回宝安南头，乘船抵达蛇口上岸再转客车十分便利，深受客商欢迎。

1949年8月28日上午11时，由港返宝数十人，除客商外还有国大代表兼省参议员陈喜清小姐、宝安县党部书记长陈全、张志光县长夫人以及县府田粮科石科长夫人等。报道说"且有×要人派出武装一人到蛇口迎护其夫人回县"，也许给张县长面子，报道没说要人性命。客车行至半路，途经南屏乡附近荔枝园，两边树丛茂密，隐蔽中突然冲出3大汉，2人拔出短枪1人挥动手榴弹，司机只得停驶，劫匪任意洗劫长达20分钟。

国大代表损失金戒指，党部记损失派克笔，田粮科长夫人损失约2两重金链，张县长夫人损失为重，金铞连手表一只，白金钻石戒指一枚，金镶玉戒指一枚。各人均被劫不等港币百元至数百元。

那武装护卫即使吓得蜷缩一隅，还记得藏起手枪。

张志光在1949年9月的《宝安县政府工作报告》中已经不像前任，不再专章谈及治安，无涉以上滋事，仅在概述中寥寥数字陈述借调保八连驻防县城和组成保安营等加强地方武力之举。及在民政一节的"丙"条目中谈及4月获报赤湾天后庙诞期设赌，查复"赤湾烟赌为虎门要塞守备第三大队驻军所庇获，本局无权过问等情"；5月深圳墟有歹徒开设赌窟，县府发出"禁字号等密令""深圳警察所及深圳镇公所查拿""到达时赌徒已星散，现无赌窟"，后据报附城大新街维新影像馆后面发现聚赌，警察局派员按址遍查"均未见有赌场开设"。

这份报告隐隐约约了多少诡异和无奈。

乱象，谁也躲不过的瘟疫，包括本邑人张县长。

张县长怕比谁都清楚，自己已经一脚深陷乱局的泥潭。

这**江南大捷**和全国性的**战斗**相比，如**沧海一粟**。它们很小，却成为扭转粤赣湘边**地区**局势的战例。没有它们也就没有后来**1949年**的中国人民解放军粤赣湘边纵队。

第二章
绝地反击

# 采写手记

抗战胜利，日本人走了，和平了，怎么会生出那么些国民党和共产党的纠结？1946年国共谈判，不是说达成东纵北撤的协议了？北撤的只是东纵11,000人里的2,583人（包含珠江纵队等）。1946年底，那些没北撤的怎么又"揭竿而起"？

至1949年1月1日，揭竿者成立了中国人民解放军粤赣湘边纵队。深圳市原粤赣湘边纵队战友联谊会会长何鹏飞说得最多最自豪的正是这个事件。

2006年11月上旬，他和黄德辉当向导，领笔者寻访惠东至海陆丰行程几近10天；2007年1月11日，笔者与原三虎队（后东上改编为边纵东一支主力独立第二营二连）的老战士座谈；2007年3月下旬，他和曾强、卓辉当向导，领笔者查访香港抗日旧址近一周……

2018年的今天，亲历抗战的人在世的不多了，能记住能说清楚的更少。1月29日在人民路老酒家与头脑清醒的何老小聚，散席想送他坐车，90岁的他手一挡："不用"……

他记得1949年元月的某天，在坪山墟戏台大操场召开了庆祝粤赣湘边纵队成立大会，他们江南支队三团三虎队刚整编为东一支三团三虎连，合编了原活虎队，连队人数达150多人，曾光任连长，张玉任指导员。

那天，操场边的石墨和树底，围观了众多百姓，满满的，或站或蹲。大脚客家阿婶指指戳戳，她们一眼就看出这几百人的队伍和往日

北撤前夕，中共中央急电广东区党委，尹林平"不宜北撤"，于是他在香港铜锣湾的普通小楼安了"家"。这个高大的江西兴国客家男人就是1949年1月1日成立的粤赣湘边纵队司令员兼政委。（余慧 提供）

那些穿着五花八门的队伍不一样，不见邋邋遢遢，脚上崭新的胶底"冯强鞋"，统一的黑斜布军帽军服，身上都背着一条鼓鼓囊囊的米袋……她们横看竖看一番，于是咬起耳朵：那不是邻近村子的"滴仔"（小个子之意）？前排的这个好像是大舅娘的叔伯兄弟？

会开完了，就地围坐在大操场，吃了一顿有"肉"的年饭。在饭都吃不饱的年月，一年能有几回肉？每每说到这个"肉"时，何鹏飞总是笑。

中国的传说，在除夕夜吃年饭，1949年的春节大年初一是1月29日，第二天何鹏飞他们就往东开拔了。活动在宝安和东莞的东一支三团三虎连150多人，活动在惠阳的二团部分100多人，各自向东挺进。

当时隶属惠阳的龙岗坪山，如今是深圳东部。他们从坪山一路向东，用半个多月抵达了惠东安墩，在安墩短期整训，再开辟新区。三团三虎连从此编入边纵东一支主力独立第二营，这就是史料记载的"1949年1月底，支队领导机关和主力部队（独一、二营），由安墩出发，开辟海陆惠紫五新区"。

何鹏飞时任二连一排政治服务员，负责排里战士的政治思想工作，他说"一路打上去，一直打到五华的华阳。当时国民党势力不很强，一路都是地方自卫队，一路扫上去。嘿，我们没有什么后勤供应，打到哪

沙鱼涌有许多故事，为什么仅有东纵北撤队伍
在此登船，竖起了纪念墙？（张黎明 拍摄）

里就打开地主的粮仓，装满我们的米袋，装满一条米袋有四五斤，又往前打。后来，我们驻扎在陆丰北部的河田镇。"

一路东上。

2017年6月23日，他特地在电话告知笔者他自编的几句：头戴五角帽，身穿列宁装，脚上冯强鞋，肩扛三八大盖，挎包米袋交叉背……

10年前他说的只是大白话：东上，嚯！我们全换了日本的三八大盖（枪），身上的列宁装和五角帽都仿照苏联红军，发了一张新的毛毡（毯），毡子对折卷成筒子一样放在背包上，有新波恤（棉毛衣）和一个口盅，洗脸刷牙，吃饭喝汤都用这个口盅，还有一个干粮袋（挎包）和子弹、包袱皮，包袱皮就是一块布，什么都可以塞进去，卷起来打个结就是包袱。对了，有一条米袋，每个米袋能装着粮食。炊事员做饭，就一个个班收集米袋做饭。

那是大多数人没鞋子穿的年月，他特别提到"冯强鞋"。"三虎队刚成立不久，派我去香港元朗采购鞋子、冯强鞋和手巾。我在元朗坐旁边有两块板的客车（货车）到落马洲，落马洲有小艇过渡，30米左右宽的河。那天退潮了，人还要落水推船，一推，竹篙一撑过河了。当时边界没人管，自由出入。我挑着担子，一直挑回白石龙，回来已经天黑了……我们穿得好，有'冯强鞋'，很好的生胶底鞋子，一上海陆丰，其他团都羡慕我们……香港是我们的后勤基地，通过元朗交通线，物资输送到整个东一支地区（惠阳、东莞、宝安）。"

1949年开春，21岁的何鹏飞和大多是土生土长宝安龙华子弟的三虎队战友，一路东上意味着什么？

"中国人民解放军粤赣湘边纵队"敢叫板广东的国民党军队了，其中有来自深圳的三虎队，小，很小，悄无声息地流动，融入东江流域地区……东上，是一盘棋局，何鹏飞们他就是棋局中的无数棋子。10个月后，边纵成了广东解放不可或缺的一支大军，这就是结果。

回到1946年底，东纵北撤后留下的人员何以"揭竿而起"？

# 雪竹径　从骨骸篓拿出六七条短枪

1949年，《深圳通讯》数次提及的"土共"，除本土还有轻蔑之意。

这是深圳1949年无法绕开的事实，不管喜欢还是不喜欢，它就是逼着挡着1949年的它，躲不开逃不过，于是就成了深圳历史。"土共"乃本土的共产党队伍，得从抗战时的广东人民抗日游击队东江纵队说起，这支以港澳华侨青年和宝安、惠阳、东莞百姓为主的队伍发展至11,000多人。

抗战胜利后，根据国共两党在重庆签订的"中国共产党广东武装人员北撤山东烟台协议"，1946年6月30日东纵北撤山东人员共2,583人，其中珠江纵队89人、韩江纵队47人、南路23人、桂东南1人，其余就地复员。

曾强接到通知复员的第一句话：我为什么不能北撤？！

上级陈德和说人数有限，组织决定的。

他压下了心头一万个不情愿，接下元朗交通站发的复员费，也就够回家路费那么一点关金券。

不过，他回不了家了。抗战时期，有不少一家几口参加广东人民抗日游击队东江纵队的，曾强家为其中之一。他父亲是东纵宝安大队大队长，国民党重掌政权，一把火把布吉雪竹径他们几十口人的家烧了。

他父亲是谁？曾鸿文。1942年，闻名中外的香港大营救有两条路线，一为陆路，二为水路。茅盾、邹韬奋走的是陆路，负责这段路程，

当年茅盾等文化人上的大帽山，深山里的崎岖小径，忽然出现一位结实的壮年汉子，五官端正，配一杆盒子炮，枪柄飘了块红绸。向导称他"曾大哥"，拉了邹韬奋和他见面握手。他就是曾鸿文。（廖国栋 拍摄）

被写进茅盾回忆录的"曾大哥"就是曾鸿文。

"曾大哥"等四人两长枪，分成两拨在大帽山一支开路一支殿后，行李担子则在队伍中间，下坡后"曾大哥"突然一扬起手中的红绸盒子炮，领着两名手下箭步冲前，缴了两个抢劫"烂仔"的械。

走不快的茅盾看前看后，威风！哪是逃难？他和韬奋悄悄认定"曾大哥"是游击队小队长。

伪乡长为文化人代办通行证并陪着过深圳河不是最神乎的，通过封锁线由4个日本兵亲自押送才叫绝。这都是曾鸿文通告沿线伪乡长们：有一批和我做生意的朋友，要经过这里去内地，你们要和日本人打好交道，出证明保安全，少了一个，我就追究你们！

这有功的曾强一家何以抗战胜利后走投无路？

1945年10月20日，国共的重庆《双十协定》签订后的第10天，国民党广州行营主任张发奎就在广州召开了粤、桂两省"绥靖会议"，调动了正规军8个军22个师的兵力分进合击，采取"网形合围""填空格"等战术，反复"扫荡"共产党武装力量。

11月，国民党新一军、新六军、54军的1个师等在空军配合下，向东莞、宝安发动大规模进攻。一部分封锁广州至石龙段，以防东江纵队向东江河以北、广九路以东突围；一部分驻守虎门、太平镇一带，以防东江纵队从珠江口突围……

1946年6月30日，东江纵队刚北撤，《双十协定》就成了废纸，广东各地成立"清剿"委员会，惠州设立以广东省保安副司令韦镇福为主任的东江南岸"绥靖"指挥部，粤北设立欧镇委主任的粤赣湘边区"清剿"委员会。国民党派出64师3个旅，152旅的部分和8个保安总队，扫荡东江和北江地区，边扫荡边抓壮丁边进行壮丁训练，乡村里强迫成立"自卫队"，利用保甲制度"联防联剿，联保连坐"。

东纵复员人员和曾经支持共产党的老百姓成了清剿对象。

曾鸿文成了被通缉的人，不但烧了雪竹径的家，还要拿下全家人头。这一家老小，连老祖母都逃到香港大埔石鼓垄村。

2007年3月18日，曾强和何鹏飞、卓辉这些被称为"土共"的老战士们，曾领着笔者去香港寻找当年东纵的抗日旧址。

1926年出生的老人，性格很直爽，常常烟不离手，别人阻劝，他一笑，说不能不抽，不抽会得病。抽吧，都81岁了，难道还让他得病？到了大棋岭，曾强非要找的石鼓垄村，怕是香港最偏僻的旮旯儿，七拐八拐也没找到。大家说算了，担心腿脚常常麻痛的他吃不消，说那老屋怕拆掉了，也怕没有路。他孩子般犟倔，二话不说钻进村子里，不吭不气眨眼没了踪影，大家急得不行，他却一脸笑一脸汗地冒头了，找到了。

香港石鼓垄村的青砖老房，两层小楼，窗户小得像炮眼，二楼大一点的窗是后来改装的。狭窄的老屋厅堂有一道楼梯，曾强异常平和地指着靠楼梯的一个大约可以蹲下两人的角落：我打床铺的地方……（廖国栋 拍摄）

他就是从这里返回宝安，建立共产党武装的。

曾强回到大埔的日子，配给的混杂沙粒的米碎，吃不饱。他老婆赵桂英和哥哥曾光的老婆悄悄回到乡下，偷偷摸摸上山砍柴挑到香港卖，对男人说，将就活下去吧。

曾强看着老婆和嫂子心里窝火。

有家归不得，日子很困苦。留在香港的原东江纵队政委林平知道了曾鸿文的困境，让曾鸿文到大埔罗汝中和罗汝澄开的店帮忙，每个月给200元港币，生活稍微安定了。

和曾强一起抗日一起复员的许多战友，好的能找到一份工，干最底层的搬运工，推大油桶，扛大木箱，背大麻袋……很多战友连这样的工都找不到。

他实在不明白：抗日有功，为什么赶尽杀绝？我要返回宝安，和国民党斗。

父亲瞅着刚刚20岁、血气方刚的儿子，让他到港岛找宝安大队的拍档何鼎华政委：依靠党组织，不能盲目乱撞。

何鼎华让曾强去秘密交通站九龙桂林街×号，找安置东纵复员人员的江南地委副特派员祁烽。

曾强一看小小的交通站像难民营，满屋子地铺，住满被迫逃到香港的复员人员和伤员。

他立即咬牙切齿对祁烽说要回宝安打国民党，祁烽沉吟了一会儿才点头，说也在考虑将来恢复武装斗争，东莞的何棠已经回去拉队伍了。他让曾强和梁忠先回宝安负责恢复宝安的武装斗争，可以联系香港的东纵复员同志一起回去，并告知联系方法、地址，拿出300元港币当活动经费。

曾强眨巴着眼睛不让眼泪滚出来，扯开嗓门说："好！"

祁烽：300元港币用完，就得自己想办法。

曾强连声说了几个"好"，他躲到香港没有笑过，这下笑了，小跑着出门，恨不能一步返回宝安……几十年过去，现在说起来还急迫得不行，可知当年一分钟也不想耽搁。

当天他就赶到九龙学生书店，见到自己任宝二区常备队队长时的黄达生区长，第一句话就是返宝安打"荷荷鸡"（国民党军队）！黄一听就说"快找文造培、文德安！"他们是被国民党烧了整条村子的村民。第二天找到这俩人，什么话都不说，硬拉曾强去见逃到香港的松岗谭头村全村村民。

2006年采访曾强。他当年看到谭头村人逃到香港住的那间屋，横七竖八都是人，比监狱还挤，就禁不住掉泪了。全村近200人哪里住得下？附近茶楼的骑楼下、楼梯底甚至街头巷尾都住上了，乞丐不如，抗日有什么错？（廖国栋 拍摄）

曾强就在屋子里开会：祁烽同志批准我和梁忠同志回宝安恢复武装斗争，宝二区老区长黄达生同志要我动员你们一齐回去斗争！

话没说完，开会的10多人激动啊，一次又一次举拳头喊"要斗争！要斗争！我们支持文造培"。

1946年底，他在香港串联了复员战士曾光、林传、彭增磷、巫祺、杨奇、曾安、文造培、文德安等20多人，分头潜回宝安布吉雪竹径和木古村，住在曾强和梁忠家乡的果园和山寮。

雪竹径曾盘福悄悄把藏在金瓮（装死人骨头的瓮）里的六七条短枪拿出来，木古村梁连也挖出埋在山里的10多条枪，武工队开始活动。

1949年9月，曾强升任三团新一营营长，赶紧拍个照片，新军装新鞋子，要出发解放惠州了……（曾强 提供）

1946年11月27日广东区党委根据中共中央对南方各省的指示，作出恢复武装斗争的决定。曾强和梁忠负责全面，12月开始分头活动。他和梁忠在宝安中部布吉、龙华、观澜、乌石岩一带，而文造培、文德安在宝安西部松岗等地开展活动。这消息不胫而走，一个传一个，复员战士和当地青年闻讯而来，队伍很快扩大到100人左右。

曾强兜里的300元港币一下子用完了，当时世道很乱，劫匪横行，武工队仿照东纵办法，赶走当地小股土匪、流氓，在布吉、龙华、梅林各要道设立流动性税收点，保护大中小商人安全过往。每个税收点配三五人，解决了武工队的吃饭问题。

接着他们在国民党武装驻扎的南头、布吉等据点建立情报站，如布吉至深圳分站长陈和生、副站长刘安仁，观澜分站长黄生、龙华乌石岩、南头分站长郑木……

1947年3月惠东宝人民护乡团成立，下辖3个大队，第一大队为机动性的主力队；第二大队主要活动在惠阳地区（含今天深圳东部）；第三大队主要活动在宝安地区（今天深圳中西部地区）。曾强从1947年4月至1948年2月，担任惠东宝人民护乡团第三大队宝安武工队队长，梁忠担任指导员。1948年3月至12月，曾强担任宝安大队三虎队中队长，张玉担任指导员。

东纵复员战士就这样在宝安地区拉起了"土共"的队伍。

1948年惠东宝人民护乡团改为广东人民解放军江南支队，1949年1月粤赣湘边纵队成立，东一支二团活动在今天的深圳东部，三团活动在中西部，曾强调任三团的作战参谋……

　　2006年找到王母墟塘街街口那座旧日的两层砖石小楼，10多平方米的底层已经间隔成透明的电话间，门柱竖起一个蓝色广告牌，巨大的"2角"占牌的三分之二，广而告之此处可打长途电话。历史呢？那群在门外口述的长者……（廖国栋 拍摄）

## 王母墟　我们一共9粒子弹

　　1947年，国民党宝安县县长林侠子在《宝安县政府一年来的工作报告》说及"本县辖内以第三区匪患最为猖獗""警察所长孟汉标，本年春被奸匪暗杀"，其中第三区就是今天大鹏半岛区域。

　　此发生在1947年大年初一，新历2月20日的大鹏王母墟。

　　2006年11月6号，深圳大鹏籍的几位边纵老战士廖梦、刘珍等人领笔者到大鹏王母墟塘街。

老人们指着小楼斑驳灰暗的墙，比画着当年的纷纷扬扬：那天天很冷，北风呼呼，楼上枪一响，地面的鞭炮就炸了，噼里啪啦，天上落下一张张传单，飘满一地……

恢复武装时期，葵涌武工队在二楼枪杀了一名国民党的警察所长孟汉标。

眼前指着楼房的老人们就是当年林侠子报告中说的"奸匪"。

为什么要杀这个警察所长？

刘珍说东纵北撤后，这个警察所长孟汉标是大鹏最厉害的。他要东纵复员人员自新，连家属都要承认自己当土匪，还要五家联保，一家有事五家遭殃。自己拿命去打日本仔，赶跑日本仔，胜利了却要承认自己是土匪，什么道理？她家和钟胜家没人肯保，只好东躲西藏，后来按照组织找香港熟人亲人，隐藏到香港打零工养活自己。

孟汉标包烟（鸦片烟）包赌（赌博），征兵征粮，连家里没有壮丁的也要捐钱买壮丁，什么都干。

刘珍评价这个所长时用了一个词，"毒辣"。

武工队决定杀孟汉标，组织分工负责，葵冲武工队负责动手枪杀，其他人复杂油印传单等。

她记得那晚在家印传单，传单上写：打倒贪官污吏孟汉标！

谁枪杀孟汉标？

他们怎么也想不起，谁？总之是葵冲武工队员，打完就走了。

直到2007年3月4日，笔者按计划采访广州的陈万……这才知道他就是那个武工队员。

"我打死了警察所长。"

"孟汉标？"

"是！1947年大年初一，我和王松、钟坚3人小组，他们用驳壳，3粒子弹，我用的是香港警察用的左轮，凹轮，也3粒子弹。"

陈万，这位1929年出生的大鹏小桂人，说着说着，抿紧双唇脑袋一仰：我是打仔（打手），我阿万仔打了王母墟的警察所长！

（廖国栋 拍摄）

凹轮？他比画着，似乎说这左轮能掰开，很好的枪。

他摊开巴掌，好像子弹就在手上——

"我们一共9粒子弹。王母墟这个警察所长很'操蛋'（坏），好大民愤，要镇压这个家伙。我们3个都是大鹏人，他们都比我大，我17岁。"

"明天是年初一，今晚做好准备，晚上在王母墟地下党邓月庭家里印传单，邓出钱出物。打倒孟汉标！为民除害！传单印好了，包好一扎扎。我们到廖梦武工队找修枪的，9颗子弹一颗颗拆出来换上新药。"

事前，侦查到王母墟有一个巡逻队，每天早上巡逻，8时多就结束。警察所长天天上王母墟某店铺二楼打麻将，只有4个人打麻将，但围看的人很多。

年初一，很冷，风呼呼地叫。

巡逻一结束他们就行动，原来钟坚上楼顶，王松和陈万在下面，可他们个子大，万仔看上去是孩子，没人注意，最后决定陈万上去。

"我上？我的3粒子弹行不行？"他们说，"你上！"

上楼，梯子很窄很小，他蹬蹬蹬上去就看到满满的人，全是人头。警察所长穿了一件新大衣，他们正在捞牌（洗牌）。听到上楼的声音，背靠门的警察所长还回头一瞥，一个似乎懵懵懂懂的大男孩，他继续捞牌。

"我钻进去，就站他背后，掏出枪对准他后脑一枪，他一下子'扑'到麻将台上，血啊！一台血。上头枪一响，下面噼里啪啦，王松他们的炮仗点响了。"

万仔没有转身就跑，而是用枪指着那些打麻将的文官："不准动！"文官们缩到角落，吓出尿，淅沥沥沥流了一地。他盯上了警察所长的左轮。

"我想要这左轮枪，抢插在他的衣服里，他坐的那种古老椅子，冬天衣服很厚，人窝在里面，我个子太小，用力拔枪，奇怪没用枪套，怎么也拔不出他插在大衣里的枪。我还有2粒子弹，对准他的枪，啪啪，打坏他的枪。"

"我下来一看，钟坚他们已经跑过河了。我跟着跑，那个巡逻队到了，10多支枪对着我打。噼里啪啦，我蹚水过河，水不深，冤枉，冷得要命！我一直跑到大鹏坳顶才追到他们。"

他回到小桂的家，阿妈看到儿子一身血，问干什么？他说在坝岗杀狗，弄了一身狗血。

一个17岁的少年，打死了孟汉标。

陈万上梯子前，问"我的3粒子弹行不行？"。

笔者想，这是他犹豫的瞬间，犹豫了，可还是上去了，并且掏出了枪。

为什么？支撑他的到底是什么？

抗战时期东纵税站人员曾经在他的家乡大鹏半岛小桂落脚，老百姓私底里说那是"八字脚"（与共产党有关的人）。

那时他也就十三四岁，年纪小可人特别机灵，从大人们神秘的眼色里猜出这些"八字脚"不一般。税站站长张德住他家，闲时和他一起摸鱼捉螃蟹，熟得像自家人，张德他们做什么事情也不瞒万仔。他知道税单就藏在炉底，还偷空摇过税站那部电话机……女民运队员叶芬教村里老百姓识字和唱歌，他也跟着唱和写。

这些穿得和老百姓一样破旧的人心肠好，他和这些人走近了。

这天税站说要撤到别的地方。他在张德面前磨蹭，盯着人家腰间的枪，以往央求过张德让自己"烧"（玩弄）枪，张德都说不行，税站没有多少枪。这天要分别了，睡觉都不解枪的张德摘下枪让他摸了摸，万仔笑嘻嘻把枪放在鼻子尖，眯起一只眼睛"啪啪"了两声，张德摸摸他的脑壳也笑了，过了一会儿，说带万仔去游击队好不好？

他眼睛一睁，是真的？不等张德回答就点头说好。就这么跟了东纵队伍。

税站买了一条船，就沿着大亚湾走，每晚船一靠澳头岸，张德就带上他，上一间间店铺收税。

陈万很开心，尤其是和东纵海上中队一起打日本仔的电扒（电船），缴获的日本毛毯、烟叶、饭盒，从来没见过这样的东西……

日本人投降了，国民党开始抓东纵的人，说他们是土匪。

万仔搞不明白这一切。

他不会知道，1945年9月27日，国共重庆谈判期间，蒋介石向内部重新颁发10年内战时期的《剿匪手本》，指令各部队要在"剿灭共匪"的作战中"切实遵行"……1946年停战令下了，蒋介石"限于1月底肃清东江游击队"的密令期限也到了。

万仔的家乡不太平，东纵长期在大鹏半岛活动，东纵的许多机关都紧急撤离，化整为零。

国民党154师分3路进攻东江地区的坪山、龙岗，154师462团2个营及保安队分两路进攻沙头角、葵涌、东西涌、盐田、大小梅沙等地。新一军亦相继占领清溪、土桥、沙湾、双坑及沙鱼涌等地。

1946年2月14日，新一军自平湖沿广九线担任正面主攻，63军从惠阳侧面堵截，并派伞兵部队1个团约1,400余人在南头一带降落，出动军舰沿海面巡逻，海陆空配合向大鹏半岛发动总攻。

春节前后，张德和李和等50多税务人员接到从三门岛紧急撤离的命令，乘坐惠东税务处的木船驶往香港，就在三门岛和大鹏半岛附近的粤界海面被英军军舰截停。张德和曾基、林离三人上英军舰交涉，再三争辩是东纵曾生的游击队，还指出这是大陆海域并没越界。不想英军官说，此艘军舰已借国军缉拿土匪。军舰的栏杆边倚着一国民党军官，他们被押到葵涌墟交给了国民党。第二天早上审问，说他们是土匪，张德说不是土匪，日本仔来了没有饭吃，参加了曾生的抗日游击队。问是什么职务，张答"伙夫"。

中午，他们30多人被押到坪山墟，坪山学校成了临时监狱，当晚午夜开始审讯，还是老问题。

第二天早上9点，30多人被押解到龙岗墟临时看守地，这天又有30多人被押进来，可见四处抓捕疑似"东纵"。

第三天审讯，逼张德承认认识曾生，不承认就要枪毙，接着还用电线缠绕他的两个大拇指，再问认识不认识，张德还是摇头。

审问的人摇动连接电线的电话机，一通电，张德全身一阵阵发麻发冷，抽搐着昏了过去，不知道摇了多久电话机，他醒过来又被问同样问题，同样回答，同样再用电刑，不知道通了多少回电。

几天后被押到宝安县国民党政府的南头监狱，监狱关押了70至80名东纵游击队员。

这时正是国共谈判阶段，迫于压力，大约4月份才无条件释放了他们。

几个月监狱生活，张德虚弱得站都站不稳。万仔喜欢站长张德，他恼恨国民党像日本仔那样用电刑折磨站长。

陈万说东纵一北撤，国民党更要复员人员自新承认土匪。他不敢留在家乡跑到香港，组织安排他去卖《华商报》维生。

国民党新一军也从缅甸来到香港。这天陈万卖报碰到个军服笔挺笔挺的军官，脚上的大头皮鞋亮得好像镜子，一看报就大骂"共产党报纸！"夺过报纸又撕又踩。万仔靠卖报纸吃饭，伸手抢报纸，被一脚踢翻在地，两手被大皮靴踩出血……

大皮靴踩出了什么样的仇恨？陈万咬牙切齿反复了又反复，"啊呀，被新一军的大皮鞋踢！"

报纸卖不成了，没工作，生活怎么办？靠东纵的战友李少林（阿盘）、黎汉韬、卢清，他们一看他没饭吃就说：万仔，给你一毫子。

一毫子能买一碗牛腩饭……

这一毫子，他也记了一辈子。

1946年农历九月，大概新历11月初，组织让他从香港回来，干什么？先在国民党大亚湾联防大队，当时的东纵复员人员罗汝澄、林文虎和刘立都被派进去了，彭亚景和林文虎任副大队长，穿的是国民党军装。

陈万解释这叫"白皮红心"。

"1946年底，蓝造叫我们出来，去碧岭新屋五层楼附近的村子，我带了林福、陈海仔七八人一起……不久，惠东宝人民护乡团成立，我们拿到短枪，还有一支冲锋枪，开始在坝岗、葵涌、大鹏城一带活动，七八人分为两三个小组。我和钟坚、王松一个小组，属钟明领导。"

1947年3月成立的惠东宝人民护乡团，蓝造任团长兼政委。1948年惠东宝人民护乡团改编为广东人民解放军江南支队，蓝造任司令员。（罗欧锋 拍摄）

"我们穿穿插插到处走，大鹏有一个国民党中队，队长姓黄。我们在赌场捉到他，当时陈贵失枪走火，赌场的人鸡飞狗走。这是大鹏恢复武装的第一次战斗。我们回到葵涌成立护乡团，还印制公告到处贴，看了布告和传单，大家都知道我们回来了。"

　　是什么撑着他上了梯子？

　　如果没有电刑、五保联防、捐钱买壮丁、新一军军官的大皮靴……还有一毫子的牛腩面。

　　新一军军官不知道自己又踢又踩的孩子，看上去弱小无比的万仔，一枪打死了孟汉标。

　　笔者努力从他特别跳跃的诉说中寻找答案——

　　他杀了警察所长，勇敢，留在蓝造身边当警卫了。后来跟过祁烽，最后还成为边纵司令员兼政委尹林平的警卫员。

　　他没说战斗，说和林平一起打扑克，背地里给林平外号。他偏偏没说这些共产党员的信仰。他的叙述细微直观，喜怒哀乐一目了然，这就是他，一个很普通的渔村孩子，说不出跟共产党的道理，但跟了共产党一辈子。

# 沙头角 "大众米站"和月姐

抗战时，沙头角英界南涌的华侨罗氏家族被誉为"港人抗日第一家"，家族中先后加入东江纵队的近10人。

广东沦陷后，1941年初罗汝澄、罗欧锋先后返回宝安参加曾生的抗日游击队（东江纵队前身）。1941年底日军进攻香港，罗汝澄领游击队返乡和哥哥罗雨中组织香港第一支村民抗日联防队，姐姐罗乙昭跟着加入游击队，更名罗许月。

1946年6月东纵北撤，曾担任港九大队副大队长的罗汝澄和罗家兄弟及大姐许月都复员返港，汝澄和雨中在新界大埔开了店铺，本可以安稳过日子，何以几个月后相继返回宝安或惠阳（今日深圳地区）加入了反抗国民党的队伍？

天天都听到往日战友被国民党政府强迫自新或杀害的消息，宝安、龙华、布吉等地，仅7月份被杀害的复员人员就高达100多人。而海丰、紫金、粤北、九连、清远等地，不仅复员人员，连一些民主人士和进步学生也遭到杀害……不少战友投奔香港罗家兄弟，店铺自然成了接济战友们生活的联络点。当东江纵队宝安大队队长曾鸿文一家无家可归，出手相助的正是罗氏兄弟。

罗家姐弟中，没有比抗战期间港九大队交通站总站长"月姐"更痛楚心哀。北撤了，孩子们不肯离开，不肯复员。家，不是虚的、嘴上说的，是实实在在的家。

小交通员们几乎都来自贫苦家庭，家人多在日军扫荡中遇害或失散。小交通江来福（右）个子长高了，扛枪去队伍了。在看什么？不舍交通站这个家？（罗欧锋 拍摄）

　　孩子们喜欢月姐和他们的家——冬天，风像一把冰刀在身上乱刮，月姐就睡在风口，为衣单被薄的10多个小交通员挡风，有时搓一搓裹一裹冰凉的脚丫，或煮锅热水暖脚；半夜月姐会起来查铺怕孩子着凉。谁病了，月姐就忙个不停，找药，煎药，遇上病情紧急立马背起孩子，不管三更半夜还是寒风呼呼，硬是赶到大队医务所；碰上有太阳的日子，晒太阳暖暖，没太阳就大伙碰撞身子，唱着月姐教的"大刀向鬼子们的头上砍去"，把身子碰暖唱热。

　　晚上空闲，月姐拿出大队政训室编的通俗课本，让大家学文化。有孩了累了一天只想睡，为一口饭参加游击队，有饭吃就行了。月姐说不会一生一世当交通员，将来，赶走日本仔，和平了，干什么？有说开飞机，有说开轮船，有说上大学，月姐说不识字，能开飞机、轮船？赶走日本仔就去读书！

想和平吗？想坐在课堂里读书？想极了。这一想自然学习就有精神，为了开飞机开轮船为了和平，识字！

抗战胜利那天多高兴啊，跳的叫的笑的，可说到复员回家，孩子突然哭了，抱在一起不肯分离，有家的回去没几天又逃回来了，还带来了骇人的消息：东纵的复员走到半路就被"荷荷鸡"抓了，布吉的被砍了头，龙华的被砍了手脚，惠阳的被割了舌头……被割下的头，舌头拉出来，铁线吊起耳朵或舌头，挂在码头、车站、村前的大树，那些地方人多……

不是说赶跑了日本人可以读书？不但读不上书，还要东躲西藏，怕"荷荷鸡"抓捕。

孩子们死活都不要"复员"，死也要一块死。

"天塌下来当棉被盖。"月姐的声音不大，孩子们不哭了。

孩子们不知道月姐心里堵着一块巨石：如何活下去？

结果，她领着100多个十七八岁，曾经和自己出生入死的小交通员，来到新界红石门，这小海湾有多偏僻？从沙头角转往鸭利洲吉澳，再往荔枝窝海边，坐船又坐船，再走又再走，路走尽了，也就是红石门了，一个几近没有人烟的荒僻野地。他们开荒种地，还上山砍柴挑到新界卖钱买米，没有菜，到海边捡海螺，熬过了最艰难的日子。

这样的日子还得熬多久？开店铺或在红石门种地，都不是长久之计。心窝里拱动着一句话：什么时候打回去？

在香港隐蔽的原东江纵队政委林平，也在煎熬中等待。

1946年11月17日中共中央致电中共广东区委："广东敌人兵力空

虚，灾荒遍地，国民党又征兵征粮，因此造成了发展与坚持游击战争的客观有利环境。应在党内消除过去认为广东长期特别'黑暗'，因而必须无了期埋伏之思想；广东党今后的中心任务即在于全力布置游击战争。目前香港干部集中绝非好现象，应坚决疏散一部到武装部队中工作。"

10天后，1946年11月27日，林平召集留在香港的东纵部分骨干：蓝造、罗汝澄、林文虎、李少林、曾建、李群芳、叶维儒、张军、彭亚景等，在香港新界八路军驻香港联络站（何笠家）开了秘密会议，决定"恢复武装斗争"。

江南地区从此迅速重建武装队伍，月姐回到沙头角，在党组织协调下和黄翔等东纵战友们一起，集资将沙头角墟中心的米站"盘"下来，取名"大众"，就是人人有份的意思。当时，不少奸商趁着局势混乱，囤积粮食抬高物价，他们却坚持以尽可能低的价格卖给当地百姓，保证当地的粮食供应。

月姐燃起了"重整旗鼓"的希望。

抗战时期港九大队有多少交通站？

《港九独立大队史》记载，西贡地区有深涌、赤径、过路廊、沙角尾、坑口和梅子林交通站；沙头角地区有乌蛟腾、涌背、三桠、沙螺洞、横山脚等交通站；元朗地区有梧桐寨村、大窝村、夏村和荃湾交通站；大屿山中队有大浪村交通站；市区中队有坑口、九龙市区、香港岛等交通站。两个交通站之间，根据距离长短设立一两个中转站。

月姐逐渐恢复了连接香港大埔到内陆惠阳、东莞、宝安的交通线，而米站成为游击队往来中转、落脚留宿的地方。她还是那个东纵时期迎来送往的交通站站长，恢复武装急需的人员、物资、情报不断输送到惠阳、东莞、宝安地区……香港简直成了游击队的物资供应站。

1947年3月惠东宝人民护乡团成立时，她被委任为第二大队交通站总

90岁的月姐尽力回忆：在司令部，我是东一支第一个，也是唯一的交通女参谋，生下第一个女儿40天，交通员送来条子：见字即刻回来……丈夫黄翔点头，翻出了1948年年初出生的女儿的照片。（廖国栋 拍摄）

站长。她的弟弟罗汝澄被委任为第一大队（主力）的队长兼政委。

1948年，惠东宝护乡团改编为广东人民解放军江南支队，罗汝澄担任第一团（主力）团长兼政委，罗欧锋担任第二团副团长，罗许月的丈夫黄翔担任第一团的军需副官。月姐担任第二团交通站总站长。

1949年1月粤赣湘边纵队成立，江南支队整编为东一支，东一支有7个团，其中第七团团长罗汝澄（兼政委），第八团团长罗欧锋，兄弟团长的姐姐罗许月担任第二团交通总站站长（后调任东一支司令部交通参谋），哥哥罗雨中留在香港协助地下党工作。

罗雨中和妻子黄财娇、罗汝澄的妻子余仕珍、罗欧锋的妻子欧坚，都先后加入边纵，或担任香港地下党的秘密交通员……

# 沙鱼涌　软豆腐也要当钢铁打

1946年11月27日，罗汝澄参加了林平召开的江南地区东纵骨干秘密会议。

此时，曾经和东纵合作抗战过的国民党旅长何联芳，11月组织成立了国民党政府承认的"大亚湾联防大队"，他托彭亚景秘密到香港找共产党，希望派干部领导这支队伍。广东区党委选派罗汝澄担任公开名义的副大队长，实际上的政委。大队长彭亚景和副大队长林文虎都是东纵时期的战友，尽管罗汝澄当时身患肺病，妻子刚难产去世，他没有半句托词就走马上任。

他们"争取延长公开合法时间，进行巩固与发展部队，打好经济基础，团结中坚力量，要提高警惕，随时准备上山"。大队下辖3个中队，3个中队分驻澳头、南澳、葵涌。

联防大队刘立中队以东纵复员战士为主，包括前节杀了王母墟警察所长"孟汉标"的万仔。其他2个中队都是土匪武装改编，流氓习气不听指挥，更严峻的是国民党不是傻子，已觉察他们承认的"联防大队"，正被改造为共产党队伍……国民党暗中准备先下手为强。

1947年春天国民党"全面清剿"江南地区，从3月至12月，整整10个月，保安第八总队等进攻江南地区多达13次，较大规模有4次。

第一次进攻为3月，保安第八总队等分4路，消灭目标也就是罗汝澄、彭亚景、林文虎领导的大亚湾联防大队。

1947年3月7日下午保安第八总队黄文光两个中队进驻坪山。当晚11

罗汝澄笑了，香港出生的华侨儿子，却返回宝安读最地道的南头中学，种下让百姓过好日子的梦，即使兵荒马乱也有憧憬一笑。（罗欧锋 拍摄）

时，江南工委书记蓝造（即将成立的惠东宝人民护乡团团长兼政委）接到情报，立即通知正在葵冲的"靖沿"部队撤出，黄文光的队伍扑了空。

12日，蓝造指出形势紧迫，必须立即撤出准备战斗，宣布接受中国共产党领导。

13日，保安第八总队徐东来在淡水开"剿匪"会，要求"联防大队"配合，承诺拨发机关枪等武器，淡水防务也交其负责。彭亚景产生幻想，以为保安第八总队进入澳头仅为钨矿出口生意。想等半个月，运出一批钨矿再撤出。

撤不撤？罗汝澄、林文虎当机立断和李亚胆等率刘立中队及20人的短枪队撤出澳头，返回坪山田心。

结果，25日，待彭亚景感到危险乘车撤离澳头时，幸得中途紧急下车才免被捕杀。26日，没撤出澳头的两个中队被保安第八总队围歼了。

　　罗汝澄的果断保存了刘立中队，当惠东宝人民护乡团成立，他被委任为第一大队大队长兼政委（**主力大队**）。他带领肖伦中队在今天深圳的横岗、龙岗、坪山、大鹏以及惠阳的秋长、永湖、镇隆一带活动。

　　初建的队伍缺武器弹药缺吃缺用，士气不高，罗汝澄变卖了自己的两个金戒指，暂时缓解了肚腹之急，可国民党的"全面清剿"来势很猛，共产党护乡团的士气如何提升？

　　怎么办？打一胜仗。

　　首战攻打驻守沙鱼涌的联防大队某排。如何取胜？出其不意。1947年4月10日为圩日，队员们化妆成赶圩的客家人，挑着担子戴着凉帽晃悠晃悠到了岗楼前。哨兵浑然不觉间，腰间突然被驳壳枪管捅着，吓尿的这刻，队伍冲入营房，缴获了两挺机关枪等武器。这一仗应了罗汝澄的"首战必胜"，士气猛涨。

　　接着惠东宝人民护乡团一连串主动反击：11日肖伦中队袭击葵涌，11日李群芳武工队夜袭惠阳新圩，13日严中英中队在盐田伏击宝安县警队。

　　国民党也在4月下旬开始第二次进攻，虎门"靖海"部队与保安第八总队配合进攻坪山、龙岗、大鹏等沿海税站。进占王母墟等圩镇后他们就不断以小部队搜索，伺机围歼江南部队主力。

　　罗汝澄率领护乡团一大队跳出坪龙地区，5月中，夜袭镇隆联防队，6月20日夜袭横岗惠阳县警队。而余清中队在路西（**广九铁路以西地区**）配合三大队开辟新区，从6月下旬到7月，连续4次袭击沙河、大坪等据点。

　　结果国军撤回宝安、东莞太平一线，但7月中的第三次"清剿"，改由徐东来和国民党惠阳县长梁国才亲率保安第八总队、县盐警、政警等水陆两路先夹攻坝岗"民主联军"，后进占坪山地区。

罗汝澄等护乡团主力挺进惠州外围，破桥炸车，传单散发到惠州城里。7月下旬夜袭白花圩，迫使徐东来匆匆返防惠州。严中英中队在坪山整夜骚扰留守坪山中学梁国才带领的县警中队，而余清中队设伏公路，次日清晨，急逃龙岗的梁国才，汽车被埋伏的地雷炸翻。第二天，驻坪山、龙岗的县警队也立即撤回淡水。

国民党"清剿"的第四次进攻为11月初，广州行营特务团1个营进驻广九线，"靖海"大队1个大队进驻大鹏半岛，保安第八总队进驻坪山等。

罗汝澄一大队东进惠阳、紫金，远离"清剿"。他亲率主力一连灵活出击，协助惠紫人民自卫大队摧毁了国民党的乡村政权。李群芳的二大队进击惠阳新圩、约场、镇隆等炮楼据点，12月24日，伏击歼灭保安第八总队专门破坏税收的张泽中队。

1947年，江南支队没被"清剿"灭了，根据中共中央香港分局"避实就虚，避重就轻，避大就小"的作战方针，实练了一套灵活的游击战术。

罗汝澄的一大队还开辟东江河东部新区，队伍从250人发展至500多人。

1948年上半年，宋子文策划第一期"清剿"，重点在粤北边区地带，粤赣湘边地区的共产党武装总体严重受挫。下半年，宋子文筹措第二期"清剿"，重点为江南地区，6月下旬，集结了7个团9,000多人的兵力，7月初154师（3个团，3,600余人）开至广九铁路沿线的东莞、宝安地区和大鹏半岛、沙鱼涌一带；税警团（1,500人）进驻东莞；虎门守备总队（1,000多人）集结于虎门、深圳一带；保八团（1,200人）、保十三团（1,800人）集结于惠州、坪山、淡水一线。

7月初，以154师为主力，保八团和虎门守备总队等武器装备优良的国民党军队分东、西、北三面逐步逼近坪山地区。

当时惠东宝人民护乡团刚整编为广东人民解放军江南支队，1947年底始建的2,700人发展至7,200人，但机动可集结的主力部队只有1,200人。主力一团（*原罗汝澄的护乡团一大队*）已回师坪山，国民党军只要逐步将在惠阳的二团，在东莞、宝安的三团逼至坪山，待驻守坪山南面沿海据点的154师一收口，将合围聚歼江南支队。

江南支队处于"大布口袋"里头，除非打一仗撕开"大布口袋"，可该往哪里打？哪一面最弱？

大鹏湾的沙鱼涌，也就是1947年罗汝澄率领护乡团一大队攻打的地点，不过当时仅有一个排的兵力，此时却是国民党154师23团第一营营部，驻守步兵连和机炮排及海关税警等300多人。但154师败退华中战场，在广东扩充为一个师，除营、连及机炮排的军官有作战经验，其余为刚补充的新兵，相比之下为最弱。

沙鱼涌小圩靠山面海，离坪山15公里，葵涌四五公里，土洋村2公里。

蓝造决定亲自带领罗汝澄的一团、李群芳的二团和张军的三团钢铁连夜奔袭沙鱼涌，一团团长罗汝澄担任攻击部队的指挥，蓝造说"只许成功不许失败！"

罗汝澄眯缝起细长的眼睛，他们作战兵力1,070人，近4倍于沙鱼涌守军，整体的劣势瞬间变为局部优势。不过，哪怕一块软豆腐，也要当钢铁打。

他让一团副团长黄友亲自侦查，找到大鹏武工队队长葵涌径心村人廖梦，调查守军兵力和驻地情况。

第一手情报以及简陋的地图，都摆在罗汝澄的案上：东纵老兵廖梦熟识沙鱼涌，让武工队化装去买鱼。渔船和鱼栏就在营房附近，操练士兵面黄肌瘦，跑步没力没气，判断是刚抓来的"猪仔兵"（*壮丁*）；让老百姓去后山打猎，吆喝山猪"哦！"，兵士出来了，判断仅有1个

江南支队主力一团团长罗汝澄,骑着马皱了眉头想事。"绝地反击"的1947年,日子苦,他连戒指都卖了给队伍筹粮……(黄翔 提供)

排哨。还摸清这个营长看不起"土共",以为大鹏"不就20多人的廖梦仔?"土洋坳没有排哨,葵涌只有1个班的情况。154师某营营部设在沙鱼涌墟镇北端,海关设在南端。排哨驻东侧高山,为机炮阵地,火力可控制整个沙鱼涌。圩口的碉堡可控制从葵涌进入沙鱼涌的通道。沿东侧山脊至圩口的石壁高地,构筑了堑壕和铁丝网。而该营还有3个连分别驻在陈坑、溪涌和沙头角的沿海据点,与沙鱼涌遥相呼应。

……

7月15日深夜,奔袭沙鱼涌。主攻一团分南北两路,南路主攻东侧高地排哨及海关,北路插入墟内主攻营部。助攻三团钢铁连于西侧土洋坳高地,以重机枪封锁营部等火力点,支援掩护攻击部队。设伏的二团2个

　　沙鱼涌，东面官湖山，西面土洋坳，两岸耸立如一个M字，M中一条弯弯曲曲由北至南的入海小河。一片凹凸嶙峋的岩石滩连结着涌和海，腊肠般狭长的山道尽头，是走完不到10分钟的小村，却有30多家店铺，往来香港的渡轮和渔船泊满小海湾。（张黎明 拍摄）

连于土洋村西侧高地，拟阻击溪涌、沙头角方面援军。

　　7月16日凌晨4时，攻击的信号弹升空。

　　罗汝澄、林文虎、邓华亲率南路主攻部队，一团白虎、黑豹连（连长邱达、魏贵）以及三团钢铁连，分两路强攻。一团攻击圩内班、排哨，副连长戴来冲越排哨铁丝网时中弹牺牲。30分钟激战后，廖来排和杨耀排攻克排哨，杨抗生排攻克与排哨互为掎角的班哨；三团钢铁连攻击海关。

　　一团白虎、黑豹连歼灭排、班哨后，分两路推进，协同北面部队攻击营部和海关。

　　黄友、肖伦率北路部队，一团赤龙连（连长叶金蕴、副连长李岳）

和二团独立中队（队长肖强），横越沙鱼涌东侧山脊突击圩内营部，分兵从侧后直插路口碉堡。肖强独中在圩前受阻，除铁丝网还夹有两侧碉堡火力阻击，他即带队迂回，在一团火力掩护下，绕过火力控制区，炸毁铁丝网，攻下炮楼直插海边税警排碉堡。肖强挽机枪攀石崖，率队冲锋。

北路部队夺取街口碉堡，除小部分巷战外，大部分兵力围攻营部，利用国民党营长妻子喊话和送信。国民党连长黄右仁等数十名官兵投降，但营部守军凭借高墙厚壁固守抵抗，副连长李岳负伤。连长魏贵发现后山有一大树树枝伸向营部房顶，即派战士爬上树顶撬开瓦面投掷手榴弹，正面部队趁乱攻克营部。

南北两路部队继而夹攻海关，8时30分攻克海关。

战斗历经3个多小时，其间，国民党曾发急电向邻近各据点求援，但分驻溪涌、陈坑、沙头角的3个连以及沿线据点，都不敢前来救援，第二天反而撤走了。

宋子文万万想不到，布袋里刺出这一利剑。

这一仗大大激励了江南支队的士气。

第二仗，山子下伏击战。

时隔不到一周，7月22日，江南支队获紧急情报：23日154师1个团和保八团、保十三团分别抵横岗、沙鱼涌、淡水、新圩等地，4,000余兵力分四路合围坪山地区。故集中一、二、三团1,000多兵力设伏，23日晨，154师22团第2营和萧天来大队，从横岗进入山子下小路伏击圈，二团即发起冲锋。仅40分钟全歼此营。

第三仗，红花岭阻击战。

8月2日，保8团等获知江南支队主力驻龙岗西北石窝村和楼下村，即集结2,000多兵力，八月3日凌晨偷袭支队驻地。

紧急中，江南支队一团率先抢占小高地，二团抢占红花岭主峰和几个制高点。

7时20分，"清剿"军队"八二"迫击炮、"六O"炮和轻重机枪轮番轰击红花岭，10多挺重轻机枪和密集炮火掩护步兵，攻击主峰阵地达12次不果，战斗至下午4时多，二团整整坚持了10个小时才撤离阵地。

此时，江南支队主力一团已掩护支队领导机关，钻出"布口袋"，当夜悄悄渡过惠淡河径直东去……

沙鱼涌等三场战斗，在《粤赣湘边纵队史》或《广东人民武装斗争史》均有总结性的记载，称为"江南大捷"，继而成为粤赣湘边各地区"积极防御，集中优势打歼灭战"的示范战例。

廖梦说过：国民党的兵，一看就知道是"猪仔兵"，而从护乡团至江南支队，都并非强迫的"壮丁"，这才是最大的优势。

沙鱼涌参战的1,027人，百分之九十是普通战士，有一位香港新界人黄海，当年北面主攻部队罗汝澄团赤龙连（一连）机枪班弹药兵兼副射手。他这样评价连长叶金蕴和排长黄来——

机枪班12人，石松是机枪射手兼班长，石松好大胆，不怕死，哈！共产党培养的人就是不怕死，他在岭头一见国民党就站起身扫射，人家的英国水龙机（重机枪）……唉！心口中了三四个子弹窿，半声都没有吭就牺牲了……石松倒下了，机枪在旁边，我是副射手接着战斗，拉过机枪匍匐前进。国民党的水龙机猛打，哇！我的鞋被子弹削掉半只，凸起的半山岭，我们班一下子牺牲四五个！叶金蕴这个客家佬连长好爱兵，好难过，兵就是他的命！

叶金蕴好怒火，指着黄来：你点（怎么）指挥？！我枪毙你！

黄来很难过，说自己指挥失误，请求处分！

叶金蕴亲自指挥，叫我们退回岭头继续打，土洋坳那面我们的重机枪打，这面我们机枪打，步枪打，又丢手榴弹，两面夹击，打到他们的水龙机停火再冲。

大转折
深圳1949

我们人多啊，四面八方都有。

罗汝澄布置很妥当，沙鱼涌不算难打，不算艰苦，我们冲到了，差不多天亮了，天白白的。

我们打到他们没还手之力，接着国民党湖南佬连长被迫走出来举手投降，也是中国人，不过被蒋介石利用了。他叫国民党兵停止战斗，大喊我叫什么什么，我已经投降，不要打了。

我自己问自己"为什么游击队这么勇敢？"

赤龙连的指导员、服务员讲"我们为什么打国民党？"

有父亲被国民党害死，有自己被国民党捉了当"猪仔兵"，怎么办？穷苦人一个开口，一个又一个，越讲越多就跟着好多人开口。有的人不会说，听着听着就一肚子火一肚子仇恨，一口咬手指头写血书，上战场。

有仇恨就不怕死，所以找共产党。

罗汝澄这个人有文化，有口才，指挥战斗更行，战前开动员大会，在班里开会表过态的人先上台诉苦，游击队多数是贫苦人，当长工的、卖猪崽的、看牛的。革命都是找碗饭吃，都讲到我们游击战士的心里。

啊呀，对国民党点样（怎么）办？打！哇！打！半个天都震响！点样打？听领导指挥！然后我们分工，谁打一线，谁打三线，一线的人任务重，诉苦的人打一线，我和石松都是一线。石松是穷苦人，坪山客家佬，我们一班战士都好服从他。他年纪大，比我大2岁……

一个战士，一场战斗，一辈子的记忆。

1948年的这3场战斗令粤赣湘边地区共产党武装走出失利和被动。

江南支队的武器无法和国民党军队相比。从总体而言，集中优势攻其一点是战术胜利。宋子文输的不仅仅是战术，战术可以学可以练，只是宋子文无法拥有这样的兵。

　　赤龙连战士黄海说沙鱼涌战斗结束时：天亮了，解决了，我们
浩浩荡荡返坪山，打了一天，饿了，一路都有粥啊！有饭啊！有番
薯糖水！老百姓自动来慰劳的，哎呀，国民党太过了，都恨……图
中正是江南支队一团赤龙连（一连）。（黄翔 提供）

　　《粤赣湘边纵队史》记载，江南支队这3场战斗连同其他战斗，一共歼灭国民党军1,500余人。

　　这江南大捷和全国性的战斗相比，如沧海一粟。它们很小，却成为扭转粤赣湘边地区局势的战例。

　　没有它们也就没有后来1949年的中国人民解放军粤赣湘边纵队。

　　这就是事实。

# 皇帝田  住在人字形的大草棚

　　1949年1月，东上海陆丰地区的三虎连，改编为东一支主力独立第二营二连。

　　以原三虎队深圳龙华籍子弟为主的每年相聚，话题永远是他们的连。这些80多岁的老人互相拍打肩膀，旁若无人地指着对方的鼻子笑骂或揭短，经历了战场上的生死之交，维系了没客套尽管大声笑的情谊。他们中的灵魂人物是当年三虎连指导员张玉，从皇帝田开始到率三虎连东上编入独立营。1949年5月，边纵组建主力部队，三虎队和兄弟连队合并，编入边纵独立一团三营二连，张玉先任三营教导员，后任营长……2007年1月11日，笔者与他们开座谈会时已经无缘张玉，也就剩下10多人，他们依旧常常相聚在深圳。张玉的儿子企业家张华又成了聚会的召集人……到会的人逐年递减，刘伟英、陈桂才（陈添贵）等等先后离去。何鹏飞说就剩下自己还能走能动能说话了……即使剩下一个人，他和张玉的儿子又在2018年1月相聚。

　　翻阅和重听2006年至2018年间的采访笔记和录音，翻找1949年的碎片——

　　东纵北撤后，1947年10月，江南地委特派员刘宣，在赵林的协助下于11月组建三虎队，属惠东宝人民护乡团三大队，后改为江南支队三团三大队，三大队经常驻在龙华长岭皮村。

　　为什么叫三虎队？

　　3个班3条"老虎"。初创时宝安龙华子弟五六十人组成了2个班，

每年聚会，老人们张口闭口都是"我们三虎队"，可见根深蒂固，其灵魂人物就是图中边纵主力一团三营张玉营长（中）、曾光副营长（左）、叶清扬教导员（右）（张华 提供）

松岗文造培武工队（本章第一节曾强从香港回来组建的武工队）抽来1个班，一共3个班，3条老虎！就叫三虎队。当时是小队，刘桂才任小队长，吴炳南任副小队长，吴振文任政治服务员，他们都是东纵北撤后留下来的。

龙华青年，还得从1928年出生的何鹏飞说起。

他父亲何伯琴是龙华中心小学校长，妈妈陈春招在家种田。他兄弟3人，家境属中等，他怎么也跟了"土共"？

1938年日本人打到宝安，龙华有两条"红村"，弓村和赤岭头，他就是赤岭头村人。"红村"就是东纵和地下党常常活动的村子，号召大家起来抗日，不当亡国奴，他父亲成了共产党员和抗战时宝安四区的区长，他哥何玉麟也是村民兵自卫队队员，配合部队打仗。

何鹏飞从10岁开始，天天听到"日本仔"干坏事，天天听父亲和哥哥说"打日本"。听着听着，童年就这么过了。

1943年他15岁，村里有个东纵情报员何炳佳，有一天对他说有个任务，送封信去沙河。孩子想都没想就说好，化装成看牛仔，打着赤脚手里拿根牛绳，肩上挎个牛嘴笼，那份卷成小烟卷的信就掖进斗笠的缝缝里。就这么简单成了东纵的小交通员。

那时候日本人占了南头，大沙河一带是沦陷区，龙华是游击区，从龙华送情报到沙河，大概有3堂多路（约15公里），得走半天。到了沙河庵前村荔枝园，他把情报放在有记号的石头下面。每五六天送一趟，他从没见过接情报的人。

1943年大旱年，稻子结不出米，竹子开满花，他一路送情报，碰到很多香港逃回来的难民，没吃的，一个个倒在路边，剩下一副皮包骨和两个空瘪的大眼洞。饿死的尸体无遮无掩摊在树下路边，一不小心被绊倒，有些半死不活的眼珠子一动把人吓出魂魄……

他每回送情报走三四小时，很累很饿也没报酬。那个接情报的人好像知道一样，让荔枝园不认识的老百姓悄悄告诉他，附近祠堂留下一些米和咸鱼，祠堂有沙煲，他可以煮饭吃，有饭吃比什么都好。

何鹏飞始终没说出"为什么"，跟了东纵部队像天经地义似的。

笔者直接问：15岁的孩子，怕吗？

他说好奇怪，不会怕。有时候晚上送情报也不怕，一脚踢到饿死的尸体不说，有次走在田埂上，突然冲出来一窝山猪，母猪带猪崽下山偷吃稻子，呼哧呼哧，他也就惊了一惊。他说不怕鬼，怕人。南头城的日本兵晚上不敢出来，可国民党的兵会出来，碰上就麻烦了，国民党就抓共产党，村里都知道这"荷荷鸡"。人们什么时候恨国民党？骂其耷肩弓背"荷荷"喘的发瘟鸡？不知道，何鹏飞怕"荷荷鸡"。

东纵北撤后都知道国民党追杀共产党，南头城和观澜墟挂着不少抗日共产党的人头，他阿爸带着他去香港躲了几天。

转眼1947年11月，有个村里的伙伴来串他"拉队伍"打"荷荷鸡"，19岁的他动心了，晚上也悄悄去串门：成立武装啦，去不去？去！

你拉他，他拉他，赤岭头村和元芬村，还有其他村，一个一个秘密串门去了。

这天，他急急忙忙翻出几件衣服上山参队，父母不在，来不及告诉他们就上山了，母亲到处找，还真找上山了，舍不得儿子，让他回家。

何鹏飞没听阿妈的，既然出来了还回去？！

既然出来了还回去？那些龙华子弟，怕都是这样不回头的。

何鹏飞一直都在三虎队，曾强当第一任队长，后来又调张玉当指导员。

队伍慢慢扩大，1949年1月，东一支组建主力独立第一、二营，三团三虎连东上海陆丰编入独二营。


2007年的座谈会，何鹏飞主持和总结三虎队的战斗历史——

三虎队打过多少仗？

第一个阶段：1947年11月至1949年1月份，在宝安主要打沙头、白石洲、清水河、平湖、黄惊坑、鸡公山、石坳等仗。在惠阳的较大战斗就有在红花岭、渡头仔和配合二团围攻淡水。

"皇帝田是我们三虎队的摇篮，建队初就躲在大山沟皇帝田，搭个人字形的大草棚，住了几十人，分两排脚对脚睡觉，中间还有一条小通道。有一个女同志事务长，睡在最靠边的角落。做饭冒烟会被发现，只有没天亮就做饭，吃完饭装一盅饭上山，晚上才下来。一有空闲就学习射击，学瞄准三点成一线，没有教官，老兵教新兵。"

1948年5月，"我们老虎要下山了"。

谁插话了："打沙头和白石洲，都打胜了，我第一次缴了卡宾枪，回来就在皇帝田试枪，真漂亮的枪。可上级一听说缴了好枪，就叫我们上缴了。"

何鹏飞挥挥手，安静后继续说。

第二个阶段：1949年1月—1949年5月，我们东一支三团三虎连，东上安墩编入主力独立二营。

张玉率队与各主力配合攻打陆丰城，战前精干人员多次化装进城，近距离侦察攻击目标、地形地貌，还组织大沙盘作业，研究协同作战方案，模拟作战演练。

我连主攻潮州会馆（国民党县政府），会馆四周有堵2米多高的厚围墙，大院正门向东，紧挨一片苞米地。院里的潮州会馆坐北向南，砖厚墙高，大门厚实坚固，西面有座四五层高的炮楼正对着院门，与会馆互成犄角，形成交叉火力，控制大院至院墙外的大片开阔地。

一说1949年4月4日的陆丰战斗，这群龙华老战士突然被激活了——

老战士郑成基的声音"邦邦邦"十足铁锤子落地，明显带着气："地雷班用错了地雷！大的炸围墙，小的炸大门，结果狗都钻不进去。冲进去两班人只有撤退，人家的机枪一'辣'（扫射），死了好几个！"

何鹏飞也放开了自己——

"我们10多人就在门边，两扇门又大又厚，进不去啊，你看我我看你。西侧炮楼居高临下不停扫射，潮州会馆里的国民党兵也爬上屋顶，拼命向我们扔手榴弹，幸亏会馆门前的飘檐比较宽，我们躲在屋檐下，机枪打不着，手榴弹也扔不到，只见手榴弹噼里啪啦地爆炸，四处弹片横飞，哎呀，我中了好几个弹片，颈脖一个，屁股一个，记得在医院夹

这是边纵主力首次攻打县城，三虎队主攻的潮州会馆，涉水过了浅沙河，一进入玉米地就遭到炮楼的火力阻击。地雷班冲到围墙门，火光一闪，他们一下冲过炸开的围墙，却被堵在会馆大门……（廖国栋 拍摄）

弹片，钳子夹得'嗨嗨嗨'响。

"近一个小时，天快要亮了……上级命令我们撤退，我们只能一个个退出来。"

郑成基又忍不住插话："我和陈桂才先退出来，爬上办公室屋顶，把他们打落去，掩护你们出来。撤出来的人，好多在苞米地受了伤，文化教员从香港回来的，掉进了屎坑，我跳进去，嗷，吮了好几口屎坑水。"

郑成基突然哽住了，一摆手让何鹏飞往下说——

"战斗很激烈，我撤出来在榕树头中了一枪。这场战斗牺牲的有刘

何鹏飞比画着：会馆里的敌人全爬上瓦面，旁边的小炮楼猛烈开火。我和10多个突击队员冲进大院的会馆门前，不料，地雷班的人牺牲了，没人能炸开潮州会馆坚固的大门。（廖国栋 拍摄）

桂才副连长，杨东勇、刘桂莲、李梦，还有香港回来的17岁卫生员刘敏仪等9人，留下掩护撤退的同志，几乎没有人能安全撤下来……

"我们在陆丰战斗，伤了几十人，少了三分之一的人，连队减员太厉害，后来和另一个连队合并了。"

老战士们禁不住抢话，似乎还在现场，应该这样或那样。郑成基更是不顾一切且义愤填膺大声说："关键是被坏人带路，在那里转了五六圈，转到快天亮，那个带路的不见了。后来我们叫抬担架的群众带路，才上去了。可会馆里面煮好饭吃完了，等着我们打。"

这些老战士完完全全一副战斗总结的模样，这能传染人，笔者不禁想，若熟识潮州会馆的地形，攻打陆丰城的历史怕要改写了。

何鹏飞继续谈三虎队的第三阶段。1949年5月，组建边纵主力团，三虎队编入主力一团三营二连……

最后念一遍加入三虎队的龙华子弟姓名，这是每年聚会的仪式。

元芬村10名：戴寿生、戴仁达、戴仕太、戴金娇（女）、张强林、张天球、郑成基、陈添贵、周玉英（夫妇）。

赤岭头村9名：何鹏飞、何天发、何金友、何恩、何德明、何恩华、何福仁、戴官福、张运娇（女）。

石坳村5名：谢恩林、谢恩福、杨东友、杨官娇、杨连送。

龙胜村彭国民和狮头岭村卓天生等。

念名字的时候，他们鸦雀无声一脸肃穆。

何鹏飞要求笔者一字不漏写上这些名字，这些名字对于笔者是符号，对于他们是生死之交。

他要求**笔者**一定要**写上**这一笔，让更多的人**知道可以**这样帮助别人。
这或是他们**贯通一生**的选择。

第三章

择木而栖

# 采写手记

和国民党政府较量，不是斗嘴，是两军对垒。

兵从哪里来？细想，布吉的曾强、龙华的何鹏飞、大鹏的陈万等也就是宝安的普通百姓，抗战胜利了非但没过上和平日子，反被政府判以"东纵"土匪罪名的复员战士。那么与其躲躲藏藏担惊受怕不如把埋藏的武器挖出来，光明正大地和国民党政府对着干了……话说回头，东纵复员战士也就几千人，1949年7月，边纵的队伍已经发展至38,000人。

2006年7月29日采访陈汉，他曾经参加了国民党"知识青年远征军"，可后来为什么弃国民党而择共产党呢？

他算起来已经81岁了，都过去60多年，依旧重重地叹气。

1949年宝安县城就在南头，国民党宝安县政府、县党部、县警察大队，都设在南头中学和南头古城一带。

他说县长还不敢睡在县城里。

1949年1月，中国人民解放军粤赣湘边纵队成立，活动在宝安的共产党武装江南支队三团整编为东一支三团，其钢铁、三虎、活虎、金龙、铁鸟5个连和1个排陆续调入边纵主力，至1949年六七月，平西和五虎也上调边纵主力。

接着，三团作战参谋林光率镇龙和双虎2个连调入东一支独立营。9月下旬，曾强副营长又率三团新一营三连上调东一支主力。

三团先后上调边纵和支队合共11个连1个排，这东莞、宝安地区共产党的主要武装力量都上调了。

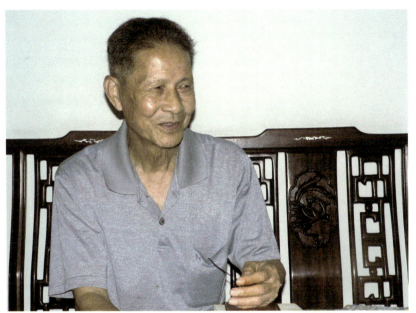

陈汉突然笑眯眯地反问："为什么国民党宝安县县长晚上根本就不敢在县城睡觉？"（张黎明 拍摄）

不就空了？国民党县长还怕什么？

陈汉抽烟特猛，一支接一支，灭了不到几秒又燃起一支，他的脸灰白灰白似被烟幕涂抹了一层。

陈汉1949年初参加武工队，就在三团紧迫扩军的夏季，他所在武工队编入三团。东莞的新金重、黄龙，宝安的金虎队都是这时候编入三团的，6月成立了新一营，9月成立新二营。

三团一面组织上调一面扩军扩枪，这东莞、宝安不曾真空过。

1949年，深圳到底发生了什么？政权，这两个字概括了一切。

1949年6月，粤赣湘边纵队东一支队抽调干部成立了"东宝县人民政府"，宝安地区的龙华、石岩、沙河等区为游击队活动区，并扩大到黄田、固戍、长圳、玉律、观澜等地，建立了宝安等3个完整的区政府。

《中国共产党深圳历史》记载，1949年8月在东莞梅塘召开了东宝县委扩大会议，决定撤销东宝县委和县人民政府，分别建立东莞、宝安县委和县人民政府。中共宝安县委和县人民政府正式成立，黄永光任县委书记兼县长。同时成立宝深军事管制委员会，刘汝琛任主任，代表江南地委负责宝安县的工作。

想到同时存在的共产党宝安县县长，国民党的宝安县县长如何睡上安稳觉？

这三团扩充的队伍里，有多少陈汉？有多少原本与共产党毫无关系的人？

梁仓，1949年2月加入边纵东一支三团，这样的老战士不少，可如此独特的实在不多见。

2017年9月，看到了他的一份自述，细节可以说是触目惊心，笔者请深圳市原粤赣湘边纵队老战士联谊会办公室帮忙联系老人。

结果，这位几近九十的老人提出"电话听不清，加微信吧"。这些边纵的老战士里面，他是第一个主动提出"加微信"的人。希望他提供材料的时候，他说"给个QQ号吧"。

接下来的提问和索取资料主要靠微信和邮箱，他用截图的方法传上几十张资料，使用这等现代化工具接轨，并非绝无仅有，像当年的中大学生廖远耿等，也都如此。

年轻时的他们，必定是一群求知欲旺盛的人。

许多天后，他发上的截图已经与1949年无关，和2017年也关系不大，他的图是一封手写的捐赠遗体的倡议书，笔者看了数遍这段话：今日，我们都老弱了，心有余而力不足。但我们老去还有一个等着大烟囱火烧的遗体，能够做一些好事，做一些贡献。

他说自己的老上级祁烽夫妇等战友都在生前签订了捐赠遗体和眼角膜的协议，东纵老战士黄克捐赠眼角膜帮助了六位盲人重见光明，尤其令他感动，几个月前他也做出这样选择，并倡议离休的战友们同样捐赠遗体和眼角膜……

他要求笔者一定要写上这一笔，让更多的人知道可以这样帮助别人。

这或是他们贯通一生的选择。

# 上大街　时兴书局成了秘密情报站

陈汉，1925年出生。抗战期间，家境殷实的陈汉，家一下子陷入国破家亡的境地，他跟着家人逃难，沿途的辛苦不说，还被匪徒抢劫一空。当国民党政府提出"一寸山河一寸血，十万青年十万兵"，号召知识青年参加抗日队伍之时，他义无反顾报名入伍——加入国民党的"知识青年远征军"。

年轻的他从来没想过打内战，不想打内战的自己，怎么会拿起枪打国民党？听上去有点荒诞，却是连他自己也想不到的结果。

1943年冬天，他成为知识青年远征军209师625团的学员。他记得宝安还有罗健、张允湘等憎恨日本侵略者的热血青年，他们一起参加了种种军事训练，可还没有打过仗，日本人就投降了。1946年他们从浙江到上海，3个月后被3条军舰送回香港，再坐车回广州，住在中山纪念堂，上面让他们复员并发了预备军官证。

这天，结伴逛街的他，走着走着迎面碰上了广州的大游行队伍。

陈汉的大哥是黄埔军校的，曾经担任深圳地区抗日后援会的会长，从小和他说中国人齐心抗日的道理，这是他身上扎了根的情感。此时正是国共重庆谈判期间，当密密匝匝的队伍和"反饥饿、反内战、反迫害"的大旗大横额扑面而来，他和同伴几乎想都没想就加入了队伍。

从中山路到火车站，穿着青年军军服，复员的1,000多人里面，大概有200至300人参加了游行，举拳头喊口号，喊哑了嗓子还觉得不够力度。游行的人都窝了一肚子不想打内战的怒火，一路走一路砸，把惠爱

从广九铁路平湖车站乘车到深圳墟小站，那年代也就半小时。赶圩的贫苦人都跟铁路走，舍不得花那钱坐火车。（选自《定格红色》）

路、中国戏院都打烂了……

他刚回到中山纪念堂，刚要进宿舍门，糟糕，一群国民党的便衣冲进隔壁房间，逐个搜捕参加过游行的青年军同伴。他马上后退，跑过了几条马路，躲到亲戚家里，接着逃到香港。

就因为这一次自发的游行，他和参加游行的青年军成员都被通缉了。

满腔热情的他变得心灰意冷，躲在香港，直到风声过了，才回到深圳墟上大街帮助家族打理自家的"时兴书局"……

书局位于墟市中心，不说布吉、平湖沿铁路出深圳墟很方便，连沙湾、观澜和东莞的客家亲友都会来赶圩，寄放些杂物或饮茶闲聊的人实在多，书店是最好的落脚处。

每个圩日都有新闻，来时兴书局的都是亲戚同乡，大多藏了一肚子乡间新闻，手里拿了一杯茶，脑袋碰脑袋，嗓门压到极限低，开始了口传"新闻联播"……

陈汉多次半夜惊醒吓出一身冷汗，骇然和惊恐令他无法安然入睡。

"有个陈保长捉了东纵复员战士，想要家人交给他20担谷，家里筹不出这么多谷子，他就把复员战士交给'荷荷鸡'，没几天在观澜河的沙滩被杀了。"

"'荷荷鸡'保安团陈镜辉联防大队围剿布吉岗头金竹园，包围，烧山，搜索，杀死了五六个游击队成员，死了也割下头，吊挂在观澜墟的墟门，只要你进墟，不管东、西、南门都挂着人头……有个被活捉的女游击队员被垫在被游击队打死的排长棺材下活生生埋了。"

"打日本仔时的布吉乡岗头村民兵队长陈德林也被捉了，他托话叫家人不要花冤枉钱保他，关了半个多月，押到观澜河沙坝刑场，他喊共产党万岁，被绑起来用五寸的铁钉，硬生生钉进脑壳，唉！好惨，围观的乡民实在不忍，死都不让人好死，人家做鬼会放过你？那行刑的兵士才赶快开枪……"

"香港有38名青年到观澜找游击队，被'荷荷鸡'保安八团周义心大队抓到了，31男7女全部被押到观澜晒布岭枪毙了，割下几个人头就吊在城门上……"

"'荷荷鸡'抓人了，只要怀疑勾结共产党就抓起来。大年初一（1948年）天还没亮，陈镜辉的几百人包围了观澜的大布巷，天一亮就冲进村子，挨家挨户搜查，抓了12人，抢走了鸡、鸭、鹅和粮食。年初七观澜墟日，就在观澜河沙坝杀了8个，除了黄官福、黄运生、钟石磷3人是游击队的人，其他都是无辜百姓。游击队长黄生的父亲黄四发年近80岁了，杀了，他弟弟黄佛安年仅14岁，被押到刑场看枪杀老父。连国民党乡长黄发英，怀疑他和共产党来往，也杀了；最惨的是林木奎，本是五家联保的甲长，年初七上午受托去联防大队求情，被陈镜辉说是内奸，顺带押上刑场一并杀了……"

"啊呀！国民党保八团和独九旅最坏！常常下乡抢东西，什么都

图为许多香港青年跑回宝安找共产党游击队，神采飞扬的，不知道苦，不知道会被杀头。（曾强 提供）

抢！国民党征粮征兵好让人怕，有人躲壮丁，有人卖壮丁，把自己卖给别人顶替壮丁，半路逃回来，又再把自己卖给另外的人，反反复复逃跑，嗨！什么都有……"

"东莞大岭山的'荷荷鸡'，杀死的'八哥'（游击队员），切了头用铁线穿着耳朵，挑到各村各乡去示众……"

"'荷荷鸡'打死了'八哥'，尸体摆在草坪上，把全村老百姓押到草坪，逼问是谁家的，乡亲不敢认，他们就恐吓'不准收尸，让野狗啃！'……梁嫂和大家偷偷掩埋了，没有棺材，连张草席都没有……"

布吉上雪径村的曾官玉也常常来书店歇脚。他10岁时住在松元厦姑妈家，也就是陈汉家乡，他们一起上学读书，还常常一起玩。

许多时候，圩散了，曾官玉和陈汉还在喝茶。曾官玉话不太多，陈汉觉得发小不会害自己，于是越谈越靠拢，陈汉疑惑他怎么当上雪径村的国民党保长？曾官玉说得实在，村里没人肯当，自己认识字就当了。

陈汉心里知道这个保长不会害村里人。

有一天，陈汉特别伤心，自己家有位远房亲戚也给杀了。

他看着曾官玉哀叹，这世道怎么会变成这样？

闷声不响的曾官玉只是一次次倒茶水。

1948年春节期间，歇脚的布吉亲友偷偷说："宝安的游击队消灭了布吉国民党保警团一个连！"

连陈汉都不知道自己竟然叫了一声"好！"，曾官玉听到了也没说别的，只是给他使了个不要多说话的眼色。

不久后，曾官玉又来了，陈汉正准备烧茶水，他摆摆手指着里屋……

密谈，就这样开始了。曾官玉请陈汉帮忙了解深圳墟内军队调防情况，当年的深圳墟并非今天的深圳，仅仅指当年深圳墟，也就是今天老街一带，这是宝安县的商贸中心，国民党税警团和护路大队都驻扎在深圳墟。

陈汉猜到曾官玉是个"白皮红心"的保长。没错，1946年底从香港回来恢复共产党武装的曾强动员曾官玉当的保长。

他开始留意来书店的国民党驻军人员，提供深圳墟军队出动的情报，其实他没想太复杂，帮一点忙也许会多救几条人命而已……就这样成了帮共产党的人，时兴书局也就成了秘密情报站。

几十年后，陈汉才知道共产党情报人员曾官玉，主要负责收集广九铁路沿线的国民党军队布防情况。

曾官玉好久没来了，他有点纳闷。一天午饭后，走过谷行街（即现

*在解放路）*，突然冲出3个国民党便衣，"咔哒"给他铐上手铐，连拖带拉上了车，直接押往南头监狱。

审问的内容就是曾官玉为什么常常到时兴时店？

陈汉明白了，说自己和曾官玉从小一起读书，圩日来时兴书店歇歇脚的亲友很多，不仅仅曾官玉……

陈汉依旧被关押在监狱里面。

陈汉不过想多救几条人命，如今可能会搭上自己的命。

家里人急得不行啊，母亲和大哥朋友的妻子来探监。这朋友叫廖云山，在国民党政府当军事科长。母亲一直哭，说曾官玉已经被杀了，国民党追捕一切和曾官玉关联的人，陈汉的大哥已经想尽法子也没法保陈汉出去。

同狱有18人，何国坤和曾楚也因与曾官玉来往而被扣押，其他狱友多数因和游击队有关系，像国民党军队的排长陈一鸣、陈铁等。

不知道什么时候会被枪杀？不能白白等死，狱友们悄悄商议"越狱！"。

当时的南头中学和南头古城一带为宝安县城，是国民党宝安县的政治中心，县警察大队就驻扎南头城。

如何逃出生天？只能等待时机。狱外的廖云山妻子来了好几回，直到冬天的一个早上，廖妻来送汤水，告知南头城的军队出去了，下午放学时候可以行动，往北边斜坡走，千万不要走东南门。

当过国民党排长陈一鸣很有经验，狱警打开仓门送开水了，刹那间，他和陈铁一下抢了狱警的枪，马上上楼缴了其余4个所警的武器，把他们全部关进牢房。

"逃！"10多犯人拔腿就跑，监狱对面就是南头中学。

就向着宝安南头中学的方向奔跑，放学的学生一看就大叫：

"冲上纪念亭，下了斜坡就是荔枝林……"

刘金生就是当时的学生，他说一发现犯人越狱，他们竟然不管不顾大喊大叫"快跑！"，那时根本不认识陈汉，大半年后他也加入了学校的地下青年团……（张黎明 拍摄）

"快跑！不要让'荷荷鸡'捉到……"

他们跑进了荔枝林，陈汉碰伤了腿，跟不上其他狱友，独自往白芒的方向跑，逃回家养了几天伤，他知道国民党不会放过自己，要活只有找游击队。

他联系上游击队的陈琴，到了东莞白花洞，加入黄彪为队长的石岩武工队。

狱友陈一鸣、徐志强等5人往东跑，最后找到并加入廖梦为队长的大鹏武工队；何国坤也跑到盐田参加了游击队。

1948年年底的越狱，大部分狱友大约都在1949年初，先后成了抗衡国军的共产党游击队成员。

自1949年1月粤赣湘边纵队成立后，当时在东莞、宝安中西部地区活动的东一支第三团主力数次东调为边纵主力，尽管三团留下的人员很少，但扩充极快。短短几个月后，1949年6月，陈琴负责宝安地区的坪岩、坪西、坪明、坪桥4个武工队，陈汉成为陈琴属下坪岩武工队队长。

三团团长麦定堂、副团长何棠，决定扩大部队，先成立金虎队，后来又从龙华基干民兵连和武工队抽出40人成立警卫连，连长何强，指导员陈汉⋯⋯

直至1949年10月16日，在共产党地下党员曾百豪、朱东歧、温巩章的带领下，陈汉率警卫连与金虎队兵分两路进入南头。

金虎队直接进入南头城大新街宝安警察局，收缴武器。

陈汉的警卫连则冲入南头城接收宝安县府和县党部。

此时，从陈汉1948年底越狱算起，不到一年⋯⋯

# 南头城　城墙上的机关枪对准了学生

抗战时期，李基并没有参加东江纵队。

他出生于1927年3月26日，李基不是他的本名，父亲起名：李国荣，一个好名字，寄托了多少希望：国家繁荣。

1936年，父亲想方设法托人把大约10岁的他带回老家，沙头角客家聚居的暗径村，一心让儿子不忘祖宗，上学读中文说中文写中文。那阵子大多"过番"的客家人心里都暗藏了如此念想。

不过，父亲的良苦用心却因为抗日战争爆发全盘落空。

1938年日军登陆深圳大亚湾，暗径村属于沙头角粤界。小小年纪的他印象特深刻，日本兵还没见影子，国民党守军不战自溃争先恐后逃往港界，必经暗径村。小小少年吃惊地看着那些兵扒掉军装套上抢来的老百姓布衫，长辈一手拖了他就逃，并非"走日本仔"，乡里人说"走华兵"……

1939年8月，日军占领沙头角粤界，李基随家人"走日本仔"逃到港界，几个月后日军撤离又回粤界。1940年夏天，日军又占领沙头角粤界，他们再次逃到港界，直到1941年12月，日军侵占香港，他们又从港界逃回粤界。

他的童年就是一个来来回回的"逃"，这个"走难"童年，竟然见缝插针断断续续读了书，读一天算一天，读一个月算一个月，算起来也有一年半载。

回家乡后也是动荡不安，温饱是唯一的希望，他跟着长辈们开荒

一眼看去李基帅气高大，头发卷曲，眼眶深凹，还有琥珀般透亮颜色的眼睛，不少人惊呼：外国人？的确，他身上有德国血统，出生在牙买加，父亲是华侨，母亲为德国侨民。（张黎明 拍摄）

种地至抗战胜利，不过，这倒让父亲的念想实现了一半。少年知道了一个如此真实且多灾多难的"国"，他如此渴望和平繁荣，不知道路在哪里，只知道很远很远……

　　他的童年没有一刻安宁，看到太多打死饿死病死的人间悲苦，于是萌生帮人救人、当个好医生的想法。1947年他准备去沙头角的济生堂当厨工，以便跟店里的医生学中医。父亲一知道就马上来信说不要打工要"读书"！

李基那个"读中国书"的梦一直很痛，从10岁至20岁，越来越懂事，梦也越远，那是半夜看着遥远冷空的星星却不敢叹息的痛。

1947年春，李基横下心到沙头角东和小学报名读书，老师问他报几年级？过去的10年也就断断续续读了一年多的书，20岁的他鼓足勇气越过二、三年级，报"四年级"，不想老师立即皱起眉头说"你这么大的人，报六年级吧！"。

这一刻，他很想埋藏一张羞愧的脸，吞吐着实情相告，老师非但没有奚落还不断鼓励，他咬咬牙报了六年级。

基础不好，一下跳到六年级，那种种吃力常人很难想象，每节课恨不能生出十个八个耳朵，一句不漏地听，可常常没有听明白就下课了，结果语文算术都不及格，心灰意冷之中接到了父亲来信说"坚心石穿！"。

没有退路，只有用多别人几倍的时间，去看去想去补偿不足，每天温课至半夜，硬是把之前没有学过的知识补回来了，学习渐渐往前赶，最终成了全班第一。

1947年秋，宝安县在南头设公立"县立简易师范"，学制3年。

深圳档案馆有资料显示"校内有课室5间，有音乐室、美术室和可容纳200人的运动场，还有1,000册图书、18件化学仪器和25件博物仪器标本。1948年开设3班，学生107人，教职工25人"。

这些资料是否出自1947年宝安县国民党政府的公立学校资料？可当年的学生林志强、张育新等人却说"学校分为两期招生，设立4个班，每班40至50人。学校十分简陋，设在南头关口村的大祠堂，没有任何教学设备，大部分学生住在用竹子搭建的工棚里"。

1947年秋天，李基成了宝安县立简易师范的首批学生，不过欣喜像寒夜亮起的那根著名小火柴瞬间就灭了。六年级的困境再次重复，非但功课不及格，而且连老师上课说的广州白话，只懂客家话的李基一句也听不明白。

父亲的"坚心石穿！"再次支撑他，努力的结果就是功课上去了，白话会讲了，学习不再是赶牛上树般的艰难。

关口村离南头县城没多远，县城的街道、商铺、城墙、公园，学校的书籍和香港的报刊，很像一面阔大的窗子。他驰骋了，向往当一名小学老师，比别人认真一百倍地温习功课，一遍又一遍地看课本，这一看多了就细想就纳闷：课本上说的都很好听，只是课本上说的三民主义，30多年了，为什么没有实现？什么是民权？民不聊生，耕者无其田。什么是民族主义？怎么日军走了美军又来……

现实中的所见所闻成了一台搅拌机，在他的胸腔里敲击和碰撞。

县长林侠子，抗战胜利后的1945年5月至1947年12月，一直都担任宝安县县长。这所公立学校的校长就是县政府秘书林绍经，而教务主任李修德也是县政府指派的。

简而言之，学校为县政府的公立学校。

林侠子在1947年的政府工作报告，开篇看上去实实在在"力行就是革命，为政不在多言"，文字不见一丝官气："侠子深知，宝安沦陷七年，元气断损，百业凋落，建设停顿，文教失宜，而盗匪披猖，尤陷民生于水火……本省当局已有施政三大原则五大方针之最高策略的决定，我们恒求民众了然于时事兼虑，群力同心，共图疗治此社会疑瘼！我们不愿多所烦言，只愿抬头乐干，为要树立'新''速''实'的风尚，只有随时随地发扬'勤''明''公'的精神。"

满纸亲和谦卑，丝丝入扣见情见智。

李基却堵心，那些关于林侠子的乡间传闻……好比南头城街巷的石板，多且结实沉重。

1946年就有宝安县新桥乡绅耆控告县长林侠子，2017年初，笔者在

《民国时期的深圳历史资料选编》查到这份呈文——

宝安县新桥乡绅耆控告县长林侠子呈文

窃查本县县长林侠子自到任以来，毫无建树，治安不顾，盗贼蜂起，烟赌林立，抢劫频生，卖官鬻爵，层层作弊，敲诈百出，事事索财，故接任不满三月，而全县民众怨愤频生，议论哗然，为其最违法乱为，最丧心害民者，莫若侵吞大量救济物品。计宝安领到救济物品共二批，总数达百余吨，发出各乡镇数目竟不及十分之三。其中上级指定为长期救济之部分米面罐头，尽被违法变卖吞没，确无半点，办理长期救济可查可问，及后复假借以工作赈修城建校为名，提去第二批救济品半数以上，公然使该教育科长邓颂戴在深圳拍卖中饱，以致饥民每人得到救济者只一两米，五两面粉。而林县长侵吞救济品之款达三千万以上，全县贫苦大众既不得救济，怨声载道，所谓以工代赈亦未有见何建设，识者无不发指，应请钧长派员彻查严办，以警官口……

呈文署名宝安县新桥乡绅耆 曹昭厚 文仿照 张明 曹达廷 梁叔明 另有保店（荣泰号）

李基的脑袋里搅拌着困惑，答案在哪里？

1948年初，从香港来了一位教英文和数学的老师曾百豪，老师住在南头商会。

暑假，李基却留在学校，不时请教曾老师数学和英文的难题，曾老师很耐心，从来没有拒绝过李基，这让李基心存感激，这是个好老师。

这些日子，想着想着就把脑子里的搅拌写成了文章，激愤和迫切，还要和人分享，为什么会想到了曾老师？兴冲冲把两篇文章交给老师，多渴望老师的欣赏和理解。

老师找他了，曾老师没有半句赞许还把文章扣起来了，只是让他好好读书。

李基很失落，以为老师会冷淡自己，可曾老师却像什么事情也没有发生过，还是那样亲切。更奇怪的是，闲谈中老师的观点就是自己说的，朦朦胧胧的直觉告诉自己，曾老师不一般，他们开始无所不谈了，亦师亦友的感觉很好。

1948年8月的一天，李基接到父亲来信，信中他父亲说觉得大陆内战不如去牙买加或香港，读书或学做生意。他让曾老师看父亲的信，曾老师问他的打算，李基说如今国家前途堪忧，国民党政府民怨太大，说着说到共产党。国民党报刊共产党是魔鬼，可1943年，东纵曾经解放了自己家乡附近的盐田，宣布减租减息，实现"耕者有其田"，当时他家祖辈有10多块地典当给了盐田人，30多年一直都没钱赎回来。他和别人借了几百元赶到盐田真的赎回了田地，从此"耕者有其田"，这是共产党的功劳，他记在心上。他对老师说不想出去牙买加或香港，好想为祖国出点力，想参加中国共产党的队伍……

曾老师默默地听，偶尔点点头，李基第一次把心里窝藏的话全都倒出来，特别痛快。

曾老师沉吟了一会儿才告诉他，有一个"东宝人民解放大同盟"的秘密组织，可以介绍他参加。曾老师没有多说这个组织的具体情况（大同盟属宝安县委领导，也属华南分局领导，是共产党的外围组织）。

李基马上说参加，他是简易师范生参加大同盟的第一人，并以为自己加入了共产党。

仅8月份，师生两人首批发展了林志强（林玉汉）、张育新（张若望）、张明忠和池基明参加了大同盟。5人在商会所的一个寝室，集体宣誓并成立了小组，李基当组长。

学校有了这5人学生小组，他们集体活动是横的关系，他们各自发展的成员都是单线联系，不再发生横的关系。

曾百豪单线吸收了郑美珍（郑铮），李基发展了杨志能（杨道能）、邱百友、李国平。龙晞（学校图书管理员，也是中共的地下党员）通过郑美珍发展了郑绮秀（郑毅光），杨志能再单线发展了代文远、刘振中、吴元友。

曾百豪，这位浓眉大眼的英文老师，李基不知道老师其实是东纵留下的人……（曾百豪 提供）

简易师范有不少穷人的孩子，只因为招生广告说每月给每位学生补贴4斗米，师范生不但一切免费还有公粮补贴，所以他们都成了师范生。

1948年下半年，学校的某领导克扣学生的补贴口粮，先部分克扣再停止补贴，许多穷学生都面临着失学的窘境。

怎么办？"东宝人民解放大同盟"小组，想起全国学联发起反内战、反饥饿、反迫害的学生运动，马上秘密开会研究，决定组织一次全校的罢课游行，争取恢复学生的口粮补贴。

大同盟的成员，李基掌管全面，林志强和张育新负责组织写标语好号和油印；池基明和张明忠负责散发传单和寄送"告全县同学书"。

他们还做了更缜密安全的安排。林志强等退掉了原来租住的房子，另租宝安中学自治会主席龙邦彦家的房子，因此和龙邦彦成了朋友，并介绍他认识了李基。

他们也选择了写标语最安全的地方，就在郑美珍单独的住处。她同父异母的哥哥郑兆荣是宝安警察局的局长。

游行的前夜，他们连夜在学校内外和游行的街道张贴标语，第二天上课前立即宣布罢课游行。

游行开始了，他们从学校出发，高举旗帜，拉开"反内战，反迫害，反饥饿"横幅，喊着口号前往南头城。

这时宝安中学也接到他们的"告全县同学书"。龙邦彦立即以宝安中学学生自治会的名义发表了支持"宝师学运"的宣言。

县政府一听到风声立即调动军队，宝安南头广场古城门段和国民党县政府路段，军队设卡拦路，架起了机关枪，设立警戒线。

游行队伍一直往前，大同盟的成员除个别率领队伍外，大部分成员只是分散插在队伍中，防止可能出现的暴力，保证游行有序进行。

队伍刚刚逼近南头古城，"呼呼！"突然听到鸣枪示警，城墙上架起几挺机关枪，枪口居高临下齐刷刷对准了游行队伍。学生们一下子停止了，有脚步凌乱慌乱后撤，大同盟的成员陈伟雄立即从队伍后面赶到前排，毫不犹豫领头，大家稳住了，城门被封锁了，他们就行进在警戒线外……坚守着，呼喊着，又是一阵"呼呼呼"的枪声，队伍依旧沿着城墙外前进。

大同盟成员要求县政府派出代表和学生谈判。

最后，双方代表进入县政府会议室谈判，一个多小时的辩论和抗争，县政府才答应学生们"返还克扣粮食"的要求。

罢课的目的达到了，学生们复课了，胜利的感觉真好……

可是，学校当局也开始在学生中反复追查"组织者""幕后操纵者"，教务主任李修德亲自盘问了林志强和张育新大半天。而李基、林志强、张育新等的住处周围也发现了监视的便衣密探。

这天，郑美珍回家，就在桌子上发现哥哥郑兆荣的警察局文件。她冒险翻开一看，竟然有李基、林志强、张育新等5人的抓捕名单。

郑立即告知单线联系的曾百豪老师。

曾老师立即通知上了黑名单的大同盟成员立即撤离学校。

5位同学离开学校，先在李基沙头角的家集中，再到香港辗转乘坐大巴经落马洲返回皇岗，再步行到白石龙、樟坑的游击队。

就这么从深圳到香港，又从香港到深圳，兜了一个圈，从学生变成了共产党的游击队员。

李基分到"定龙"组工队，林志强到了刘鸣周武工队，池基明到了缉私队，张育新和张明忠先到向南队后到五虎队。

1949年5月在龙华，何伯琴让李基填写入党申请书，李基问，自己不是早就加入了共产党？何伯琴摇头，他才知道自己此时填表才算真正加入共产党。

李基他们撤出不久，曾百豪也接到命令返回游击区，后被任命为中共宝安县委直接领导的中心支部书记，并作为县委代表派驻香港，负责宝安县南头、西乡、深圳镇一带的情报、策反和统战工作。

1948年的冬末至1949年初春，是他们人生也是深圳的转折点。

留下的杨志能等并没有停止活动。仅在1949年上半年，就悄悄发展了刘启衍、吴义平、吴作新、吴元福、吴玉仁、吴仕友、刘汉仁等一批同学加入大同盟，以及宝中的龙邦彦。龙邦彦又在宝中发展了曾树荣、曾肖兰等同学。

至1949年10月，大同盟成员已有五六十人。

其间，一批批大同盟成员，"简师"的郑美珍，"宝中"的郑建勋、郑涛等相继成为游击队战士……

1949年10月16日在南头城列队，喊着口号摇着小旗子，迎接金虎队进城的学生们，就是"简师"与"宝中"的"大同盟"成员。

1949年12月，"简师"与"宝中"合并，凡自愿参加大同盟的盟员，正式转为中国新民主主义青年团团员。

这些青年学生从一次争取返还克扣口粮的游行开始，进入了1949年，深圳的历史发展就有了他们的细节……

2006年，边纵老战士和平湖街道办联欢，他们不再血气方刚，只有歌声依旧……左起一谢文、二李基、三刘金生、四龙邦彦、六朱文英、七周焕东、八叶青茂、九陈鉴良。（张黎明 拍摄）

# 长岭陂　几分钟内学会了打枪

1949年2月，梁仓等一批香港青年从香港返回宝安参加游击队。

他们第一站集中在香港九龙元朗三团的联络站，此处又出现了前节领导宝师学生运动的共产党人曾百豪。梁仓特爱看书，就是如今说的"文艺粉"。他和这位书生模样的人握了握手，游击队的"握手"让他感到很新奇还有点兴奋，后来才知道曾百豪负责宝安县南头、西乡、深圳镇一带的情报、策反和统战工作，包括接待返回内地的青年。

梁仓和李东燕、钟齐好、邹滔、叶茵、谭子敖、潘淑贞等10多人，跟着向导从落马洲偷渡过河，走一段路，翻过一座山就到了宝安县龙华白石龙，他知道，这村子很有名。

他在这里知道自己加入的游击队全称为：中国人民解放军粤赣湘边纵队东一支三团。

1949年3月间，梁仓到达龙华长岭陂10余天了，他想这应该是三团的团部，几个主力连队都在外围作战，大多是机关人员。

分派工作前听组织部部长张辉讲课，张辉虽是个女同志，讲革命形势分析当地情况布置战斗任务都像男人一样果敢决断。有一次老资格黄彪倚老卖老不服指挥，她马上叫警卫员缴了他的枪，暂停他的职务。她胆子也大，还会化装入城镇收集情报。

这一切令梁仓钦佩。

这天早上，他们正在唱歌，突然听到了一阵阵枪声，国民党偷袭了，撤退！他们一出村就分散跑向后山多条小路。梁仓前边的女同志谭

梁仓没想到文化人来过的白石龙村，60年后建成了一座纪念馆，村子也被林立的高楼取代了。2009年，拍下这正在拆建的村子。（张黎明 拍摄）

当年香港沦陷，东江游击队抢救邹韬奋、茅盾等文化界民主人士，到达的宝安游击区白石龙。这些文化人的作品，梁仓看过不少呢，可他没见过他们使用过的，白石龙纪念馆留存的茶壶桌椅……（张黎明 拍摄）

慧年纪较大，爬坡时怎么也上不去，她急了叫梁仓先走，他二话不说，肩膀手臂不停往上托推她，终于爬上去了。可待他费劲爬上坡一看，林子太密找不到人了，另一小道有人，他赶紧跟上了。

枪声渐渐由疏变密，又由密变疏，国民党兵往人多的山路追赶，这路只有前边的女同志和自己，认真一看，正是组织部部长张辉。

突然，张辉蹲下了，快速将身上的文件分成几小包，命梁仓分别收藏在乱石底或土坑，认好位置，将来能找出来交给上级。她说，如果国民党兵回头搜索，若搜出来，自己是本地人，不少人认得她，无法脱险必定牺牲。

她一脸镇定："你刚来，还很年轻，脱险的机会大，记住收藏文件的地点，以备万一……"

他心里一沉，这是遗嘱？

幸好没有成为事实，枪声停了很久，他一处处把文件找回来了。

这次遭袭，和梁仓一起从香港来的李东燕，还有长岭陂的民主村长都牺牲了。他难受，东燕才18岁还是个孤儿，看见的人说受伤倒地的东燕先被强奸后遭杀害……

他不禁骂：禽兽！

三团属下有观澜武工队、平湖武工队、乌石岩武工队等。长岭陂村被袭后，他被分配在黄彪、陈琴、文造培等人领导的宝安县乌石岩武工队。

宝安乌石岩地区位于今天深圳市西北部、宝安区中部，最高的山就是深圳西部的第一高峰羊台山，主峰海拔587米。

1949年这一带并非今天高楼林立的商贸区，只是一片东南高、西北低的连绵不绝的低山和丘陵，中心地段散落着石岩、上排、下排、径贝等数不清的客家小村子。

1949年，这里是粤赣湘边纵队东一支三团乌石岩武工队的活动区域。

梁仓被分配到连队当文化教员，可他普通话说不好，唱歌只能唱广东话，还走音跑调，只有当极其普通的武工队队员。

他在武工队学讲客家话，农忙时还帮农民劳作，直到1949年4月才打了第一仗。

那天攻打国民党乌石岩朗心据点，战前号召参加拿短枪冲锋的突击队，他几乎想也没想就报了名。队长问他有枪吗？他摇头；再问打过枪没有，他还是摇头。队长马上发给他一支驳壳枪，让他学开枪。

教他开枪的战友麻利地上子弹勾扳机，枪太旧，有不少毛病。人家笑笑，如果出不了子弹壳，就用小铁条通一下。

多简单，几分钟学会了打枪。

冲锋令一响，突击队员向前冲，经过一片开阔地带，没有掩身处，前面和后面都是往前冲的战友，没退路，他只能冒着子弹横飞大步向前。冲到一堵围墙前，墙很高爬不过去，突然，战友从围墙一个能过人的缺口爬了过去，大家跟上了，"哒哒哒"一阵枪声，有人受伤了，爬，没有人停止……

有经验的爬上房顶或凿开墙洞爬进去，他没有战斗经验就跟着向前冲。别人打，他也打，不知道自己打了多少枪，直到接到命令说国民党救兵已到半路，不宜硬攻才撤退了。

一片片机枪、步枪的"哒哒哒"声追赶着他们，三团政委杨培带着警卫员殿后，还高声说：同志们镇定，我在后面！

梁仓心里涌上一阵感激：领导冲锋在前，撤退在后，这不是假的。

天色渐渐灰黑，沿着曲折窄小的田间小路撤退，路难行，新队员大多上气不接下气，他却争着搀扶伤员，他力气怎么这么大？

后来乌石岩武工队分成平石、平明、平新、平西4个队。平西队在西乡、上川、固戍、黄田、福永5个乡活动；平石队活动在乌石岩；平明是公平墟一带；平新是新桥一带。

平西队队长唐伯川，队员有樊杰、卢培（卢智英）、刘有、刘松、黄明、屈兴、梁堃、钟其、文桂连、曾波和梁仓等10多人。

三团要发展，兵从哪里来？

梁仓想到香港的熟人，返港串联《华商报》读友会、联青歌咏团朋友，带了马驰等近10名有文化的青年返回游击队。

5月份，文造培、唐伯川说他参队仅仅3个月，参加突击队，不怕吃苦，还把香港知青带回游击队，介绍他加入了中国共产党。接着唐伯川上调，宣布梁仓负责平西武工队。

他的生命仿如进入快车道，没来得及想就干了，还干得有模有样。武工队在上川村、凤凰岗村、铁岗村等村缴地主枪支，宣传减租减息和组织民兵，并成立村政权，选出村长、农会、民兵等，已经准备迎接大军南下了。

什么样的局面？西乡为国民党收编的土匪吴东权部雄踞之地，每个炮楼都有士兵固守。

"白天是他们的，晚上是游击队的。"

"我们在上川、固戍，亮开大汽灯，召开群众大会宣传解放战争的大好形势，宣传减租、减息，组织村政权和民兵。会上男女队员有时化妆跳舞和演节目……"

"我们收缴地主枪支，就在他们西乡街炮楼下面，上边的汽灯声、打麻将声都听得到……"

"我们知道上面的国民党兵不敢下楼。"

梁仓也变得像张辉一样大胆。

有的队员奇怪，梁仓从香港来，可干力气活不感到有多累似的。

他自己揭开了谜底，说起1949年2月参加边纵前的日子——

1938年日本人打到广东，他刚刚10岁就跟着成千上万的人逃难，回到三水西南老家，还没有扁担高就不时随人到保月堂买点米，也跟了母亲担柴到佛山、广州卖，能吃吃粥和甘薯已经很好。断炊了就切开木瓜树煮着吃，树身上边的较好吃，下边的粗糙难吞，还因为太多的纤维，很难消化都结在肠里，拉不出大便。常常吃不饱，没有气力还打瞌睡。唯一的快乐是帮九姊家耕田，住几日，吃上几顿饱饭，就一点点吃饱肚子的快乐。

1943年，15岁的他在广州读完初中二年级，家里连半饱生活也维持不了，只有停学去打铁厂当学徒。

这是一家家庭式小厂，几个工人都要自己买饭吃。他当学徒吃老板家的饭，每天饭菜一端到桌面，老板儿子就叫他去买酱油，买回酱油，菜基本吃完，饭仅仅剩下锅底的最多也就一碗。发育时期，还要打铁劳动，哪里够饱？有时家里给一点零钱，去买半个或四分之一的甘薯充饥。熟甘薯切开一片片卖，还用最细的秤金银的"厘秤"来称，可知当时甘薯多珍贵。

1944至1946年间，广东地区的日寇投降前，饿死的人比被屠杀的多得多。他在广州四牌楼（现解放中路）一家旧棉花翻洗小厂做煮六七人饭的"伙头仔"，每天早上去惠福路口买菜，百多米路。路边沟渠常常堆着10多条皮包骨的"人干"，店铺怕人死在门边，将死了或半死，个别眼睛还会动一动的全都推到沟渠。不久就来一部四轮平板人力车，一个人抬头，一个人抬脚，将饿殍搬上车，平放三四个，上面再叠加几个，码货物一样，层层叠起来运去掩埋。

这时，他想到自己活着还能断断续续上学读书，还有老板雇请做工，有碗饭吃，太幸运了。

棉厂内打了一个几立方米的水泥池，放上石灰，将废旧棉胎，脏黑烂得不成棉胎的，包过死尸的，在池子浸上一个或半个月。他负责把棉花捞上来，一连几个小时泡在水池内，石灰腐蚀皮肤，十个手指头都透

第三章 择木而栖

出血点，两只脚像打干净了鳞的鱼，布满蜘蛛网状的血点。午间小休仅用点废弃机油涂一涂手脚，饭后又得继续干活了。

棉厂弹旧棉的机器很老旧，机器夹着棉花往里送，要用手助推棉花，时有工人手指被机器连皮带肉削去几个；机器遇到铁钉之类会撞出火花，好几次烧了表面的飞毛。这都不算可怕，最可怕的事情发生了。

老板还有间更小的中原泡打粉厂，兼替别人磨木薯干等物品，有一次磨黄色粉丝条一样的废弃黄色炸药，一开磨就烧起来，起初火焰不大，但磨的时间太久，机器发热，竟起了大火。两名工人，身子几乎烧成焦黑，陈国明晚上11时死了；萧容光送到工厂附近的福宁医院救治，老板死活不肯付钱，医生不肯抢救了，第二天凌晨2时也死了。

第二天晚上，萧容光的家人在工厂门口悲伤哭叫了一整夜，悽厉的哀号令他一夜无眠，心中很不忍，想哭却流不出半滴眼泪，难过极了，不断想起惨绝的情景，当晚若是自己值班，必死无疑。

1947年，他转到香港广同发办馆当杂工，这店铺把进口洋杂食品批发给零售商，也做零售生意。批发靠几个"行街"的人向零售商推销，杂工负责送货搬运。

他负责搬运货物，送货，还兼倒痰盂扫地，店里最底层的打杂工，月薪50元，推销批发所得有百分之三花红，分等级分配，老板一个得两份，"行街"、售货员、杂工头（管理人）一份半或一份，最低的他只得半份，约有60元。

香港地方小，大多数工人在店内开帆布床睡觉，最底层的杂工只能睡小阁楼的货箱。他在香港两年没睡过床，木箱代替了床和椅子，狭小得只能弓背上下，一抬头就顶着屋顶的木梁，蛛网代替了阳光。

每天都得送货，挑着货物搭船去九龙的深水埗、油麻地、旺角等地，有时也送上山顶的商店。香港地皮贵，仓库多建四层，没有电梯，用人力扛上。每一木箱内放四打（一打12罐）牛奶，他们肩上先放一

1949年10月，宝安西乡固戍地区成立了西固联乡办事处，梁仓担任主任（后中），李基担任总支书记（前），蔡庭安担任组织委员（后右）。幸好谁提议在上川拍图纪念，才有了梁仓1949年的唯一存照，20岁上下，这个班子真年轻。（梁仓 提供）

箱，再在上面平放两箱，用手抓紧木箱，一步一步上楼梯。即使香港几十层有电梯的高楼，也不允许送货的他们搭乘，一定要爬楼梯。

晚上杂工头还带着他们收拾整理小仓库货物，压在底层的货物，采购的货物，统统由杂工头带着他们几个搬运。

他一天工作10多个小时，晚上还要搬货入仓库，绝少休息时间，力气就这样炼成了。

他送货到码头，一群怕抢不到活的苦力抢着接担子，替他担货落船，每次赚两角钱，看到比自己更下层更艰辛更没有保障的人，他心酸。

他喜欢看书，还写日记。在广州做工，老板认为他浪费电，动手关灯，不准用电，有煤油灯也不准用。自己就掏出每月3元的工资，买一支涂上松香的小竹条，就那种点亮后冒出很多烟的松香，或就着煮饭的炉火光，偷偷看一小段书。买书费钱，只能找到什么书就看什么，连买菜或包豆豉的报纸都擦干净看。最快乐的是来到香港找到《史记》等多本书，带在身上，送货坐船时或送完货，空闲就偷偷拿出来看。

这天他偶然在机器内部看到不知道谁刻写的几个字"神圣劳工"，眼睛亮了。

这天夜晚他失眠了，枕下有书，可不允许亮灯火看书，他在心里反复默念自己写的打油诗："三箱牛奶肩上叠，四层楼梯逐步登，五指抓紧骨欲断，六层搭膊透汗酸""日间挑担环山跑，间楼底下屈身眠"，念着念着，跳出了"神圣劳工"，哪里有"神圣劳工"？

眼眶湿润了，自己不是只会吃喝的猪狗，一定要结束度日如年的日子！

他参加过香港的《华商报》读者会、联青歌咏团，办馆行业工会的种种活动，听说有一支为穷人打天下的共产党游击队……

"神圣劳工"，他胸膛烧起一盆火，日夜烧灼，无法熄灭。直到他1949年2月离开香港返宝安参加游击队。这时，他21岁，8个月后宝安解放，他当上西固联乡办事处主任，总支书记李基（李国荣），组织委员蔡庭安……

# 皇岗村 选民开始排队投豆豆

谢维平1930年出生在马来西亚，庄添球1934年出生于深圳皇岗。

他们在深圳结缘成了夫妇。

1945年，15岁的谢维平加入马来西亚共产党领导的游击队，日本投降后，他复员返回华侨中学读书。内地自1947年开始的学生运动风起云涌，远在马来西亚的华侨中学也一举响应。谢维平同样上街游行示威，声援国内"反饥饿、反内战、反迫害"的斗争。

此时，谢维平和庄添球远隔千山万水。

1948年6月21号，马来西亚英国殖民当局颁布紧急法令，逮捕了大批侨胞，华侨中学谢维平等10多名师生都被关进了监狱。谢维平在吉隆坡半山巴监狱的牢房遇见游击队的战友钟新声，他们绝食，直到英殖民当局答应他们不准打人和放风的合理要求。

后来，英殖民当局用手指粗的铁线捆绑他们，一个串一个，上千人转押往芙蓉大监狱。这里3平方米的囚室关押3人，吃喝拉撒睡，囚室充满了屎尿味道，不许大声喊更不许唱歌。

多少年后，他依旧记得这"猪狗不如的日子"里，自己每天一早一晚都压低嗓门偷偷唱《告别南洋》："你不见尸横着长白山，血留着黑龙江，这是中华民族的存亡……"

1948年年底他被列入第一批驱逐出境遣回中国20人的名单，监狱里关押2,000人，自己竟然被选为第一批，他想真好运，多少年后才知道被怀疑是中共或马共，他说当时还不够条件。

一首《告别南洋》撑着谢维平度过了几近半年的囚禁生活。（廖国栋 拍摄）

离开的那天，他悄悄把歌词刻在床头的墙上，希望后来人看到，记住那句歌词"去争取一线光明的希望……"

19岁的他被武装押解回中国汕头，再被国民党当局关押了1个月，1949年初才辗转返回家乡宝安观澜白鸽湖村。

同样的1949年初，皇岗村的女孩庄添球刚刚15岁，皇岗村女孩子大多被送进村里的姐妹屋学习针线活，她倒有些出格，不太喜欢姐妹屋，喜欢听学校老师上课。这些老师几乎都是地下党员。皇岗村还有一个共产党的秘密交通站，接送一批批从香港经水围、皇岗进入游击区的人。

大概是5月，她和村里庄万丽、庄燕梅几个女孩，轮流为交通站接人。她说很容易，只是从学校把人接到水泉婶的家。接到的第一人是女的，穿旗袍抹胭脂，口红"打"得鲜红鲜红。庄添球还回家拿了妈妈和婶婶的衣服让她换上……这是谁？中华人民共和国后第一任的宝安县组

钟新声和黄天倩相逢樟坑径，不料分手却成永别，多少年了，他依旧会吹奏两人都喜欢的口琴曲，会每年在革命烈士纪念碑前鞠一躬以纪念战友。（张黎明 拍摄）

织部部长张辉。

不过，她还不算正式"革命"。

1949年5月，返回家乡白鸽湖村几个月的谢维平，心里特苦闷，母亲一次次的南洋来信都是要他去读书，他一心想找共产党游击队，甚至跑到香港华侨商报社找侨中时的黄明老师，得到的只是鼓励。几个月他都没找到游击队，找到同被驱逐返回观澜马圳村的钟新声，也好，这成了两人的秘密，找，继续找！

这天夜晚，家里竟然住进了共产党的观澜武工队。他悄悄问人家如何加入队伍？得到明确答复，他乐了，立即找钟新声，说走就走，一起返回白鸽湖村，和村里的几个观澜青年一起偷偷出了门，奔新田辅船坳武工队驻地去了。

观澜武工队长万启源、周林华亲自接他们去大队部⋯⋯7月在樟坑径他们惊喜地与黄天倩相逢，成了战友，他是钟新声加影华侨学校的老师，也在1949年4月被集体驱逐出境。

武工队干什么？协助建立乡村的秘密政权。这是6月初，就建立村政权？没错。这让谢维平和钟新声开了眼界，一村又一村，大都是二三十人偷偷选举村长，不敢大张旗鼓。

最让他吃惊的是平湖山厦村，几十年过去了，谢维平说起还轻轻摇晃脑袋，连声说了几个"好感动"——

"我们3人到山厦村监督民主政权的选举。山厦村左边的平湖车站驻了国民党警察，右边的天堂围也有国民党军队。山厦村却建立共产党政权，哎呀，好热情，晚上的地堂（晒谷场）亮着大汽灯，村子里的男男女女100多人都出来了，就在地堂投票选举村长，有选票有投票箱，没用'豆选'。"

"我们的任务是监督选举过程，好感动，想不到一个小小的村子竟然敢这样选举自己的村长！这个村子20世纪20年代就有党支部，真的不一样，当时，应该是1949年八九月……"

从谢维平的叙述中可见早在1949年10月前，秘密建立政权的村子不少，并趋向规范和规模。

庄添球的正式革命经历从她担任皇岗村的民选副乡长开始，这已经是1949年10月后了——

"我16岁当乡长，我们几个候选人面对选民，7个候选人选出5人，前面的桌子上放了几个碗，还有一盒豆，多少选民多少豆，我们村里大概有150人。先选出监票人，选民开始排队投豆豆，喜欢谁就投进谁前面的碗里。因为我们村里不像客家村，没多少人读书，男人只读过两三年书，全村五六十个女仔只有2个读过书，所以只能用豆来选村长。

"一选完就算选票，宣布谁当选，接着工作队就和我们开会分工，乡长庄为中，副乡长庄球发。我读过20天夜校，当副乡长兼文书，还要管收发什么的。

　　"不久过春节，工作队集中，通知我们到南头常兴围开会，一人发2套工作服，发给我18元工资……"

　　庄添球成了革命政权的人，她因此认识了谢维平，并成为终身伴侣。

　　当年的民运队和武工队是建立政权的容器。

# 沙排村　只要不当小老婆什么都能干

范际群1927年出生在梅县，何玉英1933年出生于深圳盐田沙排村。

何玉英参加武工队的故事特别心酸——

父亲在她2岁时去世，12岁那年母亲也走了，剩下姐妹俩，堂嫂卖掉了姐姐，还想把她卖去当人家的小老婆，她死活不干。

堂哥让读过3年书的她继续读书，堂嫂却说要读书除非去当小老婆。堂哥气得和堂嫂打起来了，她扑通一下跪在堂哥前，说不读书了，只要不当小老婆什么都能干。

13岁的女孩子，不及牛脖子高却驾着牛犁田耙田，一歪一扭深一脚浅一脚，一身泥一身水。

牛欺负孩子，犟起脖子不走或挣脱牛绳撒野，女孩多少次一屁股跌坐到泥疙瘩上，不知道她赶牛还是牛赶她，身上湿了干干了湿，毛发被泥巴粘在一起成了鸡窝……

路过的人看着都心酸，可谁也没有什么办法帮她。

一天又一天，一年又一年。

这天，有一个人路过并停下，看了好一会儿：妹仔，读书吗？

想读书想疯了的她，突然被戳到最痛处，她瞪着人家号啕大哭，哭罢了说，说尽了家里的前前后后，再哭。

这人是何玉英家乡盐田沙排村活动的共产党武工队队长黄昌仁，他说，我带你去部队读书。

他没有食言，1949年2月，年仅16岁的她跟着武工队转移到沙湾，正式加入了粤赣湘边纵队东一支第二团。

指导员发给她一支驳壳，黄队长说阿英小，拿不动，换条小左轮吧！她送情报回来，被雨淋了，他拿干毛巾帮她擦头发，还叫李亚娘煮姜汤给她喝……最开心的是队里文化高的人闲时会教她认字。

1949年3月，国民党军包围了他们住的沙湾田螺坑村。黄昌仁，这位说要让她读书的队长，叫男同志跑上山，看到何玉英3个女同志年纪太小，叫她们留下，让堡垒户李亚娘给女孩们换上儿媳的衣服，军装埋进炉灶下的草灰里。

他把什么都安排好却把自己的枪忘了，在李亚娘家的床头，搜出来会连累李亚娘，他跑回去拿了枪要藏进村里的茅坑屋，被发现了，国民党兵都围上了。

2006年8月17日采访何玉英，过去近60年了，她依旧记得所有的细节，以及锥心的痛——

"队长对准自己开枪了，宁死也不让活捉了去。"

"国民党把快断气的他拖到禾堂，连内衣内裤都扒光了，戳了几十刺刀，一禾堂都是血啊……全村人都哭了，我扑到他的身上，哭！好像哭自己的阿爸。"

"啊呀，他对我就像自己的女儿。山子下的情报站站长邱玉娣是他的未婚妻，他们说好了解放就结婚。我跑啊跑，跑到山子下找到了邱玉娣，又奔回田螺坑村，我们一起扑到他的身上，哭，就是哭！"

几十年后的这天，何玉英的哀痛仿若变成了风化石，看上去不动声色地完整，轻轻一碰就开裂就破碎。她突然用力干咳了几声，似乎要把咽喉里即将裂开的缺口补上，她突然看了一眼身旁的丈夫范际群。

一直都十分安静的范际群起身端去了一杯水，她仰头一口喝了几近半杯，不再说话，渐渐平复了自己才想起什么，起身走进里间，不到半分钟就搬出几本厚厚的相册，翻找着，找到了她的一张照片。

何玉英年轻得好像一朵桃苞，唇半启，花样的笑里藏有那么一点惊诧或期盼，眸子里像有一盏突然被点燃的灯，闪着能够融化旁人的光。（何玉英 提供）

这图，她的过去没有一丝霉旧，保存得极好。

只读过3年书的何玉英和范际群这位中大经济系学生性格差别很大，何玉英是那种永远不会冷场的人，而范际群却温文尔雅，不含锋芒，沉稳得让人会忘记了他的存在。

范际群1947年参加广州的学生运动，1949年7月上了国民党的黑名单，地下党通知他立即撤离中大。1949年8月，他和一批中大学生，秘密从香港进入大鹏游击区，成为东江教导营的一分子。

他们的第一项任务就是建立政权。

"我们教导营渐渐增加到9个连，华南分局决定成立教导团，杨应彬当团长，可来不及成立，1949年10月14日广州就解放了。教导营大部分人奉命上广州，在惠阳仅留下5个民运工作队，150人左右，每个队30人。"

范际群就是留下的人，他被委任为锦州民运队队长，副队长凌锡澄。10月中惠阳县委、县政府派他们和清河武工队进驻盐田（时属惠阳县管辖），任务是建立政权。

沙头角，这与香港以一条小街分割粤港两地而闻名的弹丸之地，一直据守国民党萧天来的联防大队，直到1949年10月14日广州、惠州先后解放，萧天来的联防大队依旧没走。

1949年10月17日香港大公报特写"在红旗下的沙头角 解放军和我握手"报道说的警察该是联防大队，前天也就是1949年10月15日。（吴勇利收藏并提供）

范际群记得，民运队和武工队一进驻盐田，还没到沙头角，萧天来仅带了几个心腹和几支短枪连夜越界逃香港去了。他逃走的当天，联防大队宣布起义。锦州队和清河队按照惠阳县委、县政府的命令，立即开赴沙头角。

范际群他们进入沙头角没遇到抵抗，顺利接管了国民党的联防大队三四十人的武装。武工队负责维持社会治安秩序和边境缉私，社会秩序没出现混乱。黄生队长讲明党的政策，留下的欢迎，回家的欢送并给足路费。这些人很快稳定了，个别留下，大部分回家了。

范际群的述说与何玉英恰恰相反，尽管经历了前所未有的事件也波澜不惊，细节也像提纲那般简洁——

我们锦州民运队扭着秧歌，唱着"解放区的天是明朗的天"，从桥头一直进入小镇，两旁的群众鼓掌欢迎。锦州队进驻沙头角后，开大小会，挨家逐户访问，宣传发动和组织群众建立基层政权组织。

我们带领群众清洁大街小巷，卫生面貌焕然一新。

第三天，沙头角召开庆祝解放大会，会场设在沙头角东边的庙前广场，沙头角镇和附近村的村民来了七八百人。

港英方或许怕我们打过香港，中英街港界那头布满了军警，菜园角一带架起了轻重机枪和大炮，连坦克也出动了。

队伍并没有过界，英方虚惊一场。

那天，沙头角涌进大批香港新闻记者，有记者采访武工队马烈同志，问"是否要打过新界？"马烈说：我们不会打过去。

我们还召开各阶层座谈会，工人农民代表还有各阶层代表，开明绅士等三四十人，听取意见，安定各阶层的情绪，鼓励各行各业安居乐业，搞好生产、繁荣市场。

接管工作完成后，转入发动群众、组织群众、建立乡镇基层政权。

不几天，惠阳县委、县政府派来了工作组，有林洪、叶锡翘、蔡巧同志等，叶锡翘经惠阳县委政府任命为沙头角镇的首任镇长。

1949年底我们才离开沙头角。

武工队里那叫何玉英的女孩，惊诧于这些比自己有文化的人，并期盼自己也变得像他们一样，读很多书……

范际群没有透露那一个与政权无关的秘密。

何玉英和范际群，武工队的女孩，民运队的队长。女孩心里，中山大学何等高度？过程已不重要，携手走过几近70年，谁说不在乎天长地久？（何玉英 提供）

　　多么奇特，1949年10月范际群他们的民运队和武工队进入深圳沙头角后，中方和英方的巡官在中英街的边界石碑相遇，都不约而同地站住了，街两边的人一溜站住了，连孩子连挑了粪桶的客家婆娘都站住了，什么都没发生，帽檐的阴影掩盖了他们的眼神，隐约可见腰里插了短枪的中国人微微的笑。（选自《中英街与沙头角禁区》）

我们**这一代**就是**施肥**的一代，用自己的血灌溉快将**实现**的乐园，让后代**享受应有**（的）一切幸福。

## 第四章

报国之心

# 采写手记

2006年12月7日和2007年4月26日，笔者采访香港达德学院校友刘经亚和曹植，说起他们校友李卡写的诗——

我走了，

以后再不会见我的笔迹，

也许你为此而难过。

我们这一代就是施肥的一代，

用自己的血灌溉快将实现的乐园，

让后代享受应有（的）一切幸福，

这就是我们一代的任务，

是光荣不过的事业。

死就是为了这，

而生者亦是生的努力方向。

几多英雄勇士为此而流血，

抛出自己的头颅，

我不过是大海中（的）一滴水，

平原的一株草，

大海既无干旱之日，

烈火亦无烧尽野草之时。

我走了，

太阳我带不走，

你跟着它呀！

永远地跟着它呀！

朋友，努力！

天一亮，

你就能看见太阳微笑……


李卡参加了游击队，1949年1月14日被国民党军围捕，同年9月4日行刑。那天，他和另一位战友梁坤被五花大绑押过韶关闹市风度街，李卡的背上插着木牌：枪决共匪匪首李卡。他一路步履艰难，仍然不停喊口号，不停环顾路边百姓。就义那刻，行刑的要他跪下，他硬是挺直，行刑的用力按下，一松手，他还是挺直，再按再起，数次反复。全身被捆绑，双脚也被棕绳绑了的他，生命仅以秒计算之时拼尽了力气挺直，挺直，还是挺直。行刑的不再松手，枪响了，血喷洒了，喷在行刑的身上……

第二天，韶关街头巷尾尽是谈论如此震撼的李卡。

1948年初"又想读书又想革命"的刘经亚和曹植一起参加游击队。

刘经亚说自己下连队"房子被包围了，机关枪封锁了房门。我们冲出去，冲过一大片水田，我戴着眼镜，眼镜一下掉到水田里。我摸到眼镜时，大家都走了，身边有人牺牲了，可我捡回了一条命……有一天我穿着唐装衣服行军，衣服旧得发白，他们说我目标大，要我换衣服，我又蹲下来换了衣服再走，哈哈"。

为什么？

他们说"报国"。

曹植后来成为研究历史的专家，他编写的《文化青山》记载，1949年春，达德学院所招新生正在入学，学院即遭封闭：56位侨生经组织

当年，曹植最喜欢《约翰·克里斯朵夫》，他背着最喜欢的书进入游击队，爬山，打仗。好厚好重的书哦！有个晚上爬山，第二天一看真不相信自己爬上这样高的山，抬头看看，还有更高的山，想想，一咬牙把书留下了。（廖国栋 拍摄）

刘经亚最喜欢书中那句话"真正的英雄不是没有卑下的情操，只是不被卑下的情操所征服。"
（廖国栋 拍摄）

安排北上，他们看了招生简章报考达德，认定达德是他们的"报国之门"，此批同学经培训后多数留在北平工作。另有约70名学生转入港粤工委财经委书记许涤新领导的建中专科学院（准备为接管华南城市培训财经干部）。

1949年初夏，70多名原达德学院经济系学生，分批进入大鹏湾王母墟，行军至揭阳河婆南方人民银行总管理处，分别在河婆、河田、老隆参与建行工作。中华人民共和国成立前夕他们奉命集中赶赴翁源，与南下大军会师参加广州的接管工作，大部分成为广东省银行系统的领导人和业务骨干。

# 上排村　达德女孩关汉芝

香港，曾经有一所达德学院。

宝安县革命烈士纪念碑和宝安县龙华革命烈士纪念亭，以及一个叫白花洞的村子也立了个纪念碑，烈士名下有一个达德女孩的名字：关汉芝。

达德学院是什么样的学校？

1945年6月，当时中共中央政治局委员、南方局副书记董必武赴美国旧金山出席联合国会议期间，邀请毕业于北大的著名教育家陈其瑗（1887—1968）回港办学。陈其瑗回香港后，与中共广东区委书记尹林平、区委统战部部长连贯和在港的各民主党派负责人共同筹办香港达德学院。

达德学院1946年10月10日开学，陈其瑗任院长，李济深担任学院董事会董事长，抗日将领蔡廷锴担任董事并借出一幢私宅"芳园"为校址。"芳园"又名泷江别墅（因流经将军故乡广东罗定泷江而得名），它位于新界元朗以南青山新墟附近，墟后是逶迤的青山，山边是一望无边的大海。

校名取自《礼记》的《中庸》篇，"智、仁、勇三者，天下之达德也"。

全国不少知名教授曾在达德学院任教：

沈志远（1902—1965），1926年曾赴莫斯科中山大学学习的经济学家，中国民主同盟盟员，1946年任商经系主任。

左一的女孩在笑，那年代普通女孩笑不喜露齿，她何止见齿还咧开嘴眯起眼，天真孩童常有的开怀笑，就是诗中"跟着太阳"的笑。多少年后，她达德学院的同学刘经亚和曹植还沉醉于"活泼、开朗、聪明"的汉芝之笑中。（刘经亚提供）

杜国庠（1889—1961），日本东京大学经济学博士，曾组建中国左翼社会科学家联盟和中国左翼作家联盟的历史学家，1947年任学校教务主任、商经系主任。

邓初民（1889—1981），1945年主编《民主星期》《维民》等刊的政治学家、中国民主同盟盟员，1947年任法政系主任，教授。

翦伯赞（1898—1968），1924年曾留学美国加利福尼亚大学的历史学家，中共党员，1946年任教授。

章伯钧（1895—1969），1947年任中国农工民主党主席，1946年任教授。

千家驹（1909—2002），1946年在香港创办"经济服务社"的经济学家，中国民主同盟盟员，任教授。

侯外庐（1903—1987），1928年在法国参加中共旅欧支部的历史学家，任教授。

……

不少文化名人为达德学院授课，何香凝讲授《孙中山先生的最后时刻》；茅盾讲授《关于文学创作》和《〈子夜〉的创作过程》；郭沫若讲授《中国文化思想史》《参加五四运动的经过》；马叙伦讲授《时事分析》等。

黄药眠（1903—1987）、梅龚彬（1901—1975）、许涤新（1906—1988）、曾昭抡（1899—1967）、钟敬文（1903—2002）、胡绳（1918—2000）、黄焕秋（1916—2010）、周钢鸣（1909—1981）、杨东莼（1900—1979）、司马文森（1916—1968）、朱智贤（1908—1991）、赵元浩（1916—2009）、梁若尘（1903—1990）、乔冠华（1913—1983）、曹禺（1910—1996）等专家、学者或担任学院董事，或客座授课。

达德学院先后入学约800人，据说师生中的中共党员100多人，民主党派数十人，1947年还是华南地区建立中国新民主主义青年团的试点，团员达200余人。当中共中央1947年公布《土地法大纲》后，学院开设"土地问题"一课，阐述中国封建制度下的剥削、土地、农民、民族工商业等问题。

学院的学生自1947年春陆续奔赴游击区，1948年春节前后达到高潮，先后有200多人参加了游击队，有18位师生，像关汉芝像李卡献出了自己的生命……

关汉芝们又是什么样的人？

关于这些18、20岁的青年学生的特点，曹植总结为"得益于达德学院全新的自由民主学风：一是理论联系实际；二是百家争鸣、互相质疑、共同探讨的民主风气；三是在实践中锻炼，以实践为准绳"。

抗战胜利后，汉芝在中山大学附中读书，她和同学刘经亚、曹植等人谈得拢，一起参加广州学生运动，一起被学校开除，一起转入香港达德学院继续求学，并加入了香港"新民主主义青年会"（新民主主义青年团的前身）。1948年年初她也参加了训练，准备和刘经亚他们一起去游击队，因为父亲是香港粤剧圈以武功著称的演员关德兴，名声太盛，

图为达德学院旧址。香港达德学院授课的专家学者多为民主党派人士，偏偏培训了众多的共产党青年干部，于是被称作"中共的干部学校"，这怕是1949年2月23日被港英当局封闭的理由吧？（廖国栋 拍摄）

社会影响大，组织考虑"暂缓"。

她留在香港参加了中原剧艺社。李鸣给大家上戏剧课，还为电话工会导演小戏。汉芝秉承了父亲的艺术和表演天分，在李鸣导演的戏里担任角色，他们常常讨论戏的设想。李鸣帮助她做角色设计的案头工作，还把自己读斯坦尼斯拉夫斯基体系、瓦赫坦戈夫和有关舞美结构的读书笔记借给她看。汉芝把自己想回东江游击区"报国"的念头坦诚相告，原来李鸣也迫切想加入游击队，共同的语言和志向，使他们成为恋人。

1948年12月，他们得到组织批准同时参加了粤赣湘边纵队东一支三团，李鸣分配到连队，汉芝留在团部。

她是父母疼爱的长女，弟妹尚幼，父母舍不得她远离，更何况出生入死？她瞒着家庭来到游击区，可又怕父母担心，当天就躲在小树林里给父亲写了封长信，说自己和李鸣一起到了游击区。写着写着流了泪，她一面掉泪一面写暖心的话："全中国要解放了，那时我一定回到爸爸妈妈身边，侍奉两老……"

在团部，她和李鸣可以天天见面，一个月后教导员说要调她到下面的情报站，怕她感情转不过弯，不想女孩爽爽的一句：服从安排。

告别时，她说得轻松和调皮："分开也好，现在战斗频繁，两个人在一起，要是其中一个受了重伤，另一个怎么办？不好处理。"

潜台词：保存实力。

1949年4—5月间，李鸣的连队奉命上调纵队司令部编入主力第一团。出发前汉芝和交通情报站的战友们赶过来了。

她一身黑布衫裤，腰间插了大红绸子包着的左轮手枪，这黑和红特别扎眼。晚上军民联欢文艺晚会，李鸣正忙着连队的排练节目，多看几眼或说悄悄话的时间都没有，汉芝便坐下来静静地看，不时提点意见。那晚，他们一起看节目，借着空隙说话，憧憬和相约将来的胜利会师……

她走时，年仅21岁。

1949年7月，国民党军队围捕宝安县官田上排村的三团部队。

有记载观澜武工队队长周展伦扶着她紧走慢走，走到东莞径口村附近山坡，跟不上队伍，后头的追兵越逼越近，她的心脏部位突然阵阵绞痛，无法前行只好靠在树下……

情况如此危急，怎么办？汉芝忍着剧痛说"万一发生什么事情，也不能两个人死在一起……"

周展伦不忍心离去，汉芝摆手示意"不能死在一起！"

理智抉择。

枪声逼近，周展伦压下心中不忍，用禾草将汉芝盖严实了，然后追赶部队。

关汉芝，这个美丽的女孩走了，年仅21岁。她的许多战友，见过或没见过的，都保存了她的照片，或许她的笑太美了……（陈梅英 提供）

战斗结束已是黄昏，大家回来找寻汉芝，她躺在距离原掩蔽地点20余米的地方，没有了呼吸……

汉芝被国民党军队发现后如何牺牲有种种说法。对于汉芝，不重要了，她预料的万一发生了，或许有人生的种种遗憾，安慰的是，战友安全撤了，她独自去了，那一刻她心里清楚太阳她带不走，战友会跟着它，天一亮，就会看见太阳微笑。

李卡和关汉芝都来自达德，这就是达德的精神吧？这是否是刘经亚所说"当时马列主义是大势所趋，我们觉得自己成了有信仰的人"？

2003年10月31日，香港特别行政区民政事务局宣布原香港达德学院旧址列为历史文物，称"该建筑物见证了香港在近代中国历史和中华人民共和国建国史中所扮演的独特角色"，并拨款8000万港币作为维修经费。

无疑，达德培养了共产党的干部，为粤赣湘边纵队，为1949年……

# 金钟道 "偷运"了一名英军中尉

金钟道（Queensway）是香港中西区一条主要道路，位于香港岛海旁的金钟，长约750米。汤洪泰所在的20世纪40年代，金钟除了有1878年落成的英国海军船坞，还是兵营和海军基地的所在地。它的英文名Admiralty，说是具备少将级以上海军司令坐镇的海军基地。而中文名则源于船坞有一个高高矗挂的金色大铜钟，每到上下班时间都会敲钟。渐渐，大家以钟声来校正时间还干脆称呼此地为"金钟兵房"。

20世纪40年代，为纪念香港沦陷前在此沉没的"添马舰"，称"添马兵营"。

大金钟是一道风景。每当响起下班的钟声，不少在船坞工作的华人涌出大门，尽管脸上衣服上满是机器油污，依旧笑容满脸。在英国侵略者眼中地位卑微常被打骂的华工，这是他们最高兴的时分。普通人都很羡慕他们收入高，尤其像汤洪泰这样每天干干净净上下班的，用香港人的话说就是中了"六合彩"，别人想找一份工作都难，他却稳稳干了几年，吃穿不成问题。

抗战胜利后至1949年，汤洪泰都在金钟兵房西餐厅专责调配饮料，他在九龙华仁英文书院读过英文，制作的奶茶咖啡也很地道，很受士兵们喜爱。

他是一个纯粹喜欢文艺的青年，学过美术，写一手好字，1946年参加了香港蚂蚁歌咏团。指挥唱歌和写一米大的字都是他的绝活，即使不干金钟兵房西餐厅的活，也能找到一份设计广告类的斯文工作。他偏偏在1949年的秋天偷渡返宝安加入粤赣湘边纵队三团，这"自找苦吃"，还有付出生命的危险。

他的故事颇为传奇。

第22任香港总督葛量洪（Alexander Grantham）本来与这个年轻人没有一点关系，只是汤洪泰"偏偏"返回宝安的因由，却在葛量洪的回忆录找到注释。

第二次世界大战结束后，被英国实行英国管治的大部分地区独立诉求高涨，开始政治改革，建立各自的议会政治制度，葛量洪的前任杨慕琦也想在香港推行"民主化"政策。葛接任后衡量利弊，认为"杨慕琦计划"不切实际，"香港永远不能宣布独立，她只能继续'受英国管治'，或被中国收回成为广东省的一部分"。尤其1949年共产党在北京建立政权后，如在香港推动市议会选举，很可能会出现亲共乃至共产党势力赢得选举的尴尬局面，会出现左派议员占多数的情况。"那是太危险的做法了"，他转而选择强化集权的"总督制"。

1949年1月葛量洪与英国外交大臣贝文、港英当局大臣琼斯制定了香港的《人民入境统制条例》，禁止"有鼓动叛乱公共安宁的嫌疑者入境"，"有权拘留并遣送回原籍"。4月制定禁止罢工条例；5月制定《1949年社团条例》，规定社团注册条件并不许搞政治活动，不许境外分子注册社团；8月制定《人口登记条例》，全港居民领取身份证，当局可随时搜查居民的身体、住宅和所有物，并有权拘留或逮捕。《递解不法分子出境条例》规定只要认定某人为不法分子，即可驱逐出境，并授权港督兴建集中营，用以扣留大量的"可疑不法分子"。

港英当局首先不许《华侨日报儿童周刊》读者会注册，接着有38个社会团体不允许注册或取消注册。

蚂蚁歌咏团就是其中之一，汤洪泰的歌咏团历史几乎和他在金钟兵营工作的时间一样长。他参加那阵，正是内地解放战争期间，餐厅的

1949年"蚂蚁"歌咏团很出名，2007年春天找到了旧址，淹没在香港的"石屎森林"中。汤洪泰他们却不曾忘记过，即使被港英政府取消……

（廖国栋 拍摄）

员工常常争辩分成两派，他属于"争民主，反内战"恨国民党腐败的左派。蚂蚁歌咏团的成员都同意这观点，没想到港英当局说取消就取消，歌咏团一下子成了违法团体，他心里作何想？憋屈。

这些团体绝大部分为青年团体，面对取缔也不退缩。1949年7月，两广发生严重水灾，哀鸿遍野，东华三院发起救灾，青年团体更是发起"一元救灾"，每人一元献出爱心。陈瑶根领导的学余社、虹虹歌咏团，侨港台山青年会和李兆永担任副理事长的中山青年联谊会率先组织文艺汇演筹款……

虹虹歌咏团、台山青年会、中山青年联谊会、蜂蜂歌咏团为团体代表在报刊发表反取缔声明，并直接和港英政府交涉要求保障全港180万人的基本权利和自由，工联会歌剧团举行声援大会，出席者达3,000人。

汤洪泰和蚂蚁歌咏团成员都参加了这些活动。

这期间发生了一件事。1949年4月，英国的紫水晶号、伦敦号等4艘军舰开进长江，开炮轰击北岸解放军阵地，被准备渡江的解放军还炮击伤，紫水晶号不能动弹，而船头受了重伤的伦敦号掉头而逃，一路驶回香港金钟兵营码头待修。

　　这天，从伦敦号舰上押下詹姆斯（James），一位年轻的英军炮手。据说当英舰炮轰解放军阵地时，他拒绝开炮，因此先遭禁闭再押回香港。

　　杨大卫是兵营维修部的机械师，军帽鸭舌镶着金花边军衔：海军中尉。

　　詹姆斯被强迫在码头兵营维修站做苦役。他悄悄向杨大卫讲述炮轰事件经过和自己的遭遇，还详细记录了长江炮轰事件的经过：不是北岸解放军先开炮打英舰，而是英舰首先开炮轰击解放军阵地。这份资料大约15页，他希望杨大卫把资料偷运出去，交给有关方面揭露真相。

　　过去，杨大卫经常来餐厅喝咖啡奶茶，汤洪泰和他熟识。杨特别同情中国贫苦人，还常常用自己的钱接济中国工人。汤和杨都是年轻人，喜欢讨论时事政治，他们都不隐讳自己"中国共产党好"的观点。

　　杨大卫第一个想到汤洪泰，一句话："我信得过你，请把资料转交给共产党有关方面。"

　　杨不是共产党，汤也不是共产党员，和共产党组织也没有任何联系，有什么办法？他想到自己的启蒙老师，香港中国民主同盟中央委员梁若尘（中华人民共和国成立后曾任广州联合报社长、广州市文化局局长）。汤隐隐约约感觉梁认识共产党的人。汤将资料交给梁若尘，不知道民盟如何辗转交到香港新华社或是香港华商报手中，当看到"炮轰事件"真相的报道，他既高兴又担忧。他听说詹姆斯在兵营被一些水兵欺负，挺身而出保护詹的杨大卫也陷入困境，一位副舰长扬言杨大卫有共产党思想，是赤色分子，不少官兵粗鲁恶劣地骂大卫"柠檬杂种"。

杨大卫被孤立了。节假日的军营有不成文规则"打人无罪"，每逢节假日都受到辱骂和群殴的他，不得不离开兵营或整天躲在房间。

1949年7月，有位同事偷偷告知杨大卫，香港英国皇家海军要在短期内惩罚性调他去地中海参加西班牙内战。

汤洪泰当时被人称为共产党分子，杨大卫怕引起怀疑不敢直接找他，找到汤的好友维修站中国工人李俊，说想参加中国革命，请他想办法帮助自己逃离香港。

李俊马上找汤想办法，把杨大卫偷运回中国游击区。

汤急了，一想到杨大卫非常危险就找梁若尘商量。一周后，梁若尘答复"这事涉及国际问题，搞不好会惹起国际纠纷，不宜进行"。

大卫失望极了，一周后直接找汤，说船在一周内起航去地中海，这一走不知道生死，说一定要救他，帮他脱离险境。

年轻的汤很冲动，不顾一切再次恳求梁若尘，说自己信得过这位同情詹姆斯的英国军官，一定要帮助他，愿负一切责任。

几天后，梁若尘说经过研究，同意帮助杨大卫离开香港，叮嘱杨大卫出走前不要露出一点蛛丝马迹，绝不能出现一点差错，并介绍汤认识游击队交通员，告知引导杨大卫离开兵营的详细计划。

这天星期五，汤约李俊和杨大卫下午在香港汇丰银行旁的小茶室密谈离开香港的计划和各项细节。

他对杨大卫说：内地在打仗，游击队的生活十分艰苦，那里没有牛奶面包……

大卫不等说完：我从小吃惯了苦，不怕，我是个军人，也不怕死，到中国去，我早就期待了，参加中国革命，等于参加英国革命，中国革命成功对英国也有好处。

星期六，汤买了一个藤书包，里面装满了泳衣、野餐食品、钓鱼工具等，还给了杨大卫200元港币。他知道杨平日总用自己的钱帮助中国工人，没有钱了。

午饭后，太阳很猛烈，杨大卫穿上便服，打扮成郊外旅行的模样。

他们3人先后离开军营。汤在前面走，他悄悄跟着，前后大约20米的距离，李俊也悄悄跟在大卫身后几十米。

为避嫌，他们在兵营前一站的大佛口上车。坐电车到香港天星码头，分别乘坐渡海小轮到九龙尖沙咀码头，再搭乘出租车来到弥敦道与太子道口。与李俊分手后，汤领大卫进入一家小旅店的二楼客房，和护送大卫的交通员、翻译接上头。

第二天，天还未亮汤又赶去告别，不知道什么时候才能见面，该留个纪念！他急忙从随身日记本撕下一页，为杨大卫画了张速写，作为送别的纪念……

汤记得那天是1949年7月10日。多年后汤洪泰才看到这张大卫被护送回游击区的黑白照片，才知道与大卫同行者的姓名，吴仲池和一位姓张的都是粤赣湘边纵的游击队员；才知道偷渡护送杨大卫的路程，原本准备到大鹏王母墟游击区，但遇到国民党扫荡，渔船转驶海陆丰，最后杨大卫到达河田，属于东一支二团。

粤赣湘边纵队东一支在香港建立的秘密交通线，偷运过枪支弹药、胶鞋、衣服等军用物资，也偷运过无数投奔游击区的年轻学生和知识分子，"偷运"杨大卫这样一个活生生的英国人，一位在香港服役的英国皇家海军中尉，是绝无仅有的一次。

神不知鬼不觉，没有牵连任何人，杨大卫被"偷运"走了，汤洪泰没有细说自己有多高兴，只是他的"偷运"故事竟一发不可收了。蚂蚁歌咏团成了违法组织，每次活动都偷偷摸摸，生怕被逮捕坐牢被递解出境。渐渐，大家心里窝着一个秘密，不如"偷运"返回游击区？汤洪泰串这个串那个，唱歌变作商量离开香港。一批走了，紧接着是汤洪泰自己这一批，大约是1949年9月，正准备偷渡返回大鹏王母墟游击区。突

　　海面上的小木船，船上的游击队战士和堆成小山似的行李、藤条书箱、竹笠，满载的船看上去不堪重负，挤迫得已经没有一丝空间，有个洋人笃定地坐在船上微笑，他就是大卫，1949年7月加入游击队的原英国皇家海军中尉杨大卫。（汤洪泰　提供）

　　然，他被香港政府通缉了，歌咏团的年轻人大多瞒着家里出走，孩子不见了，有家长一急报了警，查到汤洪泰。联络员让他赶紧藏起来不能跟着"歌咏团"这一批"偷运"。

　　他愣了，火烧眉毛似的奔回家烧"秘密文件"，也就是被香港政府禁止的歌曲纸和杂志稿件。慌张的小妹妹突然进屋：附近出现了很多陌生人！

　　他"逃"了，躲在妹妹的好朋友家里，一颗心好比吊在半空的水桶，晃荡啊。好不容易联系上活跃在宝安的三团的交通员，把自己"偷运"进入宝安游击区，成了粤赣湘边纵队东一支三团文艺宣传队的副队长了，这才尘埃落定了。

　　汤洪泰走后，香港葛量洪时期的镇压更激烈了，1949年末至1950年

汤洪泰自离休后就加入深圳
原粤赣湘边纵队战友联谊会合唱
团，联欢或慰问，这2006年与平
湖的联欢大会，他又在台上参演
了……（张黎明 拍摄）

初期间，电车工会罢工，反取缔的团体合力声援。港英当局不但出动警
察还出动了海军陆战队，施放催泪弹，挥舞警棒殴打游行队伍，搜查
社团驻地和人员，没收社团报刊文件等等，并"传讯""逮捕""关
押"。首先把港九纺织业总工会理事长楼颂平"递解出境"，逮捕了
1949年10月在元朗庆祝中华人民共和国成立大会担任主席的瑞彪学校
校长黎震鸥，接着陆续逮捕数十名联谊会、歌咏团负责人和骨干押解
出境。

李兆永回忆，港英当局甚至不敢说被逮捕押解出境的罪名，只说
"港督不喜欢你！"

当年（1949年）的香港中业学院文学组学生会常委刘杰、香港学余

联谊社负责人陈瑶根、香港蚂蚁歌咏团团员林松喜、香港青联成员李兆永等曾写下《香江一页》《我参加了反港英政府迫害的斗争》《粤赣湘边纵与香港青年运动》等文章，追忆那一段岁月。

其中《香江一页》有一组数字：1949年1月，粤赣湘边纵队成立后，原设在九龙深水埗的江南部队后勤处改为边纵东一支驻港后勤处，以"广丰行"商号作掩护，进行秘密活动。其任务之一就是输送人员，支援部队。从香港输送回部队的人员每月平均约有100人。到1949年6月，大约输送了1,000余人。

1949年6月后，像汤洪泰那样别无选择"偷运"返游击区的就更多了……

31年后的1980年，杨大卫和汤洪泰竟联系上了，他们在广州重逢，哦！在广州重型机械厂的大门见面，当着几百工人的面——

汤洪泰叙述时，用力眨动眼睛，好像要关闭一扇门，不让什么跑出来，眼光也扑腾一下突然越过笔者，他笑了，泪也跟着闪，晶亮了一片：大卫，哦，和我紧紧，唉……我们拥抱，我们流泪了，杨大卫拿出了我给他画的那幅速写，他留着，一直珍藏着……2008年3月，已经中风的杨大卫，连妻子的名字都记不住了，可还记得我。

再后来——

今日金钟是香港集商业、购物及娱乐于一身的心脏地带，游客如云，怕没有英军驻守的痕迹了……只是想，如果当年葛量洪没有宣布汤洪泰们的歌咏团是非法组织，他们会自行"偷运"自己吗？

历史之所以成为历史，就因为没有如果。

# 大鹏湾　拿出小刀把毯子割成两半

　　1949年初，设在香港的中共中央华南分局，曾多次指示各地培训接管城市干部，准备城市接收的各项工作。像东江公学、江南青年公学以及香港达德学院等，都曾经为粤赣湘边区培训过干部。

　　1949年8月组建的粤赣湘边纵队东江教导营，更是先后培训了1,000多名干部。

　　中大法学院经济系学生廖远耿，就是东江教导营的一员……

　　1928年廖远耿出生在毛里求斯，华侨父亲的日子非常艰难，店铺遭打劫，他身中3枪，人在停尸房过了一夜，奇迹复活却再遭中东商人逼债，终归破产拖儿带女返回梅县乡下，那年廖远耿才2岁。

　　他二哥考上剑桥大学，三哥想报考黄埔军校，因没钱就去了泰国打工。

　　哥哥们的来信都希望小弟"读书救国"，是的，读书，读书，这个懂事的孩子书读得果然很好。

　　1946年7月，梅州中学毕业了，他来到广州准备考大学。

　　当天住在老乡家，凌晨一时，房东突然带了两个警察，端着上了刺刀的枪，把他抓到东堤警察分局并马上开堂审问，说他是共产党学生，天一亮就拉到沙河山上的龙眼洞要枪毙。他申辩到最后，问他广州有什么亲人，他说自己堂舅是广州行辕会计室主任。

　　等堂舅作保前，警长把他关进禁闭室对看守说"这个共产党学生，任何人都不准靠近"。

廖远耿说起小时候喜欢穿从毛里求斯带回的红衣服，母亲不让穿，怕被怀疑"朱毛贼"拉去杀头。母亲说他堂兄是真共产党，在汕头开会被政府抓了，用麻袋抬到海滩边，刺刀乱捅再沉落海底……母亲说的故事，是他和共产党的唯一关系。（廖国栋 拍摄）

在没窗子的禁闭室就剩下"想"，想半天也不知道哪里出错，被当成共产党。

他被堂舅保出去了，秋天顺利进入中大先修班时，国共内战开始了。也许因为这段经历，他希望共产党军队赢。

1947年中大本部上千人举行了"反饥饿，反迫害，反内战"示威游行，队伍来到平山堂。班主任警告"谁参加开除谁！"不少想参加的同学都吓住了。

他却一下课悄悄和同学叶振祥从后门赶到六二三路参加游行，一直走到沙面。学生和军警对峙，军警指挥官喊"开枪，预备！"，学生们喊"中国人不打中国人"，后来不少学生被化装成搬运工的特务用铁钩、木棒、竹竿殴打受伤倒地。再后来，学生撤回平山堂，接着一辆辆满载军警的军车冲进校园，校门口和围墙都架起了重、轻机枪……

1947年9月，他就读中大法学院经济系，法学院一年级新生都住在

2007年6月30日，廖远耿回中大了。60年前的这天，以中大学生为主的广州学生举行"反饥饿、反内战、反迫害"的大规模示威游行，史称"五卅一运动"。300多人中第3排左边排头就是他，教导营的规矩班长排头……（张黎明 拍摄）

第14宿舍。他同房间的林邦礼、梁季鹏，还有老乡范际群都参加了同学会，他们常常互相借阅当时的禁书《新民主主义论》《新观察》等。

二哥来信要求他"不问政治，守中立，读书救国"。能不问政治？能守中立了？不可能了，他已经参加了中大社科院研究会，经常和大家探讨中国的未来和前途等救国救民的政治问题。

1948年初，一天晚饭后，政治系四年级学生杨奎昌和他散步，动员他加入中共领导的"爱国民主协会"，他却说想加入中国共产党。杨说，参加共产党没这样容易，要经过考验……这才是他第一次接触真正的共产党人。

这个秘密令他的人生有了另一层意义，建立一个前所未有的新中国不能仅仅讨论更要行动，忧国忧民令他火烧般焦心。他被选为经济系二年级学生会主席。杨还指派他负责第14宿舍的敌情工作，与中共地下党员政治系四年级学生黄昌家单线联系，每周向黄汇报情况，还记录在小本子上，藏在床底下。每天除了上课，还秘密和宿舍里的同学轮流放哨，偷偷在校园里写标语贴标语，他担任了法学院经济系主办的"物价飞涨何时了"的研讨会主席……

中国人民解放军攻打南京前夕，杨奎昌奉命撤退参加武装部队，他要跟着走，杨却让他坚持到广州解放。

杨离开两天后，这才知道同学范际群也是党的人，并成为自己新的单线领导人。

他负责单线联系法律系、社会系、经济系的二年级学生谭伯承等人，陆续有同学与他告别，黄家昌、彭华梓等都撤退加入游击队。他留校接替黄家昌成为文、法、农、师范四大学院七大宿舍敌情工作的总负责人。

1949年暑假，他逐个向同学传达方方为解放广州做好准备的讲话，同学们商定做好解放军围城3个月的准备，自愿捐款，购买了10包大米和油盐……

他说"中山大学成了国民党鼻子尖下的红色干部培训基地"，这不是戏言，当时粤赣湘边纵队、闽粤赣边纵队、桂滇黔边纵队来自中大的学生比比皆是。

1949年7月23日零时，国民党广州警备司令部10多辆卡车和吉普车呼啸而入中大，武装开路的车上插着面大黑旗"捣乱治安者杀无赦"。近千名便衣特务和军警，跳下车包围了中大男女生和教授宿舍，按黑名单逮捕了张作人、张清鉴、萧伟信等教授及学生150多人。

情况紧急，范际群通知廖远耿不要回宿舍伺机撤退。

数天后，廖远耿等冒险前往香港，按照秘密接头方式和香港地下党联系——

到港第二天中午，他们在九龙某百货商店门口集中，一位身穿蓝布唐装，手撑浅蓝色太阳伞的中年男子站在范际群身边。范际群说记住这人，左眼有块疤，蓝布衫，蓝雨伞，一定要记住！似乎有人注意，范马上停止说话，急急跨过马路到对面行人稀少的人行道。

范际群和交通员单线联系，其他人再和范单线联系，大家之间保持距离，谁都不准打招呼和说话。

第二天早上6时，他们9人跟着这位交通员，先在红磡火车站各自买票到大埔站，上车后分散坐在同一车厢。下车再跟交通员上了一艘敞篷大轮船，一看，近百名船客都是中大的，大家抑制住惊喜依旧装着素不相识。3个多小时后停泊在大鹏湾平洲岛附近，许多船头油着红漆的小舢板急速划来。

这时交通员突然站起来大声宣布：同志们，大鹏湾解放区到了！上红漆船头的舢板，他们会送你们上岸，你们的行李到王母墟小学领取，有人替你们搬运，上吧！

廖远耿和船上人情不自禁连声大喊：解放区到了！解放区到了！

多年后才知道交通员叫黄志，深圳福田沙头村人。

到岸了，树丛中跑出几位全副武装的游击队员，用客家话说：同志！小心，我扶你们！

第一次听到"同志"，如此大声的"同志"，当下热泪盈眶：同志，谢谢。

他和同伴们扯开喉咙大声说话，长时压抑的话像洪水一样涌出，一路看到的人特别扬眉吐气和热情待人，奇怪，连一路山水也特别清秀，和蒋管区的山水明显不一样……

烈日当空，廖的上衣被汗水湿透了，忽然感觉到一阵阴凉，抬头一看，有把雨伞挡在头上，一位身材高大，理着平头，穿着朴素布衣的中年男子撑着伞。

谢谢您了！

这人笑容可掬：不谢，我们都是同志嘛！

廖远耿多次重复"同志"，这时他还不知道自己即将成为粤赣湘边纵队东江教导营的"同志"。

更不清楚教导营基本由6种人组成：1. 中共中央华南分局机关工作人员；2. 华南各地民主党派领导成员和无党派民主人士；3. 华南各地著名专家、教授、文艺工作者、记者、技术人员、财经工作者；4. 华南各地的工运骨干、工人积极分子；5. 从广州撤往香港的地下党员、党的外围组织成员和进步青年学生；6. 从东南亚回国的进步华侨。

年轻的他和许多社会知名人士成为"同志"，如民盟负责人梁若尘，教授王越、刘渠、杨嘉，作家梁纯夫、华嘉、杜埃、秦牧、秦似、黄宁婴、卢荻，文艺工作者黄新波、谭林、谭雪生，新闻工作者陈仲达、吴柳斯，国民党起义军官李振中、许英麟、黄大锵等。

几十分钟后，廖远耿来到王母墟小学，开始了自己的教导营生活——

第二天，范际群带的中大同学也来了，10人编成一班，他当班长，梁季鹏当副班长。

次日早餐，数百人集中在王母墟小学操场，东一支司令员蓝造宣布成立粤赣湘边纵队教导营，营长陈平，教导员古念良。

陈平站出来敬礼，廖远耿一下认出了，为自己拿伞遮阳的人。

宣布各连排班名单，廖被分到一连。二连女指导员出来行见面礼，他又认出了，在香港最困难的时候，她送了20元港币给他和曾庆章！

廖远耿开始了教导营的军事化生活：

以连队为单位，每天早上6时半起床，集中操练和唱革命歌曲，然后

驻在大鹏湾半天云村，廖远耿亲眼见过老虎下山，晚上到村民家，大多深夜才回来，他们就学老乡边走边敲鹅卵石吓老虎，结果一连夜出六七天都没碰上老虎……（张黎明 拍摄）

卫生员监督排队喝盐开水，清肠胃和清热毒，非饮不可。早餐吃稀饭咸菜，午餐、晚餐吃米饭和青菜，10人围成一桌，要求5分钟内吃完。

早饭和午睡后，以班为单位学习讨论党的新民主主义革命总路线和城市政策，准备与南下解放军汇合接管广州等城市，晚上小结。10时熄灯睡觉。每周六晚班长主持民主生活，如果分散住地，各班要派人轮流放夜哨。

廖远耿记得不少细节。

"我们一般几天就转移驻地。"

"我是班长，排队以我排头，副班长梁季鹏排最后，睡也排着睡，一切为了应急安全撤退。"

"我检查铺位发现梁季鹏同志没有毯子，我说：季鹏，我们有福同享，有难同当，我的毛毯可分成两半……他一听连忙说不行！不行！我不再商量，拿出小刀把毯子割成两半，他感动得说不出话来……"

"我们连驻在大鹏湾半天云村，排长范际群带领我和梁季鹏、谭伯承，以工作组形式到南澳枫木浪村，那天文娱演出时，半山腰蓝光一闪一闪的，定睛一看，两只老虎正往山下走来，大家赶紧进屋躲避……"

……

教导营不仅仅学习和操练，还帮助建立乡村政权。

多少年后，廖远耿还记得带领自己班的10人到沙鱼涌，仅仅5天就建立村政权。

全凭一位大革命时期的地下党员，帮助他们分头联系各店铺和住户，宣传党的政策和解放军渡江后的大好形势。

一连5天，调查、串联、酝酿、推选村长。

第6天晚上，召开村民大会。就在大草坪，全村老幼围成一个大圆圈，中间点上一支大煤气灯。

谭伯承主持村民大会，廖远耿宣布村长、治保主任、妇女主任和村委等干部名单，号召大家在新政权领导下积极支前，配合解放军解放广东乃至全中国。

就是那位老地下党员担任村长，村长讲话，大家热烈鼓掌。

接着他们表演节目，合唱、独唱、舞蹈、相声等8个节目，廖远耿自己还单独演出哑剧《驼子回门》……

3个月后，也就是1949年10月21日前后，这批师生除了部分留惠州等地，又回到广州，成了共产党接管广州各项工作的干部，以及城市建设的专家人才。

## 谷湖龙　梅英容易爬过铁丝网

　　观澜新田谷湖龙有不少华侨，首富要算牙买加华侨陈庆良。20世纪40年代，除了牙买加几家店铺和蕉园，他还在香港跑马地有地，在广州也有两栋楼，而他在家乡慷慨解囊建造或出资之事就数不清了：村子新建的20多间颇气派的砖瓦房；修筑面积近400平方米的二层私塾学堂楼；殓葬村里没钱下葬的贫苦老人；修缮塌坏的道路桥梁；购置新田学校缺少的乐器；添置族房喜宴缺少的桌椅碗碟……他的善行在新田人人皆知。

抗战时，陈庆良和东江纵队宝安大队大队长曾鸿文来往，知道游击队缺粮缺枪，偷偷送给游击队7支枪、15担谷和一笔钱，一旦泄露会被日本人砍脑袋，他懂。
（陈梅英 提供）

　　2016年底笔者采访陈庆良女儿陈梅英，她随口轻轻哼唱了那首自己孩童时唱的歌，那赞扬自己父亲的歌：热心的校董就是陈庆良……

　　屈指一算离陈庆良1956年去世整整62年了。

　　《观澜侨史》记载了他的人和事，一开篇就特别提到陈庆良1887年出生在观澜新田一个依靠讨饭为生的贫苦家庭。而青年陈庆良曾为观澜墟成昌楼茶楼伙夫，深知穷人抬不起头的辛酸，就是他热心善行的注释。这是后人的猜测。

　　他的女儿陈梅英1932年7月出生在牙买加，到了上学的年龄，他把持有牙买加护照的孩子们带回香港和观澜读书。

　　1948年10月，梅英还在香港大埔北方女子中学读初中二年级，这天

陈梅英1932年7月出生在牙买加。小梅英看上去特憨实，不会卖乖，长大后还是这品格，父母格外疼爱她。（陈梅英 提供）

瞒着父母偷偷返回宝安，加入了边纵三团观澜武工队。

梅英说当年仅16岁，不知道什么主义，听人说游击队可以读书和唱歌，还说游击队里都是好人，为天下穷人打出一个好日子。好日子？普通人眼里，她家里有5个使唤的工人，过的就是好日子。不是为自己是为别人，她还串上陈淑梅、李芳等几位同学一起加入了游击队。从小看父亲善行的结果？也是后人的猜测。

2017年1月10日，老战士们在俊园"饮茶"聚会，她爱说话，吐字特别清楚。笑，好像她脸上藏着一杯总是满泻的水，说着唱着，眯眯眼，一不留神笑从脸面溢出。小孩童似的一点也不会掩饰，84岁的女孩，笔者的第一印象。

2017年1月到她的家，见识了她最爱的"口琴"，琴本不大，可她的脸如此小巧，琴一横，见琴不见脸了。

她说：我就爱吹口琴，吹，不够力气是吹不好的，自己老了，气不够了。

这位当年的女孩有多任性？喜欢家乡观澜，心血一来潮就返回观澜读书，穿着香港时兴的工人装，长裤连着背褡，胸前有个大口袋，同学们看到"异类"扑哧笑了，她不恼，屁股一扭。就爱穿"大口袋"的女孩，心血退潮，立马就返香港读书了。

这个在家连穿鞋着袜都靠工人的女孩加入游击队，又一次心血来潮？游击队可不是天天唱歌和吹口琴，观澜桥头吊挂了几个被杀害的游击队员的头颅。

2017年1月10日，老战士们在俊园"饮茶"后拍了照片，84岁的陈梅英个子最小，也许只有1米40左右，一看就知道她在哪里，前排个子最小的就是她，难怪当年说她"细细粒"。（张黎明 拍摄）

这天开会组织突击队，周展伦和万启源队长，问"谁愿意参加？"她很淡定地不举手，没报名。那年有38名从香港过来投奔游击队的学生被杀。怕，挂在观澜桥头的头颅把她吓着了。

那举手报名参加的人都是梅英的好友：陈虾仔、陈观发、蔡来、陈子仁……

他们偷偷问梅英：你不举手？

她老老实实问：我举手干什么？

他们嘀嘀咕咕，最好就是梅英，细细粒（个子小），××就不行，太肥了，梅英容易爬过铁丝网……

奇怪了，被他们一嘀咕，鬼拍后脑勺似的，她也就加入了突击队。

突击队干什么的？

陈梅英说：我们去观澜贴传单，东西南北分几个小组，2-3人一组，成昌楼上的探照灯一上一下四处照，灯光一上趴下，灯光一下爬起就跑。跑到铁丝网边，陈观发剪铁丝网，我背着糨糊钻铁丝网，一个刷糨糊，一个贴，啪嗒一张啪嗒一张……

一回又一回，她的胆子练大了。

"陈庆良的女儿是游击队的"渐渐在观澜传开了。她的几个姐姐从香港回来观澜赶圩，国民党竟然把她们抓了。香港的父母连忙托观澜乡绅陈义夫，费了几番周折才把人保出来了。

父亲越来越揪心，梅英最机灵也最老实，不像几个姐姐去买菜什么还会"打补头"（留下找回的零碎钱），女儿过的并不是好日子，吃不饱穿不暖宿山野睡坟头……被国民党军队抓了是要命的，怎么办？

这天家里的工人跑到观澜找到梅英：你阿爸叫你回家。

她摇头："在这里学到东西，常常唱歌，吹口琴，好开心，我为什么要回去？"

……

2017年初，84岁的梅英说起那段游击队生活，贴传单、爬山、饿得偷吃庙里的供品、被国民党军队追杀。

她的叙述非常跳跃，没有逻辑关系的碎片——

"我们税警连缴了国民党的机关枪，他们来报复我们，只能撤，我们从观澜一直跑，一山过一山，跑到了东莞水口。"

"我们突击队开发新区，就在靠近天堂围的君子布村，突然国民党兵来抓人了，大声叫'捉陈梅英！''捉陈庆良的女儿！'，叭-卟！叭-卟！啾——子弹打过来了，村子就在山边，我往山上跑，跑，我细细粒（个子小），一下就跑上山，捉不到我……"

"我们一天吃两餐，一早吃了，8时就出门，爬到中午了，一山过一山，山还没完，肚饥了。观澜有座吉岭庙，有些供品。我对陈观发说，队长，肚饥了，怎么办？陈观发也饿，他问我敢不敢去庙里偷吃的，我记得三大纪律，我说怕不怕犯纪律？他说肚饥没办法，不怕！梅英你去拿点东西垫肚子。他和庙祝公说话，我就闪进祠堂把那些糕点和饼全部扫进包里……供品上都是灰，我们拿到了，拍拍，一下就进嘴了，肚饥啊。后来都要检讨，偷吃，肚饥，我检讨了。"

"奇怪，刚到白花洞，我脚上长满水泡，晚上他们下去乡村宣传，我走不了只有一个人留在营房，就是一个大大的祠堂，无灯无火黑麻麻，也不惊怕，真的。"

1949年年底陈梅英调到了税务局，她是青年团员，睡觉时，水桶就放在床边，一听到打锣声"起火了"（国民党的飞机炸火车站的货物）拿起水桶跑去田沟装水灭火，就是现在和平路的地方……

（陈梅英 提供）

"后悔？我后悔就死了，有几个不是我们学校的，怕了，想偷偷跑回香港，不知道路，被国民党捉了，打死了，头就吊在观澜桥头。"

"1949年底，我们进深圳，国民党飞机来炸火车站铁路边的货物，没有仓库，铁路边堆满了货物，烧起大火……我们去救火。"

"进城后，1949年10月，团委书记张立峰派我和刘成仪，去广州华南文工团学习打腰鼓扭秧歌，回来教深圳小学和蔡屋围小学的老师。一个月后分配我去深圳税务局，我负责抓印章，盖税票，南头西乡沙头角的下面税所来问我拿税票。"

这些1949年的陈梅英的记忆碎片，有点疑问，她要真想离开武工队返回香港，并非不可能，她偏偏留下，什么吸引着她？

这是宝安观澜樟坑径上围村刘肇棠的家，从曾祖那辈就开始信奉基督教，他的7个孩子从小受洗礼，就希望过些和平富足的日子，但在1949年真是太奢望了。（刘成浩 提供）

## 樟坑径 一条船和伸出船舷的桨

　　1949年，宝安观澜樟坑径上围村一户刘姓人家，主人刘肇棠是七个孩子的父亲了。这个家庭有点特别，据说曾祖那辈就开始信奉基督教，所以兄弟姐妹从小就受洗入教。刘肇棠从暨南大学毕业后一直在外觅职为生，妻儿老小也跟着奔波，这样四海为家的人家的孩子显得比同龄人见识广，尤其1932年出生的长子刘成浩更是敢作敢为。

　　多年后，刘成浩还记得"1945年，我妈带着我们6兄妹，从粤北沦陷区里，死里逃生，来到东江，与父亲重逢。日寇投降后，父亲和我们一起回到了老家。""回到老家，父亲职业无着，1946年，乡里办了一所中学，邀请姑丈当董事长，父亲就凭这裙带关系求得一份工资极之微薄的中学教席，我和二妹三妹也先后进了这所中学念初中。"

这所中学说起来还有点名气，《观澜侨史》记载，1945年出任国民政府副主席兼立法院院长的孙科（孙中山之子），于1946年督导陈安仁等利用原来广培侨校部分校舍，创办了观澜中学。校名由孙科亲自题写，中山大学的教授陈安仁为名誉校长。

这观澜中学的董事长陈安仁也就是刘成浩的姑丈，大学毕业的刘肇棠也得凭此关系获教职，可见找一份工作实在不易。

刘成浩说"那时社会混乱极了，（广九线）铁道两旁的大村镇为国民党盘踞，山区僻壤就是共产党游击队活动的天下，国军每藉剿匪扫荡为名，到处抢劫杀人，政府腐败无能，强者当政，有权有势任意横行，为所欲为，民不聊生，怨声载道……" "我们为国家的现况感到忧心而气愤"。

此时，少年成浩发现了父亲的秘密。共产党观澜武工队的万启源队长是本村人，他格外尊重有文化的父亲，常常悄悄和父亲在家彻夜交谈，讲拯救国家、拯救民族、拯救穷苦劳动人民大众的大道理。父亲赞同共产党的道理和主张，越谈越投机。有一天说着，队长问父亲想参加游击队吗？父亲为难了，全家九口人，生活靠自己教书收入，一旦断了，妻儿就无法生存……报国舍家，他舍不下。

隔墙有耳，17岁的成浩把话听入心了，且有了"报国"的决定，他没有和父亲以及任何人透露自己的计划。他知道学校所在的牛湖村，国民党势力很雄厚，如果让人知道和游击队有任何关系，父亲随时会被逮捕坐牢枪杀。于是，成浩在学校暗中向同学放出风声，不想再念书了，要去香港打工找出路。接着，4月期中考试的这天，他考完数学课后就悄然离校投奔游击队去了。路上遇村人问"为什么这么早放学？"他说去香港。

人们万万想不到学校董事长陈安仁的侄子，教师刘肇棠的儿子会去投奔共产党。陈安仁或刘肇棠，在乡里都极有威望，少年成浩去香港也很平常，此事没引起波动。

成浩顺利加入粤赣湘边纵队东一支三团观澜武工队。

此时中国形势剧变，1949年4月20日午夜，共产党30万大军打过长江直抵南京，4月25日国民党总统府迁到了广州，省城内外折腾了整整一个5月，广州城实行戒严宵禁，不但违禁者"格杀勿论"，加强治安警备队，甚至在居民中组成警察、宪兵、保安、国民党员和政工各一人的"反共五人小组"。

父亲刘肇棠心里忐忑却努力保持淡定如初，一个月总算安稳过去了。不曾想，6月的一个夜晚，刘成浩偷偷潜回，告诉16岁的大妹妹刘成仪和15岁的二妹刘成善，这武工队如何好，两个妹妹连夜跟着哥哥刘成浩，悄悄加入了观澜武工队。

父亲急了，纸能包住火？可回头路更不能走，兄妹要是回校等于送羊入虎口，死路一条。刘肇棠悄悄请求万队长不要走漏孩子们参队的消息，于是成仪、成善姐妹被调到远离观澜国民党统治区的游击区驻地。

史称"粤东起义"的8位广东国民党政、军界人物，广东省绥靖公署副主任吴奇伟、广东省第9区（梅州）行政监察专员李洁之、保13团团长曾天节、保12团团长魏汉新、保安独立第一营营长蓝举初和肖文、魏鉴贤、张苏奎不但起义，还联名发表了《我们的

1949年还在学校读书的刘成仪参加了游击队，为什么？听哥哥的话，不会错。（刘成仪 提供）

抗战胜利后的刘成仪姐妹，衣服和鞋子都是捡来的，鞋子不合脚就往里面塞纸和烂布，可脸上还是笑，小小的她们也知道，胜利了！多少年的照片，霉了旧了依旧挂在祖屋……（张黎明在刘成浩祖屋翻拍）

宣言》——

> 中国不幸！
> …… 我们都是忠于国家民族的一群，我们也曾在国民党政府中工作，曾参加两次国共合作，经过北伐和抗日战争，吃尽苦头，数十年来不知牺牲了多少革命同志，流了无数军民的血汗，所得的代价是什么呢？只是创造了蒋介石的反动官僚政权，提高了国民党官僚豪门的生活享受，我们一致抗议蒋介石残酷无耻的暴行……

这一枚重磅炸弹之下，担惊受怕的父亲不知道宝安观澜的国民党人更恐慌，谁的心思放在刘家兄妹的身上？

接着，广州、香港各地的众多青年辗转冒死投奔游击队，已成人心所向的公开秘密。1949年接近10月，刘肇棠这位中学老师也带了自己10多位学生加入了游击队，这一结果怕他自己也没有料到。

2006年，笔者曾经在深圳"食为先"酒楼与当年的他们座谈，10多人里面有个老战士思维特敏捷，语速很快，笔者提出的问题，别人还在思考，他已滔滔不绝且无拐弯抹角。

他就是刘成浩。

"为什么加入游击队？"

刘成浩立即反应："不是共产党的宣传，是我自己要去的。"

他没有停顿片刻就往下说——

"想救国和报国只有找共产党，我知道国民党腐败，没救了，是我自己看到的。抗战那几年我们一家就是逃难，这个政府保卫不了我们。逃难，逃到一个地方暂时住下来，一有情况再逃到下一个地方。我们住过坪石（粤北），附近有个国民党伤兵医院，真是太惨了。我们住在一条干枯的小河边，许多人家都把厕所搭在河边，唉，就是那种高脚楼，河边都是粪尿和垃圾，每天都看到一个个伤兵在扒垃圾，捡死猫死老鼠，充饥啊！他们日子过得很差，经常发生暴动，听到喊打喊杀声和枪声，死伤好多人……这时候，我们学校还要去卖旗支持抗日，我才12岁，也跑上台发言，响应蒋介石"十万青年十万兵"，这样鲜明对比，我越来越感到这个政府不行了，好难过……我想一定要救中国。"

　　席间，人们开始抢着说话。

　　他的大妹刘成仪："抗战，我不用看电影，亲身经历，日本人打到香港，父母带我们逃去韶关，我们才十二三岁，只有靠自己逃难，眼看一车车往韶关的火车，没有老百姓，全都是逃跑的国民党兵，我们逃他们也逃，他们坐火车逃，我们两条腿逃。记得走一个山，走了7天7夜，我阿婆就是走难时跌伤了腿，躺了8个月就死了。我亲眼看到一个年轻仔被日本人杀死，在半山看到日本仔拉难民妇女去强奸。阿妈叫我们千万不要直着身子走，怕个子高拉去强奸，我们缩成虾米一样。我们为什么会去韶关？姑丈在韶关，我们跟着姑妈他们走，走到坪石，坪石沦陷，又到乐昌，没到韶关，说日本人已经打到韶关了，我们又跑回来，到不了韶关，我们又跑到仁化，街上天天都看到死人，好凄凉。生活艰难，我们去火柴厂拿点火柴枝加工挣钱，妈妈和哥哥走私担盐卖……逃难，去的时候11担行李，回来只剩下一张被子一张毡子和席子，全部失去了，不知道怎么就没了。在街上看到有人摆卖我们的东西，我说阿妈，这个煲是我们的，这对鞋子是阿妈的，阿妈赶紧拉开我，不要说，走，快走。不敢说话啊。我们这样跑，胜利后我们又两条腿自己走回广州，

1949年，刘成浩对妹妹说，就是想报国，相信共产党可以改变中国。妹妹们跟着哥哥去了游击队。如今，生活好了，他对妹妹们说，祖屋不出租，就把它建成家族的展览馆。妹妹们还是一句话"听哥哥的……"（张黎明 拍摄）

走回观澜，唉，那个政府保护不了我们。"

刘成浩："那时，我有个姑妈让表姐夫带我去美国，表姐在美国开餐馆，姑妈以为我们穷，我一定好高兴。可我就是不去，她说这么傻！我看到中国又穷又弱，心里多难过，不会去别的国家打工，就是想报国，想改变中国。"

"你相信共产党，游击队就只发给你一件衫一双鞋，凭什么相信他们？"

刘成浩没有一丝停顿和迟疑："共产党就是为穷人的，只有这一条路。"

林庄："我1944年只有11岁就加入了东纵，因为妈妈和叔叔都是东莞地下党，妈妈送我去的，好像回家一样习惯。东纵北撤后，送我回东莞太平虎门中学读书，初中毕业考到广州女师。1948年年底，我已经参加了共产党的外围组织东宝人民解放大同盟，我要求返回部队，也就是边纵东一支三团。我在县政府油印室，流动的，在老百姓家里吃和住。"

刘成仪："想过好生活只能跟着共产党。哥哥说好，我就去了。心甘情愿，好辛苦，但自己喜欢。我本来是个很软弱的女仔，从牛湖走到樟坑径都很难，参队的那天晚上，我竟然从牛湖一直走到白花洞，也不知道脚痛，迷了心窍，不知道为什么，不知道死字如何写。"

刘成浩："哈，是的，我们迷了心窍，真的。"

刘成仪："嗨，蒋介石的军队一下乡就抢东西，游击区的老百姓好憎恨他们，叫他们'荷荷鸡'。"

刘成浩："国民党进村没有好事情，不是抢鸡鸭就是抢狗，他们可能被克扣军粮，衣衫不整，长满虱子，抽大烟，抢了东西就用枪挑着走，好憎恨他们！"

林庄："因为我们打'荷荷鸡'，老百姓对我们好。老百姓知道我们救穷人，对我们真好，我住在他们家，当我是子女，真享福，留给我吃小碗饭，看他们吃什么？吃的还不是番薯，是连着番薯的一点点凸起的茎……我好感动，不知道说什么好，他们说，你这么小就出来打'荷荷鸡'，我就当你是自己人。我们对老百姓也很好，有的做田工撞伤了，伤处腐烂，长了蛆虫，我就一条一条把虫子挑出来，用盐水帮他洗伤口……"

……

"你哥说武工队很好，你就参加了？真的很好？"

刘成仪："是的，参队前，我在学校参加了读书会，国家不强，老百姓遭殃，没有好日子，就是这点激励了我。很开心，我们的队长很好，万队长是我们村的，周展伦是白花洞人，很平等，他们对我们这些小同志很爱护，好像过河，大同志就背我们年纪小的同志。睡觉的时候，把所有的毡都铺在地上，我们小的就挤在一起，冬天哪里暖和就钻到哪里。"

"你们打仗？"

刘成仪："我们不打仗，只是去观澜下面村庄宣传，在光头仔、雪竹径、白花洞……我小，就组织少年儿童团，白天隐蔽在沙梨果园山上，晚上才出去活动，我们宣传共产党的好处，哈哈，其实自己也不很懂。"

"你们的生活很艰难！"

刘成仪："很艰难。我当过事务长，还偷偷回家找妈妈，'妈，给点钱我！'妈妈真的给了点钱，我就买谷子带回游击队。我们最惨是没有根据地，晚上有时借住老百姓家，白天在山头果园，最怕下大雨。哦，学会把一张毛毯扯起四个角，绑在四棵松树上，雨哗啦啦，我们就躲在下面，哇，那雨好大……"

刘成浩想起什么，笑，瞬间在脸上散开，说艰苦却说成了笑话："哎呀，冬天很冷，一张毯子不够暖，我们就两张毯子扎起四个角，好像大袋，里面塞满禾秆草，还有纸哦，哈，大大件……盖在身上。我们事务长周娇，炊事员阿月，哎呀，开始天天吃沙葛，一个月都吃怕了，能不能换？好，换冬瓜，结果又餐餐吃冬瓜，不想吃，不吃不行。我们自己开玩笑，干脆叫沙葛月，冬瓜周，求她们，换个别的菜好吗？好，换了咸菜，豆豉蒸梅菜和几条小鱼干，又开始天天豆豉了……我们又说换换吧？周娇说得、得、得，吃完豆豉就换。大家心里很高兴，问还有多少豆豉？她说60多斤！哦啊！哈哈！60多斤？什么时候能吃完？没有办法，不能常常出去买菜，怕暴露。每人只有3分6菜钱，只能集中买

菜。那天在固戍，有的住天台，我住下面，下雨了，天台的跑下来，睡得太死，有一个卫生员，打横躺下压在别人身上，在上面和下面都睡得猪一样不知道，哈哈，我跟着大笑，笑了半天，那个被压在下面的人是我，睡死了，一点都不知道……哈哈！"

这些艰苦，可以这样笑成了娱乐。

"南头乌蝇（苍蝇）深圳蚊，这是深圳的老歌谣，你们有蚊帐吗？"

他们愣了，蚊帐？好几个人摇头，继而又哈哈大笑，"哪有蚊帐？幻想！"

刘成浩惊惊乍乍："我们用毡裹着睡，蚊子好大好凶，锥过

2016年12月7日的聚会，目的明确：提供此书采访线索。张伯乐、陈梅英、刘成仪（前左、中、右），汤洪泰、卓辉（后左、中），问他们游击队日子那么苦，为什么不逃跑？他们笑。（张黎明 提供）

了毡……"

"锥过毡子的蚊？谁见过？怕睡沉了蹬开被子喂跑了蚊子。"

刘成仪不紧不慢："有蚊帐啊，队长有一张，只给虾仔和梅英，我们也钻进去，就是一个头，脚和身在外……"

奇特的画面：没风的夜，也没灯火，只有暗影下的哨兵和寂静中的虫鸣，10多号人都躺在老村祠堂的地板上，睡了，围着一顶蚊帐，帐中挤着两个个子和年龄都最小的，四周有一圈搁在帐子里的脑袋，一个挨着一个，帐外伸出裹着毡的身子，直着弓着和摊开成八字的……

像一条船和伸出船舷的桨，浮沉与共。

很想问，日子那么苦，为什么不逃跑？

**1950年**1月28日，根据海关总署关于改订**全国海关**名称的决定，**广州市**军管会海关处发出命令，九龙关改名为中华人民共和国**九龙海关**，这就是现时**深圳海关**的前身。

第五章

破局寻道

# 采写手记

　　写到此章，已经进入2017年12月，天气比往常波动，几天之间，温度从20多度跌到13摄氏度，很像1949年深圳的政局。

　　此时的宝安地区并存着三种势力：国民党、共产党和港英当局，胶着、纠结、起伏和剧变，状态颇像罗雨中回忆录《征途》的片段——

　　1949年10月1日早晨，沙头角的中英街，港界出现了一群华人，沙头角乡绅罗雨中领着沙头角港界的父老，准备在东和小学集合庆祝中华人民共和国成立，并举行升旗仪式。

　　这个与香港以一条小街分割粤港两地而闻名的弹丸之地，粤界这方据守着国民党萧天来的联防大队。

　　港界方的升旗队伍与粤界方的武装联防队仅有中英街半街之隔。

　　萧天来，1948年曾担任国民党宝安县警察局局长，时任联防大队队长，他一获知消息就紧急集合荷枪实弹的200名士兵，重、轻机枪5挺，手榴弹、步枪、驳壳枪，从中英街海山茶楼门口直到沙头角沙栏吓海边，全部枪口对准港界新楼街大会集中地。

　　不准庆祝，不准升旗。否则，子弹飞出。

　　沙头角英警署英籍警长柯利华，率警倾巢而出，严厉喝令罗雨中马上停止集会。否则，子弹飞出时，英警不负责任。

　　罗雨中等3人代表新界乡绅，直接到警署谈判。

　　柯利华："不准开大会升共产党的五星红旗，师生和群众马上解散撤离。"

1949年10月1日，沙头角港界方，以这群东和小学教职员工和学生为主的沙头角民众，举行了中华人民共和国国旗的升旗仪式。（罗惠嫦 提供）

罗雨中："为什么？10月1日是我们的建国大典，五星红旗是中华人民共和国的国旗，自己的国庆，当然升挂自己的国旗，我们也早已向警署申请备案并获同意。"

柯利华："你们是新界人，在香港生活，别搞危险的事。"

罗雨中坚持自己合理合法，并不断重复自己是中国人，新界人也是中国人，有权升自己的国旗。

各不相让，原定10时开会，9时已过一刻。

熟识英语的罗雨中干脆抛开翻译直接与柯利华争辩，无法达成协议。柯利华只得同意罗雨中与新界警司直接通话。

新界警司当然不愿意和萧天来的联防队冲突，力劝撤退。

罗雨中希望警司顺从民意，按期举行升挂中华人民共和国国旗典礼。他反复强调这是当局如何对待新中国的态度，警司加强警力，维持治安，保障升旗典礼顺利进行，本地民众坚信警司有能力维持社会治安。

这一强调，警司会想什么？不得而知。只是10月1日前，香港左中右的报刊都纷纷报道毛泽东将在天安门举行庆国大典。萧天来们的日子还有多长？

警司的再三权衡有了结果：半小时后，新界的6辆"穿山甲"（警车）满载英警驶进沙头角新楼街，布防警戒，保护大会召开。

大会集合的哨子响了，喇叭声、舞麒麟的锣鼓声震撼着沙头角这弹丸界域。

萧天来和那些卧倒在边界堤坝旁的国民党士兵，脸上挂着一串串惊愕。萧天来不是个软柿子，但他再狠横也不敢挑战"穿山甲"警车。他端着手里的枪，开枪？不行！粗大的指头始终不敢勾动小小的扳机……10多天后，广州、惠州等地先后进驻了共产党的民运队和武工队，队伍刚进驻盐田还没到沙头角，萧天来就带了几个心腹连夜越界逃香港去了。若那天开枪了，英警怎会网开一面？萧天来那根不笨的指头给身子留了后路。

1949年10月1日，沙头角边界两面，粤界的一面是国民党军，港界的一面是英殖民政府的英警，窄小的中英街就那样安静地和罗雨中一起，看着罗雨中盼望很久的，那面中华人民共和国的五星红旗在对峙之中徐徐升起……罗雨中赢了。

英警和萧天来的联防大队成了一道奇怪的摆设。

这玄机，这三方的纠结和矛盾如此复杂和难解，却平静地定格在这小小的升旗当中。不可思议的升旗一幕，显出罗雨中面对复杂现实的智慧。这位沙头角乡绅是铁汉子，抗战期间曾加入东纵港九大队和中国共产党，被日军逮捕，用尽灌水电击吊飞机等酷刑而不屈服。

罗雨中，这位抗战期间的东纵战士，1950年担任了沙头角（港界）东和小学校长。（罗惠嫦 提供）

罗雨中何来如此坚定？除了他的个人智慧和勇气，就是中国当时的大背景大趋势。

今天的深圳在1949年是宝安县和惠阳的一部分，处于广东大陆的最南端。

1949年国民党固守在南头县城、深圳镇，以及沿海沙井、西乡和广九铁路沿线布吉、平湖等重要城镇；而港英当局实际控制的九龙关长期影响着西起大铲岛、东到三门岛的关卡地区；共产党的游击队在沿海沿广九铁路线城镇周边的乡村、山野活动。

政局复杂，破局只有寻道。

# 将军山　国民党宝安县县长被掳了

　　1949年深圳地区的国民党力量控制着城市，保安团分散固守在县城乡镇，以及沿海和铁路沿线的重要城镇；共产党粤赣湘边纵队东一支三团和二团，均分布在城镇周边的乡村、山野。这是什么样的概念？

　　这些乡村山野无边无际就是一片海，几座城镇一如孤立的小岛。

　　从一个孤立的小岛出行到另一个孤立的小岛，老百姓不会说寸步难行，有两条腿也有长途客车，只是国民党的官员就提心吊胆了。

　　这年3月，上任不到两个多月的宝安县县长陈树英，广东军阀陈济棠的侄子，说从南头到惠州城开会，也有说返回惠州的家。城和城之间有公路，其中要经过惠樟公路，这惠州至樟木头公路全长40余里，国民党每天派出一辆军车，满车数十士兵荷枪实弹，在公路上来往巡逻。理论上很安全。他当过国民党陆军独九旅少将旅长，保持了军人的警惕，怕树大招风不坐军车，以免成为共产党袭击的目标，不要太多随从只留2人，还穿着老百姓的便服，打扮成商人的模样。

　　3月26日，他从惠州返回南头。

　　结果，途中被二团劫了。

　　《深圳通讯》1949年有则报道："宝安县县长陈树英被'土共'掳去消息，业经证实。""陈县长系3月26日由惠阳乘惠宝车返宝安途经大坳（惠阳县）时适遇'共徒'劫车，被'共徒'发觉后被掳……"

　　这惠樟公路是宝安和惠阳的交通要道，惠州和南头都是国民党政府重要驻地，当它们成为孤岛之时，陈县长的结局并非偶然。

"敬礼"，联欢会结束了，数名当年的团长走上台，挺直腰杆，向台下当年的战士们来一个"敬礼"，站在首位的便是李群芳。（张黎明 拍摄）

掳去陈县长的东一支二团政治处主任杨均和团长李群芳这样回忆——

"1949年3月26日，我们部队活捉了国民党宝安县县长陈树英……3月间，团长和政治处主任率领黄才的一个连，从坪（山）龙（岗）地区出发，夜行军几十里路，经过新圩约场，翻越了海拔千米高的银屏咀山，于天亮之前进入了沥林附近的五道将军山下，选定了公路以南那一片峰峦起伏、地形险要、又是公路拐弯处的高地，作为埋伏点。这里路旁的小山，既可俯控公路，又可遮挡敌人的视线。"

"上午8时半，从惠州方向开来一辆客车，客车过了不久，接着又开来了一辆军车。这军车的领队头目倒是很狡猾，在距离伏击点一公里左

深圳龙岗兰水堡有座大溪地华侨的大宅，它是江南支队二团团长李群芳的家，亦是二团的家……（张黎明 拍摄）

右的地方就把车停下来，只见敌兵在指手画脚，似有警觉。这时，我们便趁客车拐过小山，进入我伏击圈时把它拦截了下来。后头的那辆军车约停了5分钟，竟掉头往回开了。情况的突变，出乎我们的预料。李群芳团长立即跑到公路上，亲自指挥战士们对客车进行仔细的观察检查，只见先下车的都是平民百姓，到了后头，车厢中剩下3人，其中一名穿着军服，佩戴着校级军官领章，旁边还有一个勤务兵；在另一排座位上，坐着一个身材高大、肥头大耳、西装革履、大客商打扮的人，腋下紧紧挟着一个大皮包，神色慌张不愿下车。我们当即勒令这3人下车。胖子强作镇定，自报是个商人，我们十分怀疑，即将3人都扣押起来，继而往后山

　　1948年5月1日，林平从香港进入坪山，一连跑了10多个村子，二团团长李群芳的家，自然成了落脚点，其间调查并纠正"土改"中的过左行为，并亲力亲为史载"江南大捷"的3场战斗。1949年1月1日成立粤赣湘边纵队，其任司令员。（张黎明 拍摄）

　　林平住在兰水堡李群芳家时，刚经历了1948年上半年宋子文的第一次"清剿"，粤赣湘边区共产党武装总体严重受挫。于是就有了1949年的转折。（张黎明 拍摄）

撤退。就在这时，原先跑掉的那辆军车又跑回来了。并从陈江带来敌兵一个连，拼命向我后撤部队追击，机枪和步枪漫天扫射，我们也以机枪还击，掩护队伍迅速撤退。'客商'这时仍想耍赖，装出一副可怜相，妄图拖延时间，好让敌人追上，说他从未到过乡下爬过山头，他边爬边假装喘气叫嚷走不动。我们的战士不由分说，连拉带推催他快走，最后他只好跌跌撞撞地被押上山顶。敌追兵不敢上山，眼巴巴地望着我们撤退，无可奈何灰溜溜地收兵回营……"

游击队撤至新圩约场银屏咀山上的村庄，已经中午12时。

饭后，李群芳和杨钧两人立即审问3人。

那个少校没带武器，自认是国民党军的文官，没有军权，他说根本不认识"大肥佬"商人。

陈树英上了一趟厕所，坚持说自己是到惠州办货的商人，生意人不管国共两党的事，不要错捉"良民"等。

他的皮包里并没有发现什么。

政治干事卢铁突然想起他上过一次厕所，便检查厕所灰堆，当即搜出一扎印有宝安县政府头衔的信封、信笺及陈树英的一枚私章。

卢铁心中一震，自称为商人的肥佬，原来是国民党的宝安县县长，好大的一条"鲩鱼"。

他返回屋里追问："你究竟是什么人，你上厕所干什么了？自己老实说还是让我们帮你说？"

肥佬一愣："请不要吓我，待我慢慢讲，我是做生意的规矩人，受不得恐吓的呀！"

卢铁把那些信笺摆在他面前："这是你的东西吧？"

陈树英依旧说不是他的。

卢铁又亮出了县长的私章，"别装了，坦白吧。不说？我们游击队有的是宝安人，他们认识你，老实交代才能获得宽大处理，不然……"

陈树英垂下头，承认是宝安县县长，在惠州专署开完会返宝安，担心游击队活跃惠樟公路不太平，所以打扮成大商人混在客车之中。

坦白后的陈树英一味夸赞游击队战斗有术，指挥有方等等。并将身上钢笔、港币、金表全部掏了出来，硬要送给大家。

陈被训斥一番，最后收回那几件东西……

《深圳通讯》报道，保安司令部参谋长何群生称"该批'共徒'当时志在劫车，于无意中发现陈县长，而掳去者，并非早有预谋。陈氏被掳后，消息不明"。

保安司令部参谋长说共产党无意中发现了陈树英，也许这样会让人感觉共产党只是瞎猫碰上了死老鼠。

这李群芳带领的二团有预谋吗？

一个商人，需要带回去审问？

潘崇曾经担任二团政治处副主任，他在《二团武工队的组建与发展》一文说到了"预谋"：1949年2月，惠阳潼湖已经成为二团的活动范围，欣乐乡的二团张先武工队探得陈树英到惠州开会和26日返回宝安的情报，立即报告团部，二团团长李群芳和杨钧率黄才连和张先武工队为向导，在五道将军山下公路以南设伏，3月26日上午9点半，果然等到了陈县长。

县长陈树英被俘虏了，有预谋或没预谋算什么？救人，从共产党手里把人救出来。

广东国民党当局重金悬赏的"抢救陈树英"行动开始了，惠州、虎门等地集合了千余人马，次日凌晨把五道将军山及其附近地方团团围住，并分兵搜索，士兵们一面搜山一面高喊"陈县长，你在哪里？"

漫山遍野，回声四响，就是没有陈县长……

熟识地形的游击队已经把他藏在十里之遥的密林深处，他很老实，

　　头戴钢盔，端了3挺轻机枪，比往日装备强多了。1949年5月29日晚，惠阳良井武工队队长杨志谦接受国民党机炮连起义投诚，一路忐忑，怕有假有不愿意，真有一国军排长骂咧"投降"。黑暗里仅率全队30多人的他虚张声势"一连前卫，二连押后"，硬把100多人和6挺轻机枪带回来了。

（杨志谦　提供）

大转折
深圳1949

　　一声也不敢吭。一天过去了，张先武工队绕道带领老百姓摸黑上山了，上山干什么？送饭。

　　李群芳的记忆中，游击队员吃了一顿饱饭，摸着黑可吃得美，当晚还睡了好觉，准备第二天可能的战斗。

　　搜山的国民党兵上千人在五道将军山一带折腾了两天，游击队离开了公路怎么像一滴水掉进了大海，不见了？只好收兵了事。

　　陈树英在哪？黄生手枪队已经把他押送到了边纵司令部。

几天后，还是《深圳通讯》的报道，1949年3月30日广东省保安司令部发言人笃定地对记者称"某外国通讯社指出粤省各地土共纷起骚动系为准备接应共军渡江计划，纯系推测之，殊不可靠"，"发现共军尚未有渡江之举动"。

21天后，发言人不笃定了，4月20日午夜至22日，中共30万大军渡过长江。

陈树英的结局呢？还是《深圳通讯》的报道，他被送到大鹏参加共产党的训练班学习后，获释。此时宝安县县长的位子上另有新人，即使空着，陈树英也不会重操旧业，据说这是他对共产党的承诺。

1949年7月29日，粤赣湘边区党委发出《做好准备工作，迎接大军南下的指示》通知，边区党委林平书记（中），副书记梁威林、黄松坚（右一、二）及左洪涛、黄文俞（右四、五）等领导号召各地"动员起来，组织起来，充分准备粮、柴、草料等物资，支持大军作战"。

（余慧 提供）

大转折 深圳1949

## 石岩墟　多出了2万多斤筹粮

　　不管什么人、什么党、什么政府都要吃饭，都会把粮食放在头等位置。

　　1949年7月，朱文英任共产党粤赣湘边纵队东一支三团四平武工队西路片筹粮委员，这职务的作用等同国民党政府的征粮官。

　　共产党称"筹粮"，国民党称"征粮"。不管"筹"还是"征"，都是从一户一户有田地的农民，也就是老百姓手中要粮食。

1949年9月，继陈树英后的张志光县长在国民党《宝安县政府工作报告》说"本任接事之始，正为淡征时期，而军公粮筹拨恐急，无米之炊应付实有困难。经各方筹措，勉度青黄不接时期，及新赋开征，满以为可应付裕如，讵知两月来，虽经发动粮科大部分人员下乡努力督征，截至八月底止只征得百分之一强，盖以时局关系，民众多存观望，未见踊跃缴纳……"

国民党控制的区域，县政府的征粮官均带武装队伍下乡，荷枪实弹都"只征得百分之一强"，更何况居无定所的共产党游击队？

张志光那句"民众多存观望"，观望什么？

共产党还是国民党？用粮食投票。

1949年夏季和秋季之间，东一支三团，主力第一、二营陆续上调边纵主力，镇龙队和五虎队也准备上调。6月刚组建的新一营兵员不足，共产党武工队活动备受限制。

驻东莞、宝安的国民党驻军和联防队，3月底袭击东坑武工队；5月袭击梅塘武工队、医疗站、情报战和团部医院；6月包围了驻寮步附近的新一营第二连，苦战3小时，新一营牺牲了13人，6人被俘；7月包围驻梅塘田心和龙见田村的李容武工队、黄福交通站以及组工队，李容突围时负伤，站长黄福和刘贵、周兰芬等牺牲。

亲历者们回忆，那段日子争夺很"残酷"，共产党的新一营、各地武工队和国民党驻军反复争夺多个据点，拉锯状态持续至10月。

在国民党统治地区，或在极不稳定的游击区，共产党如何筹粮？

史料记录东莞、宝安两县计划准备筹集10万担粮食，并号召"有粮出粮，有钱出钱，有力出力"，但没像其他县列出最后的筹粮结果。

东莞、宝安是否没有完成10万担的筹粮任务？

2006年9月6日曾采访朱文英，听这位武工队西路片（观澜）的筹粮委员说当年——

我们四平武工队有10多人，队长文造培、黄彪，属边纵东一支三团，后来武工队分为4片区，平岩队在石岩活动，黄彪负责；平桥队在新桥沙井活动，文造培和叶芳负责，我跟着他们；平明队在公明活动，陈琴、陈海负责；平西队在西乡活动，梁仓负责。我们除了宣传发动群众参军和破坏交通还征粮，因为我有一点文化所以负责筹粮，收到的公粮，大多由我负责送到团部，当时三团团部大本营多在东莞大岭山附近的村庄。

筹粮，容易吗？

很艰难，我们控制的只有石岩老区，可石岩很穷，土地也不多，富裕的地方都是蒋管区，国民党统治，交粮也交给国民党。

我们要粮也找国民党保长，他们有的配合，有的不配合，有的要催得很紧才交上来。因为是蒋管区，不能担粮给我们，只能叫他们给现金。他们帮我们分派，1年1亩田收20斤谷（收成300至400斤谷）。折合港币交给我们，那时候一担谷差不多10元港币，也就是1钱金的价格，20斤谷大概价值港币2元。

我们对保长说明，不能摊派，不能收没有田地的贫农，只能收地主的、有田地的，收到钱，什么时候交给我们？圩日一、三、五，他们交到石岩墟，我在墟外的庙里等他们，写收条，签上我的名字，这些收条我也没有存底。

1949年七八月间（农历）快解放了，要支援大军南下，我们就突击筹粮，当时没有任务，筹到多少算多少。

我是武工队西路片（观澜）的筹粮委员，首先要粮，不要现金。蒋管区很难运过来，所以主要在老区筹集。

我们先在石岩老区开始，当时石岩只剩下一座朗心炮楼还受国民党控制。上面派了曾哲来帮我，我们开会，告诉大家为什么要筹粮，大军

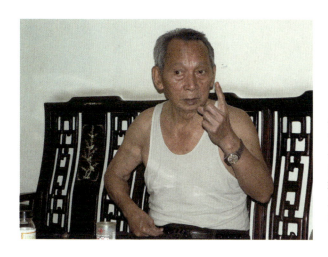

朱文英解释他为什么佩戴枪，他说自己是"万金油"，什么都干，打仗，领物资，不仅仅负责筹粮。他不过是一个武工队队员，可大家常常喊他"事务长"。（廖国栋 拍摄）

南下了，要解放了，希望大家支持。

我们说清楚由保长（国民党）负责收藏，等大军一来，我们就通知送出来。

这一发动群众，宣传群众，大家好支持！知道要解放很高兴，好积极，好支持共产党。这条村那条村，没有任务，交多少算多少。不用半个月就交了2万多担谷（200万斤）。我收多少也交多少。

除了筹粮，我们还找地主借粮。我们到蒋管区借，写借条，说明中华人民共和国成立后，你到我们任何粮站都可以拿回你借出的粮食。

我签名但没有乡府的印章，也没有存底，共产党有借有还。

我手下只有2个人，后来又调去其他地方工作，剩下我1个人，我1个人到处跑。

笔者问："有枪吗？"

我佩戴一支左轮枪。

······

采访完毕，笔者出门了。

朱文英追赶出来，他记得一件事：

自己负责石岩墟那一片筹粮，筹集的稻谷有2万多担，也就是200万斤谷。最后，脱谷成米，竟然多出了2万多斤粮食。我在米机（*脱谷出米同样收购粮食的店铺*）计算过秤，我整整算了三天三夜，奇怪，就是多出2万多斤。

怎么回事？米机老板告诉我，群众对解放军很支持，稻谷晒得很干，村长收到粮食，有的放在沙梨园，有的放在祠堂，全都放在隐蔽的地方，受了潮，吸水了，就重了，就多了。

粤赣湘边纵队政治部发行了15万担公粮债券，从1949年8月至10月，超额认购，实筹粮食69.5万担。（选自《从峥嵘岁月走向辉煌时代——近现代东江革命历史图集》）

说明支援大军南下，老百姓心甘情愿不说，还特意把稻谷晒得特别干。

当时，有个副乡长说，多出来的，我们分了它，我说动也不要动！不要搞！共产党的东西你想动？！

东宝地区是否完成了10万担的筹粮任务？仅负责石岩地区的朱文英不可能解答。

但他解释了东宝地区筹粮的秘密，老百姓投了粮食这一票。

……

特别有趣的是，在朱文英的叙述里，筹集粮草常依靠国民党政权的保长。

匪夷所思。

# 铁岗村 一个"白皮红心"的保长

临近黄昏，宝安西乡小镇的大小店铺相继落下门板。这里不如宝安县城南头，县衙、钱庄、妓寨，油盐杂货应有尽有，但烟馆赌场和南头一样挂"羊头卖狗肉"，只有熟客知道门道。挂客栈实质赌场，有麻将、押宝、扑克、大小牌九、金钱摊等各种赌具，赌注最大、赌徒最多的是大小牌九，每推一次，案子上的筹码几乎都押满了，小耙子一次一次送牌、搂钱；西乡烟馆也不逊南头，烟土肯定没京城煮烟时羼对白兰地酒的讲究，可那酸枝床精致绝美，烟客仰躺侧卧叉腿闭眼一吸一吐，痴痴变了神仙⋯⋯

宝安县县长，从1947年林侠子到1949年张志光，施政报告都说禁烟戒毒，禁戒？不说南头城，看看西乡，推牌九、躺烟床的是谁？遮遮掩掩的小门，进出多少乡绅人物不说，西乡乡长黄坤（黄发枝），驻守宝安西路自卫队头目吴东权都是常客，人人皆知吴东权，抗战时投靠日本人当上宝安伪警察大队长，抗战胜利后率几十匪徒流窜公明楼村一带。1948年和宝安县国民党设陷捕捉民主人士李济深派来的使者，还被县长王启后收编，封其为自卫队第一大队头目并兼任驻扎西路（西乡一带）的中队队长，委以"保护该区治安"重任⋯⋯实则他躺在烟床吞云吐雾"保护治安"。《深圳通讯》还撰稿"王县长德化吴东权"，一起成为新闻人物。

和吴东权、黄坤乡长混熟的人肯定是赌场烟馆常客，其中有西乡第24保铁岗村保长黄志光（黄玉磷）。吴东权眼里，这脸庞瘦削两道浓眉一个矮塌朝天鼻的小保长，仅一个巴结自己的乡巴佬罢了。黄坤乡长和黄保长也走得很近，不能不近，国民党乡府征粮征兵征税靠谁？保长。

这天夕阳下山，黄保长不急不慢，拖了身子哼着小调往铁岗村赶，就在路过西乡茶寮仔之时，突然被两名荷枪士兵拦住了：郭大队副有要事，要你返烟馆。

他笑笑："明天吧。"

"不，马上去。"

这不走也得走的架势很吓人，他只有老实跟着返烟馆，一进西乡烟馆就看到几个板着面孔的彪形大汉和一脸阴沉的郭大队副。

黄保长抬头露牙一笑，郭大队副劈头就问："你里通游击队，胆子好大，快说！老实交代！"

他头皮发麻，惊出一身冷汗："郭大队副好会开玩笑。"

彪形大汉怒目圆睁："谁同你开玩笑？"

郭大队副："看你还年轻，饶你一命，老实说吧。"

黄志光一边说"不要冤枉我"，一边从衣袋掏出一张纸条，送到郭大队副眼前。

纸条上面写着"黄玉磷是二十四保保长兼自卫队长，请我军查验放行，为荷。"纸条下角还盖有西乡乡长黄坤私章。

郭大队副细细看罢纸条，眼珠子一抖，想了想，笑了："一场误会，请不要介意，哈哈。"

……

黄保长往铁岗村赶，心还没有定下来，这可不是一场误会，他就是共产党的"两面保长"。在烟馆赌场混，推牌九赔笑脸，耳朵一点不含糊，赌徒烟客交谈时无意透露的军队驻防情况，都入了耳朵，隔天或数天后，情报就到了游击队的手里。

夜幕落下，他依旧不紧不慢，一点也不赶，只是脑子不停回放，哪

江南地区特派员祁烽，清楚1948年12月江南地委的要求"建立各级政权""若地区尚不稳定，战争频繁，组织较差的地方，则采用秘密两面政权，分别委派各乡乡长，由乡长率领武工队，秘密的或半公开的渗入该地区，发展政权工作，逐步蚕食，压缩旧政权，等待时机一到，实行全盘的彻底的改造"。（张黎明 拍摄）

里出了错？

　　1947年初，宝安活动的护乡团三大队成立，许多抗战时建立过政权的村子也开始活动了。

　　他们铁岗村也联系上护乡团，自己和黄正兴、黄锦祥、黄树根成了共产党的地下情报员，任务是"将国民党活动情况摸清并向游击队汇报，还实行减租减息，组织自卫队，发动群众参军，掩护游击队，为游击队筹粮款，积极投入清匪反霸斗争"。记得1948年农历六七月间武工队队长黄彪找到他，建立了铁岗村农会和民兵组织，黄志光被任命为行政村负责人兼民兵队长，黄正兴为农会小组长，黄锦祥为文书。铁岗村管辖新旧下埔、更鼓岭、公爵薮、上川、凤凰岗等自然村，新旧下埔村和更鼓岭村负责人为黄照妹，公爵薮村负责人为梁鹤，上川村负责人为黄大任，凤凰岗村负责人为戴洪生。

　　这就是铁岗村共产党政权的雏形，几乎同时，他出头担任国民党宝安县西乡第24保（**铁岗村**）的保长，"白皮红心"的两面保长。从联系

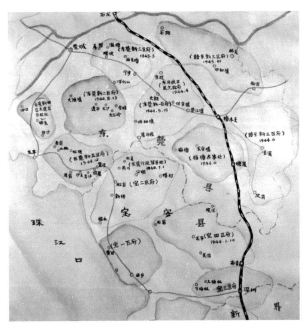

路西区民主政权并非一朝一夕而成，看了抗日民主政权建设示意图就明白了，建立于1944年至1945年，正是抗战时期。（选自《定格红色》）

大转折
深圳 1949

护乡团到成立农会到担任保长，两年无一乡亲出卖自己。

这半年，他开始常常到西乡、南头的烟馆赌场混，和吴东权同床抽大烟，和西乡乡黄坤同桌推"牌九"，从没暴露过自己真实身份。

他们地下政权所有行动都很谨慎，这位"红心"村长，不论听悄悄进村的游击队传达"减租减息，保护贫苦农民的利益"的指示，还是和农会负责人黄正兴研究如何"找地主交涉，提出正常年月交三（地主占）七（农民占）租，歉收年月交二（地主占）八（农民占）租，台风洪水的年月如因灾失收则免交租"，都在夜深人静之时。即使决定上门说服迫使死硬要交铁租的地主答应减租，都由黄正兴、黄锦祥出面。

唯有一次，贫苦乡民黄树堂借了黄全300斤稻谷，不到一年就要还540斤，几近一倍，太狠了。黄志光亲自以国民党保长的身份找黄全协商"减息"，黄树堂只需还390斤谷。

前思后想，问题不会出在本村。

不紧不慢地走和想，几天前的夜晚，曾经到过下埔黄照妹家，向游击队领导汇报工作，回家经过白坟川（地名）恰好碰上国民党巡官的堂弟黎某，是他告密？

他一到家就悄悄召集骨干开会，通知游击队商量对策。

直到获得那张黄坤的纸条"已经解除危机"的情报，悬着的心才落地了。

多年以后，黄志光回忆这段"白皮红心"的时光——

铁岗村建立的武装队伍，一队人马，共产党这头叫民兵，国民党那头称自卫队，筹集资金购买枪械，打着自卫队的名义，请乡绅黄杰森到宝安南头国民党县政府保安队买了25支七九步枪和一支驳壳短枪，500发子弹。先是村里使用，后分三次上交游击队。

1948年5月和1949年3月间，我们动员村里的王海、陈和、刘生等贫苦雇工，先后参加了游击队。

游击队缺粮，我们筹粮筹款，从铁岗村的公帑筹取5000斤谷折款1500多元港币，私人筹得300元港币，我甚至卖去一间房屋，所得款项全部支援游击队。

游击队的梁少雄双脚瘫痪，不能随军，就说是亲戚从香港回来觅医，住在我的家，医治了3个多月，痊愈后才归队。

1949年夏天，梁坤在庄边冲出国民党包围，也躲在我的家，饭后才连夜返回旧下埔后山的游击队宿营地。

多数农民连自己的名字也认不全，他们没有土地，没有粮食，甚至为了活命卖妻卖女。他们的唯一尊严和希望，简单得只有二字：吃饱。从江南支队二团在坪山书写的大白话，一句"好日子"就懂了。（深圳市原粤赣湘边纵队战友联谊会 提供）

……

这样"白皮红心"的保长，在路西地区有多少？

有一组宝安县的保甲数字，1949年9月国民党政府宝安县县长张志光的《宝安县政府工作报告》"记有25乡镇共371保，4,015甲，4,8933户"。宝安国民党政府施政依赖乡镇保甲制，25乡镇包含今天属于深圳的西乡、固戍、凤凰、新桥、沙井、松岗、公明、杆栏（观澜）、龙华、石岩、沙河、沙头、深圳、布吉、平湖、葵沙、王母、大鹏等。乡、保、甲制度，看似十分健全。这份报告的开篇叙述，整个宝安县1949年7月、8月的筹粮"只征得百分之一强"，何故？窥一斑而知全豹，其保甲作用，除去名存实亡的所剩无几，可以推断与黄志光这样的"白皮红心"保长相关。

"白皮红心"不少，"红色政权"呢？

东一支二团团史《碧血红花》记载，1949年5月，路东县人民政府在坪山宣告成立，县长王舒，副县长李少霖。下辖五区，其中包括深圳的大鹏区（区长邹锡洪）、坪山区（区长陈伟）、龙岗区（区长江流）。

县长王舒回忆："县政府成立前，占全县三分之二以上的地区已建立起乡一级的政权。这为区、县政权的建立打下了良好的基础，尚未建立政权的村乡，武工队和农会也起到了政权的作用。"

1949年5月在坪山成立路东县人民政府，绝非一朝一夕之举。抗日战争时期，曾生领导的广东人民抗日游击队东江纵队源起惠阳、东莞、宝安地区，即便1946年6月东纵北撤后，江南地委正副特派员蓝造和祁烽依然领导江南地区（东江以南地区），并在1947年初恢复武装，组建惠东宝人民护乡团（下属第二、第三大队），第二大队多数活动在路东地区（广九铁路以东），第三大队多数活动在路西地区（广九铁路以西）。

《碧血红花》还记载，1947年冬，二团活动地区（包括现属深圳的坪山、龙岗、坝岗、葵涌、坑梓、坪地、横岗、沙头角、盐田、沙湾等）恢复武装不到一年，基本建立了农会，会员达1,000多人。

仅以龙岗、坪山为例，龙岗区特派员东纵干部黄光（黄甲胜），家在离龙坪公路不到一公里的龙岗同乐乡阳和浪村，他先把水龙重机枪1挺、捷克轻机枪2挺、步枪15支、短枪20支，以及手榴弹、各种子弹等武器，掩藏在黄氏家族围屋阳和世居、自己家的楼角里，又和抗战时已建立"农抗会""妇抗会""青抗会"的阳和浪、长湖围、丁甲岭、老大坑等村保持联系。

黄光藏在自己黄氏家族围屋阳和世居楼角的武器，就是惠东宝护乡团第二大队的首批武器。（黄建雄 拍摄）

"二五减租"是撬动多数百姓尤其是贫困人口利益的杠杆，"救荒"为人心所向，"一切权利归农会"不仅仅是口号。东纵留下的黄光，去播种去催生去复活了一个又一个农会。（黄建雄 提供）

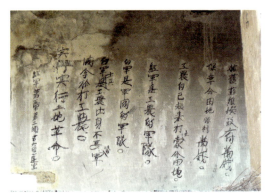

2006年12月去湖南和广东交界的汝城上古寨寻访，竟然看到了当年红军写下的一些话，浅显易懂，当年的农民们就跟着当了红军。龙岗、坪山的农会会员，曾经"一盘散沙"或不认识"政权"二字，大白话口口相传，知道农会为自己"话事"也就跟了农会。（廖国栋 拍摄）

　　1947年刚恢复武装，蓝造即领李群芳到黄家阁楼取出武器，黄光也联络龙岗区4个乡党支部的30多名党员。每人再串联几个本地乡亲，建立龙岗武工队，调派大井村党员邱能任队长，老大坑党员陈福秀任副队长……抗战时地处高山密林的老大坑芳园头村，叶荣娣家是游击队联络点，也串联上了。叶家掏空屋底还修了地道直通山后，这就是二大队的秘密军械修理厂，10多名游击队员常驻三年无他人知晓……

　　一个串一个，一围屋接着一围屋，渐渐成了一片。

　　坪山有40个行政村，百分之九十都成立了农会。1948年秋，坪山乡总农会宣告成立，会长石炳生，会员达1000多人。顺理成章，"1948年秋，坪山、坑梓先后成立乡人民政府，坪山乡乡长陈伟，坑梓乡乡长黄运连"。

黄光笑了。

1948年8月，中共中央香港分局指令"经过减租减息的地区，均应着手建立政权"。

1948年12月，中共江南地委要求各地"建立各级政权"。

不论"白皮红心"还是"红色政权"，路西的黄志光或路东的黄光……都是成功的注解。

2006年8月12日，笔者采访了祁烽。脸面白皙的他说话慢条斯理，整洁宽敞的大客厅，落地书橱占据了整整一面壁，满架的书井井有条，主人的书香品位均渗透在空气中。不管坐还是站，他的儒雅更似严谨的学者，说及政权建设，指出不少史料的粗疏。

他说："1949年春夏之间，江南地区7个县政府相继成立，东江行政委员会第一行政督导处，管辖江南各县。所谓督导处，其实就是行使权力的机构。"

他说："东宝地区，也就是广九铁路以西的地方，我们不叫东宝县委，我们叫路西县委，它在龙华。主要有何鼎华、谭天度、王士钊……"

东一支三团团史《东宝烽烟》记载："1949年7月，东莞、宝安已经建立了县政权：东莞县县长杨培、副县长袁卫民、县委书记卢焕光。宝安县县长兼县委书记黄永光、副县长曾劲夫。同时成立了宝、深军事管制委员会，刘汝琛、黄永光任正副主任；东莞军事管制委员会，祁烽、杨培任正副主任。"

这些当年的县委、区委，是否像1949年3月，香港分局所指示的"各县政权，拟普遍从形式上建立，以便对敌作政治斗争，采取'包袱县长'的形式，随军转动"？

没固定办公地点，不外一个"包袱"，如何开展工作？

祁烽乐了："1949年路西地区（政权）其实已经公开了，很简单，什么地方都可以开会，在小小的树林里，找个人放哨，我就召开了各个区的会议，大约是5个区，路西包括东莞一部分地方。如果不是游击区，一般的会议，我们就围着一张桌子，摆一副纸牌，客家人那种有黑的有红的有乱七八糟符号的符牌。或者弄两副象棋，几个茶杯，有人来了就拿起牌，装着打牌。开会的地点，露天、茅棚、祠堂什么地方都可以，如果是秘密会议，我们就派人放哨。"

这样的游击政权？

祁烽的眼光也很奇怪："哈哈，难道不可以吗？"

没有经历过的人，无法想象。

祁烽，东纵北撤后的江南地委特派员，1949年粤赣湘边纵队成立，一直担任东一支的副政委。7月，担任东莞军管会主任，10月23日调任深圳军管会主任，后任中共沙深宝边界工作委员会书记。

经历就是祁烽的底气所在。

归结1949年江南地区的主要工作，确实是政府行为：一、训练干部，举办了2期干部学习班，第二期的江南公学，8月底学员分配到各级政权；二、成立财经委员会，抓了统一税收、征粮、发行钞票、成立新陆贸易公司、发行公粮债券。

发行钞票？

1949年春天，共产党控制地区的老百姓拒绝使用国民党发行的金圆券，还用广东方言叫它"金完蛋"。各地市场没有货币流通，市面贸易"以物易物"，或以港币计算，严重影响贸易。

于是，1949年3月，江南区党委请示粤赣湘边区党委，先在河田地区发行河田流通券，限陆丰境内流通，市场顿时活跃了，老百姓和部队都方便多了。这一试验成功后，陆丰县设立新陆银行，发行"新陆券"，陆丰县长郑达忠兼任银行行长，县政府财务科长麦友俭兼副行长，两人在票面盖章，以示负责。并拨出1,000担谷子作为实物资金，在陆丰河田镇公开挂起了"新陆银行"的招牌，方便群众兑换，发行额为60万元，面额为1角、5角、1元、2元、5元，券值与港币的比价为2比1，即2元新陆券换港币1元。

后来，新陆银行属华南银行领导，在江南成立南方银行第一分行，行长王泳，副行长陈培、谢彬。这货币发行越来越广，流通全江南地区。

刘宣回忆"连国民党统治区和香港也秘密流通新陆券"。

1949年7月，祁烽亲自传达华南分局指示，广东即将解放，要建党建政，扩军筹粮支前。

东一支二团团史《碧血红花》记载，1949年5月成立的路东县人民政府，8月紧急动员迎军支前"从9月到12月，完成征收运送公粮18万担，柴草94,000斤，组织了几千战勤人员随军分赴惠州、广州和珠江三角洲等地，协助部队运输和抬担架。同时还组织数万民工，先后抢修了淡水到澳头，惠州至淡水，淡水至龙岗等几条公路……"

……

共产党的政权正在运行，尽管还缺一块牌子。

# 龙岗墟 脚上的"千里马"陷在泥里

给养是所有军队面临的问题，粤赣湘边区各游击队的供给何来？史料显示，大部分来源自税收，其次为征收公粮以及一些战斗缴获。

国民党宝安县政府1947年工作报告税捐篇引子辩解"唯因地临港九，环境特殊，而县属三区（即今大鹏湾）以'奸匪'（共产党游击队）出没无常，税捐征收，每受影响"。可见大鹏湾区域，1947年恢复武装，游击队就在盐田、沙鱼涌、大小梅沙等地设立了税站，成为游击队事实上的给养基地。

来自各支队的税收史料中，大概可以理出这样的轮廓——

1947年初恢复武装至1949年粤赣湘边纵队正式成立，粤赣湘边区的北一、二支，东一、二、三支，以及珠江三角洲各独立团均分散活动。各支队在活动区域成立税站，依靠税收维持部队给养。部队活动到哪里，税站就建立到哪里，圩镇未设固定税站，主要设在沿海、沿江和陆路交通要道，征收出入游击区的货物税。

1947年初成立惠东宝人民护乡团，团部除蓝造团长兼政委和司令部参谋长叶维儒、曾建外，还特设两机构，一为供给处，处长曾尧；二为税务总站，税务总站站长李木、政委廖新华。

其他支队并无此设，可见江南地区从恢复武装初始就意识到税收的重要，因与香港相邻，税务收入无疑是各区最高的，必然健全税收机构。

1947年江南部队刚成立时，给养仅靠强迫有民愤的恶霸地主交款、

廖新华（廖火仙）从1947年初惠东宝人民护乡团成立时任税务总站政委，李木任总站长，曾尧任供给处处长。至1949年8月成立江南税务局，他们还是最佳搭档，曾尧和李木任正副局长，廖新华还是政委。税收员眼中的他，遇事笃定，不论多紧急都不会惊怕。10月，税务部门归属政府管辖，廖新华为增城税务局首任局长。（叶莲 提供）

罚款、摊派，至1947年4月，随着部队扩大已难于维持给养，面临两难处境：少捉、少罚、少摊派，不能解决部队给养；多捉、多罚、多摊派，政治影响不好，群众反感。因此，从4月开始，各地部队分别建立税站征收货物进出口和过境税，而直属护乡团税务总站，陆续在坪山、龙岗、淡水、新圩、葵涌、大小梅沙等地设立分站。另东宝地区也设立了宝安、东莞、路东3个税站，宝安税站站长蓝杰，东莞税站站长何财，路东税站站长曾洪。

随着税收日益增加，江南各部从分散自筹自给过渡到统筹统给，最终制定部队供给制度，有了很细很实的生活标准，如每人每天1斤2两米，2钱油；每人每月肉1斤，烟丝10两；每人每年发单衣、内衣均2套，绒衣1件，鞋2双，毛巾2条，竹帽1顶；每人1次性发毛毡1张。

如果没相应税收机构，这样微薄的基本生存条件也难以保障。

他们说得很白，"部队就靠沿海的税收，没有税站的钱，部队的生活就惨了"。

1948年开始，江南支队直属税务总站发展为税务处，领导人除了李木、廖新华，还有罗忠。

1949年初粤赣湘边纵队成立，江南支队更名为东江第一支队（简称东一支）。

东一支直属税站下辖税站，即沙鱼涌、大小梅沙等几个沿海税站，每天进出香港的货物很多，获得较大和稳定的税收收入，是边纵司令部和东一支支队司令部及边纵主力、支队主力部队给养的主要依靠。可见东一支直属税站的收入何其重要。

当年直属税站负责上缴税款的唐克记得，自己经手的直属站上缴税款达1,000万港元以上。

1949年8月，江南税务局成立；1949年8月，江南税务局成立，曾尧任局长，李木任副局长，廖新华任政委。税务局统一管辖惠阳、东莞、宝安、紫金、海丰、陆丰6县税收工作，下辖除东宝税务处外，还有沿海、路东、新圩、镇隆、河东、惠东、安敦、高潭、紫金、陆丰、海丰这些总站，总站之下有分站，每个税站多则3至5人，少则1至2人。

罗明：我们的外号叫"天光老鼠"，哈哈，白天不敢走路，天朦朦亮出去，收税很晚才回来。唉，我们人少，最多四五人，就在国民党的肋骨下转来转去，国民党专门埋伏税站的人哦！（罗明 提供）

1949年10月开始，以上地方政权陆续更替，各支队所属税站统一归地方政权领导。税务部门脱离部队，归属政府管辖。

从护乡团零星税站到江南支队直属税务总站，至东一支直属税务总站，此间藏了什么故事？

2007年3月24日，笔者采访曾任直属税务总站江南税务处税警连文化教员罗明和江南税务处坪山税站彭英。

彭英：收税很危险，不过我们税站没出过事，全靠群众。我们在坪山围不远的公路收税，我们和司机约好，如果他远远就"吹B"（按喇叭）就是有国民党在车上，我们马上钻进山里，车走了才出来。如果没有国民党，司机就在我们面前才"吹B"停车缴税。（廖国栋 拍摄）

时隔50多年，或许尘封太久，两位老人的记忆有些乱，叙述不停跳跃。彭英说罗明也说，不管不顾的声音互相串联和重叠，一时间成了二重混声……

"我们走，不敢打电筒，看到塘水白白以为是禾塘（晒谷场），一脚踏上去，啊呀！掉进水了……李阿木好惊怕的，没有廖新华镇静，一有交通送紧急情报就三十六计走为上计。要我们走，走啊走，走'死'了！有一次走得太累，睡下了，黑乎乎，也不知道摸到什么，还和别人抢，抢到了就枕在脑袋下面，天亮了一看，哎呀，是个死人头骨……"

"我也睡过坟地，还是刚埋了死人的新鲜坟！"

"下面的税站只有两三人，廖新华、罗忠、李木、张华这些领导流动的，每人都带1个警卫员到各站检查，查看收了多少钱。"

"税务处油印室有八九人，我们在老大坑薛屋油印税票，机器很落后，用手摇，摇一下印一张，不过我们的税票很正规，一式三联。税务处说这个月要印多少万税票，说要10万，我们就印10万，印好了还在税票上面盖上印章和号码。半年后，不用油印税票，有印刷厂了，我们解散。我有点文化，分到税警连当文化教员，税警连3个排，有八十至九十人，任务保护沿海一带的税收站。"

……

散乱的叙述里，藏着一个个如何支撑"给养"的事实。

有一个故事比较完整：

1948年江南支队直属税务总站发展为税务处，领导其实还是那些领导，还是不定期到下面税站结算税款。

1949年初，税务处罗忠处长、黄志强出纳、李志彪秘书，去龙岗岗背村税站取款。他们坐上来往龙岗坪山的客车，像往常那样站在车门边，万一发生险情可立即跳车。车行半路，路边有个挑箩筐的阿婆认出他们，大声喊：同志，不要去，龙岗有好多"荷荷鸡"！

客车很挤，闹哄哄的，他们听不见，差不多到达龙岗墟才突然发现前面的国民党兵，马上跳车分头散开……

罗忠独自冲到河边，扑通跳下河，游到对岸，河岸太高太陡，怎么也爬不上去。追兵赶到，他拔出枪，枪却进了沙子打不出子弹，被生捉了。

李志彪和黄志强一起往田段飞跑，不料黄志强脚上的"千里马"（胶底鞋）陷在泥里，李志彪大叫，丢钱！黄志强撒了大把钱，国民党兵只顾得捡钱不管他们了。

逃！眼见要逃脱了，黄志强的鞋子又被泥吸住，拔不出来，低头正想扒掉鞋子，远远的一枪吊过来，被击中的他软绵绵地扑倒了，再也爬起不来了……

李志彪回头一看，也只有拼命跑，飚过河，吸了风和水，没走几步就一下昏死了。本地老百姓救了他，抬进屋里，马上用葱头和盐，连根带叶子，槌烂了通身擦，搓啊擦啊，活过来了。

他醒过来就拿着锄头和簸箕装作去看田，路过龙岗时看到国民党押着罗忠，剥光了衣服只穿了一条内裤，背驼驼的，腰已经直不起来，被

女孩，一样的纯净一样的笑容一样的发型和服装，1950年在政委廖新华的带领下成为增城税务局的首批税务工作者。（罗明　提供）

打了……国民党兵偏偏不一枪崩了他，活活生割他，一剁剁肉割下来，耳朵、舌头，一刀再一刀，血淋淋的一张脸，一个身子，上下已经没有一块好肉，那些兵还是不肯一刀捅死他，让他一点点痛死。

被逼着看生生剐人的老百姓低了头，太凄凉了，不忍心看。

李志彪回到税站号啕大哭："阿婆"（罗忠代号）死了……

在场的人都哭了。

史料记载了不少这样的税收人员。如盐田税站站长曾振辉，国民党兵趁着夜色大雾突袭税站，他故意鸣枪把火力吸引到自己身上，成功掩护战友撤离，他小腿受伤倒在盐田避风塘的沙丘边，直到子弹耗尽身中数枪咽下最后一口气；如大岭山人宋天生，曾专门做了个背带，收到税款随时背在身上，理由：人在税金在。还对自己的妻子说，钱是游击队的命，分文不得私用，万一国民党来了，什么都不带只带那包税钱……

被捉捕的税收人员，大多被砍头被枪杀，砍了头或砍下一条胳膊吊起，或扒光了衣服，拖到公路旁、圩场里、大树下示众。

他们有淡水的丘平、丘耀；宝安的姜明、卢昌、尹新；东莞的宋天生、张基、王棠；江北的叶景、胡伯军……

留下的往往只是一些名字，解读这些税收人员，冒死图什么？彭英说不想嫁给父母给她找的男人，串联了堂妹彭娣一起找共产党；罗明说在村里夜校听过共产党的课：我们为什么这么穷？不是命，是受剥削，是国民党腐败。

把准他们的脉搏，破局在即。

# 九龙关 "搓麻将"搓出的"护产小组"

　　港岛一切如常，人来人往，有穿行在繁杂的海味店、办馆、茶叶庄、杂货店或者洋货店，有稳坐在"高升""莲香"或者"金城""襟江"这等粤式粤味茶楼酒家，那熟识的湿湿润润带点咸腥的街市味儿，随了时轻时重的海风，串混着过了中环街市西面的大马路（皇后大道）……1840年香港岛只是一座四面环海的山，海边被本地百姓踩出一条曲曲弯弯的小径，强行上岸的英国人就在现时的中区至东区填海，待中国首个丧失主权的《南京条约》1842年8月签订时，小径已成（皇后）大道了。

　　1887年九龙关建关时总部就设在皇后大道16—18号银行大厦二楼，1907年6月改租渣打路约克大厦3楼，1936年1月又改租皇后大道15号公主行5楼，不过搬来搬去都没离开密密匝匝的有利、渣打、汇丰、恒生、永隆、广安及道亨和周大福等银行金铺的闹市圈子。

　　讲实话，从建关至1949年，这个九龙关总部与英国割占而中国行使领土主权，仍属宝安县管治的"九龙城寨"怕是孪生胞胎：它1887年4月设在香港，却比香港政府海关（前身出入口管理处）机构早成立22年；它由中国政府建立和管理却以香港"九龙"为名，违背中国海关以对外开放口岸命名惯例；至1949年10月，在62年中，它均为英国人控制，66任税务司或代理税务司均是英国人，其他监察长等也绝大多数是洋人。

　　英国管辖地设立中国机构并实际执法，麻烦与冲突经年不断，从1909年起中、英政府和九龙关就开始谈判，主权、利益的争斗和博弈，

在深圳海关陈列馆有一块石条，刻有"九龙关借地七英尺　光绪二十三年"，1897年的石条，据说存放在香港九龙关总部。奇怪，借条立据？一般展品都有标注，可它没有。写不清楚的种种，可见这九龙关有多蹊跷了。（张黎明 拍摄）

前前后后5次将近40年。直到1948年1月12日，国民政府外交部部长王世杰和英国驻华大使施谛文在南京签订了《关于防止香港与中国港口间走私协定》（《关务协定》），并将在1948年11月1日生效。

　　一百多年前，如果中国国富民强绝对不会有此怪局。笔者翻阅各类资料，力图探究九龙关62年的纠缠、疑惑、蹊跷，如入迷宫之乱，并非一年半载可以解码，并非三言两语可以点透，若要展开绝对是一本历史大书，非本书本节能及，笔者暂且把焦点定格在深圳的1949年，探究九龙关和深圳的关系。

抗战胜利后，九龙关1945年底重新建立负责海上缉私的华南缉私舰队，拥有约40艘舰艇。（曾百豪 提供）

　　九龙关拥属多少关产？除香港总关、港九三支关还包括深圳边界大铲、盐田、沙头角等关厂和私货仓及银行税款等。抗战胜利后，九龙关1945年底重新建立负责海上缉私的华南缉私舰队，拥有占全国半数以上的A型舰、Y型舰、C型舰、U型舰和"屐仔"型等缉私舰艇。《九龙海关志（1887—1990）》（p330）记载"1945年12月九龙关恢复后……尚存6艘，军政部拨来日军小艇4艘……1946年总税务司署拨给九龙关30艘……"

　　这意味着什么？1949年国民政府败局已定，紧锣密鼓撤逃台湾。

九龙关的财产以及这批海上武装，将会落入谁手？隶属国民政府的九龙关，何去何从？国民党政府和共产党以及港英政府都有自己的打算，这场博弈早就悄悄拉开了序幕——

1949年初，九龙关文锦渡支关复杂验估征税的林大琪，每每休假都悠悠然去搓麻将，还是那几个九龙关的麻将老友李国安等，桌面连声"吃糊"和"碰"，丢出一个白板，自摸了一个七索……

海关基本沿袭清政府税务司制度惯例，洋人把持的海关据说连国民党军统特务组织也难以渗透，谁会想到这麻将台上的乾坤？这是九龙关"进修会"的秘密会议，谁也不知道共产党人林大琪竟然潜伏在九龙关，不像铁扇公主肚里的悟空那样闹腾，只是"搓麻将"而已，搓着搓着就搓出了1949年2月秘密成立的九龙关"护产小组"。14位成员林大琪、李国安、黄昌燮、马绍永、高世俊、陈钟、梁润庠、罗忠民、杨国英、张文藻、李惠峰、黄少文、解步武、施渭澄（14人姓名摘自《九龙海关志》中《九龙关员工的起义》之章节，p416）分布在内、外勤各个部门。

1949年港政府已规定凡举行10人以上集会要事先报警署批准，不能公开集合，所以"麻将"约会持续进行，谋划"保护关产，迎接解放"……无奈这些人在海关里级别不高，谈何容易？只有待机而行。此时，中华人民共和国海关正值万事起头难之际，林大琪被急调北方，重担落在李国安肩上。

护产小组中，华人职务较高的是二等监察长黄昌燮。他分管外勤，不时接触海关上层，认识人多，在关员里很有人缘，最重要的是为人正派有正义感……

1949年9月上旬，活动在深圳的东一支三团密切关注九龙关动态，"派谭刚到香港"请示时任中共香港工作委员会书记饶彰风，饶让谭与李国安和黄昌燮取得联系。

......

1949年8月1日，国民政府的"总税务司署广州办事处"也行动了，指派粤海关副税务司（港督的连襟）经蔚斐担任新的九龙关税务司，此举是否考虑九龙关和港府利益捆绑互相照应？只有当事者心知肚明。

9月2日，接受了国民政府财政部部长徐堪"应急布置"的总税务司李度，从广州赶到香港和经蔚斐商讨时局和对策。

9月13日经蔚斐整理出7点密呈：一是只要情况许可，九龙关继续行使职能；二是采取适当步骤，确保对九龙关缉私舰艇的控制，并做好撤往台湾的准备；三是共产党占领边界后，与共产党当局取得联系，竭力与他们达成协议，使九龙关尽可能按现行方针工作；四是海关今后的工作，不仅要为共产党所接受，也要为香港当局所接受，为此，要与香港当局保持密切接触，达成一项可以接受的通用办法，在共产党和香港当局面前，尽量提高海关的身价；五是要向共产党阐明海关继续在香港工作，税务司应由英籍洋员担任；六是经蔚斐和所有关员，不会自动放弃取得国民政府发给养老金和其他应付款的要求；七是海关被共产党控制后，关员不再听从命令时，应作为丧失享受九龙关一切权利和要求论处，九龙关不再对他们承担责任。

经蔚斐理论上是国民政府雇员，但更多为大英帝国的港英当局着想，极力增加将来跟共产党新政权谈判的筹码。

9月20日身在台湾的李度接到密呈后再以22号密函指令：A、Y两级缉私艇必须驶往台湾或海南，绝不能落入共产党之手。

1949年10月1日中华人民共和国在北京宣告成立，粤港边境国共势力剧变，九龙关人心动荡。

香港九龙关总部不平静了，先是关卡工作场所出现北京"喜讯"的剪贴报刊，接着，船员获知台湾李度再次急电调舰艇往台湾后，联名上书拒绝赴台，九龙关"护产小组"暗中支持行动，船员破坏舰艇动力设备阻止启航。舰队司令英国人马劳伯联系香港水警，强行驱赶船员上岸。10月9日至13日，租雇用拖轮和船员，将4艘排水量1,000吨的A型舰和2艘排水量275吨的Y型舰调往台湾，并开除了159名拒绝调动的船员。

舰艇事件已经够经蔚斐头疼了，10月8日调往台湾舰艇还没起航，深圳白石洲支关出事了，去视察边境的九龙关缉私税务司史铎士和二等监察长杨俊虬，被白石洲关警扣留。关警要求发放3个月薪金作为应变生活费，并将一等监察长华人杜炽芬和杨俊虬交关警处理。

史夫人急闯总部要丈夫，不把史救出来，事情会闹得更大。

经蔚斐空对四壁，撞墙都撞不出史铎士。有人密告黄昌燮是共产党，近年边境海关不断被游击队袭击，白石洲起事有中共游击队作梗？九龙关三个华人监察长，两个都被关警要求清算，为什么除了黄昌燮？

经蔚斐被敲醒了，急召黄昌燮，小心翼翼问能否联系共产党放史铎士回来？

黄昌燮一听，机会到了！立马有了主意，直接告知可联系共产党，一旦共产党协助救出史铎士，能不能断绝和台湾总税务司署的联系，向北京海关总署投诚？

经蔚斐也干脆，如果深圳解放，他愿率众向北京海关总署投诚。

黄昌燮即找李国安。

经蔚斐和总监察长福麟一直在总部等候，直至黄昌燮带来共产党方面决定：一是欢迎经蔚斐投诚；二是可以协助营救史铎士，但要立即停止调缉私艇去台湾；三是要妥善保管九龙关在香港的全部关产，包括存在汇丰银行的税款、存款，等待移交给接管解放军；四是应同意关警发放应变费的要求，由关警派代表直接谈判；五是清算杜炽芬和杨俊虬事，经蔚斐不去过问。

经蔚斐同意照办，立即电话联系白石洲关警，派代表到总部谈判，结果每人发放相当于300公斤大米的应变费，关警当晚释放史铎士。

黄作梅，这位抗战时的东江纵队港九独立大队国际工作小组负责人，1949年10月14日傍晚6时30分，时任新华社香港分社社长的他，由黄昌燮陪同回到九龙关税务司公馆和经蔚斐谈判，达成了九龙关起义的协议。（选自《定格红色》）

令九龙关震动的"白石洲事件"在共产党的斡旋下，史铎士回来了。

10月10日，黄昌燮问经蔚斐，共产党讲信用，你是否讲信用？

经蔚斐当即表示可以守诺，但这等大事得找港督连襟商量。一小时后他返回总部复"港督同意了"，并当即就想谈条件。黄表示自己并非共产党员，会联系相关的谈判代表。

10月14日傍晚6时30分，中共代表黄作梅和经蔚斐谈判，达成了8条协议：一是保护关产；二是换旗，升挂海关关旗；三是深圳解放、缉私总部被接管之日，经蔚斐通电北京海关总署投诚；四是派黄昌燮为税务司代表去缉私总部安定边境职工情绪，控制局面；五是把缉私舰队调往宝安县以南的深圳湾，改挂关旗；六是接管工作由缉私总部开始，其他支关凭黄昌燮签名的介绍信接管；七是通电北京前双方保守秘密；八是本协定为君子协定，当晚生效。

黄昌燮为协定的见证人和履行协定的保证人。

这天正是解放军进入广州、惠州等城之时，深圳情势更趋微妙紧张。深圳国民党驻军梁杞部队强求海关缉私总部借出查获的大量走私米，遭严拒。

第二天15日，经蔚斐在关内秘密布置执行协议。

此时蛇口，逃亡的国民党部队冲击桂庙支关强抢武器弹药，桂庙支关西区主任黄澄率关警登炮楼架起轻重机枪，逼其退之。

黄昌燮领到了经蔚斐签署的"税务司代表"手令，准备16日清晨赶去深圳缉私总部控制局面。不料当晚他接到大铲支关急电，说国民党军舰要拖走大铲支关办公用的趸船。经蔚斐恪守秘密协议，经黄昌燮与中共方紧急商议，16日下午将趸船拖入香港水域下锚。事态急迫，黄征得经同意，16日另派"护产小组"成员陈钟代表自己去缉私总部。

同样的15日，东一支刘汝琛负责的接管九龙关筹备小组，派出吴佛山等通过国民党军队防线，潜入罗湖山顶缉私总部，并和他在海关当班长的堂兄吴翔取得了联系。16号，何财在吴佛山护送下到达缉私总部，要求保护关产和武器。17日，何财再次率领一个短枪班进驻缉私总部，护产小组陈钟等也陆续到达，筹备小组和护产小组互相配合密切注意海关动态，同天还派出一个连到莲塘支关和白石洲支关，联系和宣传接管政策以安定人心。

17日，香港当局宣布戒严封锁新界边境，禁止火车、汽车和人员出入。接管九龙关事关重大，急需李国安、谭刚等返回深圳。黄昌燮通过经蔚斐和新界英军当局联系，由英籍总监察长福麟护送，他们在18日清晨乘坐海关汽车通过港方戒严封锁线，顺利进入深圳。李国安和谭刚赶去布吉向负责接管九龙关筹备小组的刘汝琛汇报。黄昌燮、马绍永和福麟前往深圳缉私总部，当天下午黄以税务司代表的身份，用无线电话向边境各支关讲话，要求大家坚守岗位，保护好关，等待向解放军接管人员进行移交。

19日，深圳解放，深圳军管会成立，刘汝琛任主任。

21日上午，军管会接管了九龙关缉私总部，成立"九龙关临时接管委员会"，刘汝琛为主任，"东宝税务处抽调干部到各支关当军事联络员"。总部和边境各支关同时升起了中华人民共和国五星红旗。当日经蔚斐在香港接获消息后，即通电北京中央人民政府海关总署，宣告断绝与前海关总税务司署的关系，接受海关总署的领导，保护好全部资金和关产。同时召集在港海关员工开会，宣读给北京的电文。

11月15日正式成立九龙关接管委员会，"先后接收了原九龙关所属的11个支关：其中在港的有九龙车站、油麻地和西环等支关，在沿边沿海的有深圳车站、文锦渡、莲塘、桂庙、白石洲、沙头、沙头角、蛇口等支关……（摘自《九龙海关志》p88）"

接管移交时"共有在职员工1,134人，（其中职员324人，杂役工警810人），大小舰艇27艘，汽车12辆，轻重机枪153挺，其他长短枪1037支，子弹35万发，港币420万元，银圆5,800枚及房地产一批（摘自《九龙海关志》p88）"

九龙关原在港公主行的机构以"九龙关驻香港办事处"的名义保留在香港，总关改设在深圳。

九龙关的武装不再对深圳构成威胁，九龙关的历史从此改写。

有个小疑问，九龙关华南缉私舰队约有40艘舰艇，被强行拖往台湾6艘，应该还有34艘，为什么接管时只有27艘？

题外话。

时至1949年10月1日，中华人民共和国**宣布**正式成立，庆祝和升旗**从北京开始**。

第六章

# 水到渠成

# 采写手记

1949年8月1日，时任北平市军管委员会主任兼北平市市长的叶剑英，调任为新组建的中共中央华南分局第一书记，负责制定广东战役方案，挺进华南。（选自《解码边纵》）

时至1949年10月1日，中华人民共和国宣布正式成立，庆祝和升旗仪式从北京开始。

同在10月1日这天，叶剑英在赣州发表了《告广东人民书》。

第二天，也就是1949年10月2日，中国人民解放军广东战役联合指挥部司令员叶剑英、副司令员陈赓指挥的"广东战役"正式开始，第一号作战命令：2野4兵团为右路军，4野15兵团为左路军，两广纵队、粤赣湘边纵队为南路军。三路大军齐头并进。短短几天突破了国民党的"湘粤防线"，分别向广州方向进军，"破"了余汉谋依赖的广州北至东北的100多公里"最后防线"，广州被钳形包围。

曾因抗战期间指挥台儿庄战役备受称誉的李宗仁，此时以国民党代总统身份坐镇广州，他的回忆——

广东保卫战发展至10月中旬已不可收拾了。共军自赣南分两路入粤：一路自南雄一带越大庾岭，大庾守军为沈发藻兵团，战斗力过于薄弱，不战而溃。10月7日共军跟踪进入粤北门户的曲江，沿北江及粤汉路南下。另一路则自大庾岭东麓绕至东江。胡琏兵团早已远遁厦门、金

图片的"糊"不是霉点，是1949年10月19日他们进入深圳，穿行谷行街时，那欢迎鞭炮炸出的烟雾……（汤洪泰 提供）

门，东江已成真空地带，共军第四野战军乃得以旅次行军姿态，自东江向广州进逼。余汉谋部只是一支训练未成熟、械弹两缺的部队。共军一到，即不战而退。广州因而危在旦夕。至此，蒋先生始循人民团体之请，敷衍面子，自海南岛刘安琪第九兵团中调1师兵力北上援穗。该师刚在黄埔上岸，共军已迫近广州郊外。上岸之兵旋又下船，原船开回海南岛。不久，竟索性全部调往台湾去了。

1949年10月14日，国民党全线溃败，出逃前炸毁了天河机场、白云机场、海珠桥。傍晚18时许，左路军4野15兵团43军127师（前身为叶挺独立团）进入广州市区，至21时，进入总统府、行政院以及省市政府等机关。

从10月2日"广东战役"开始到10月14日，12天而已。

此时，宝安县城南头、深圳镇偶有零星枪响，比预计平静，大转折在即，水流波涛不惊顺势至渠成。

1949年10月19日进入深圳镇是"警察"等不拿枪的队伍，包括粤赣湘边纵队东一支三团文艺宣传队。

2017年1月9日，每年一聚的他们相聚了，虽不仅限艺宣队了，能来的人还是不多：汤洪泰、邬少慰、张百乐、陈梅英、刘成仪、林庄、刘蔚娟约10人，互相呼唤当年的绰号，说"欢迎他们的'炮仗'连连，

1949年10月19日坐了平头货卡进入深圳镇的，几乎每年一聚。2006年6月16日，他们又集结了，扛了"深圳原粤赣湘边纵队战友联谊会"的旗帜，能来的都赶来了……（张黎明 拍摄）

一片片噼里啪啦，衣服被炸出几个孔，自己唯一的军服正装也顾不上可惜，高兴啊！"……

没有谁起头，说唱就唱了，汤洪泰唱着唱着忘了词哈哈大笑，林庄说着说着被打断了，惊惊乍乍的补充或纠正淹没在笑和喊之中，可以断定当年的他们极其有个性。

梳理一段段采访录音之时，会被交集的片段迷惑，纵横交错分不出前后彼此的群体画面，相似的经历，这个几乎是那个的复制品：都看过同一本艾思奇的《大众哲学》，同一本毛泽东的《论人民民主专政》，唱过今天已经难以听到的歌《你是灯塔》《我所爱的大中华》……这些当年的年轻人相继加入了粤赣湘边纵队，这事实好比一枚钉子把他们钉在一起，紧密得无法分开，直至晚年。不错，在他们最年轻的都已经80多岁的晚年，仅一个电话而相聚一起"饮茶"……他们的过去类似空气那样存在，他们互相也同时被自己感动着。

唱起当年那首"队歌"——队歌？面对笔者的疑惑，他们哈哈笑，不过是他们分别时唱的一首歌，当任何人上调或派离，分开时都会唱的一首送别歌，无伴奏的粤语清唱：

"太阳做我们的向导，大风吹起出发的前奏，我们又到左（到了）出发的时候，同志从工作中相识，应该跟翻（跟着）工作走，工作即是为了人民，周围都是有同志，理想既然相同，我们的分开都是同埋（一起朝）一个方向走，太阳做我的向导，大风吹起出发的前奏，我们又到了再出发的时候……"

十分简单的歌，按了数次重听键。

太阳那么远又那么近。

# 大新街　县长黄永光穿的是草鞋

南头城北高南低依山面海，明朝万历元年（1573年），东莞县分出的新安县，县衙就设立在古城，而民国以来也一直是县政府所在地。

口述者说1949年国民党县政府和县党部设在南头城东门的九街，宝安县警察局设在大新街。年迈的他们说的都应该是那个年代的街名，如今街名为中山东街、西街、南街、朝阳街、兴明街、春景街、梧桐街、文化街等，哪条街是对应的九街和大新街？

早年说城里有9街，如今仅得8街，1949年的大新街，还在吗？

不管街名如何变，确切的是1949年10月，自中国人民解放军粤赣湘边纵队东一支三团金虎队和警卫连进入南头城的某日开始，那个称为"民国"的时代也一去不返了。

东一支三团金虎队和警卫连，哪一天进入宝安县城南头？

有亲历者说是和四野进入广州城的"10月14日"是同一天，可也有亲历者说是两天后的"10月16日"。

到底是哪一天？

不管是哪一天，确切无疑的是那天晴空无霾，小小的南头城挂满了红旗，城东门公路两旁站着等候的学生，手里举着毛泽东和朱德的画像和红旗。北面远处的公路，一支队伍缓缓向南而行，街边人群开始涌动，龙邦彦、杨道能等宝中和宝师的学生高举了手中的画像，喊起欢迎的口号……

所有的亲历者都证实进入南头县城的金虎队和警卫连不费一枪一炮。

**解放军進駐南頭**

黄永光率部接管工作順利

粤湘贛邊縱隊批達樟木頭

深圳香港間
郵件今復通

廣九路沿線
障礙潮已清

何時通車尚未接管

深圳回復平靜
市面仍用港幣

1949年10月16日，黄永光率部进入南头城。直到10月21日香港《大公报》才报道"接管工作顺利"。一位叫吴勇利的年轻人收藏了报纸……寻访时，在山厦认识了他。（吴勇利收藏并提供）

陈汉就是当年率警卫连进入南头的指导员，他说是1949年10月16日——

"1949年，三团主力部队陆续被抽调东上，主力一走，东莞、宝安空了，留下的人很少，队伍不整齐了，急需扩大部队，三团团长麦定堂、副团长何棠决定先成立金虎队，后来又从龙华民治基干民兵连70多人和各乡武工队抽出40人成立警卫连，连长何强，我担任指导员。

"1949年8月29日至9月3日，中共宝安县委在乌石岩召开第一次委员会议，确定了县委、县政府机构和领导人选，为接管国民党宝安县政权做好准备。宝安县委书记黄永光和副县长周吉带领金虎队和警卫连在宝安地区活动……

"10月12日，黄永光在龙华召开干部会议，明确解放宝安的任务。驻在西乡的国民党保警二大队队长陈泽芹（陈允中）准备率队起义，和我们取得联系。10月15日，黄永光和周吉率金虎队150人和警卫连130人，加上各乡镇武工队，从白芒出发，开入西乡上川村大祠堂门口的大坪，他们把枪都架好了，专等我们去收缴。我们和他们握握手，嗬！就这样接收了保警二大队的80多人。他们愿意留下的留下，不愿意的可以发证明返乡，还发5元港币，当时这是可以买3条烟的钱，国民党的关金

南头古城经过修复的东门，如此热闹，出什么事？一个摄制组在拍摄，在拍"门"和"墙"？也许他们听说过，久远的1949年10月16日，县长黄永光率领粤赣湘边纵队东一支三团金虎队和警卫连就是从这一个门进城的……（殷秀明 拍摄）

券不值钱，没有人用。

"1949年10月16日，黄永光带着宝安县政府机关工作人员，警卫连和金虎队分两路进入南头城，金虎队直接开入南头大新街宝安警察局，这时的国民党警察架好枪等待着收缴；我们警卫连进入南头城东门的国民党县政府和县党部（南头城九街）。"

2006年11月30日，笔者和刘金生、李基、龙邦彦、杨道能几位老人开了个小型调查会，那天他们（除了李基）都在南头城欢迎解放军，但对进城日期有争议。龙邦彦坚持是10月14日，刘金生等人的回忆却是10月16日。

这点是一致的，南头城的10月太纷乱了，官员们收拾细软往香港往大铲岛逃，守城士兵也各逃各的。很多散兵游勇抢一把再走，城里店铺大多闭门了，着了慌的老百姓也有跟着跑的。他们这群宝安县立简易师

杨道能：我后来在庆祝宝安解放的大会上，看到黄永光讲话，共产党县长和国民党县长就是不一样，国民党县长穿西装，前呼后拥。国民党宣传的共产党，好像3只眼、12只眼一样可怕，可一看黄永光县长穿的是草鞋，像老百姓一样！（张黎明 拍摄）

范和宝安中学的学生留下了，他们一知道广州海珠桥被国民党炸毁的消息就开始"护城护校"，还说服了九街自卫队（村民武装）自发维护城里的治安……

杨道能（简易师范）："那几天我们偷偷写标语、贴布告和护校。曾百豪派人送钢板给我，我刻写，我不会刻，那是胶版不是钢板……呵呵，要解放了，天都光晒了（广东话，天大亮的意思），我们又兴奋又怕，偷偷学唱解放区的歌，声音小小的……"

龙邦彦（宝安中学）："那两晚我们大量贴标语、散发传单，连女同学也出动，城内外及公路边的显眼处，都贴上了标语。警察局里有地下党的人，约定了守军退尽的时候就把警察局楼顶的国民党旗降下。这天一看旗降下了，我们两校团员（大同盟为共青团前身）火速集合，举起横额和毛主席、朱总司令画像及旗子，到东门公路边列队。不久，金虎队由北向南走来了，我们敲锣打鼓，放鞭炮、唱歌还高呼口号……"

刘金生（宝安中学）："我们6人在龙邦彦家里参团，都是龙邦彦介绍的，要填一张表，呵呵，那表从他家的墙脚挖出来……我们客家仔，经常接触游击队陈汉他们，帮他们带过情报，一发现国民党就敲打喂鸡的碟子，呵呵！"

龙邦彦：接管南头城前，龙晞从香港偷运回毛主席的像，我负责画和放大。我们宝中和简师的一群学生，在我家的阁楼做横额，还扎了一个牌。我家在南头大新街龙屋村龙屋，现在的大新街3巷9号，我妈妈就坐在门口放哨。（张黎明 拍摄）

南头城是国民党宝安县政府所在地，东一支三团金虎队和警卫连进入城门，怎么可以不见抵抗，不流血？

他们都提到曾百豪，就是曾在宝安县立简易师范担任老师，领导学潮的曾百豪。曾百豪1949年初撤回香港，同年六七月从香港秘密返回宝安筹备军管会，准备解放深圳，大概8月开始担任军管会副秘书长。1949年10月，他又悄悄回到了南头与温巩章等筹划如何化解国民党武装力量。

2007年6月28日笔者采访曾百豪，1924年出生的老人不紧不慢地告知兵不血刃的秘密："我们布置地下党员温巩章、朱东歧等人，打入警察局和县党部。"

他特别提及潜伏在国民党县党部的宝安南头人温巩章。

温1919年出生，父亲是中药铺店员，母亲靠织麻为生。他是南头中学很特别的学生，家庭清贫无法缴交学费，只能兼任学校杂役。这年冬天，他连张御寒被子都没有，冻得直打颤。朱乃良老师心疼这聪敏孩子，没有多余的被褥，就说我们挤一挤暖和一点，同榻共被度过了一个寒冷的冬天……他和老师结了缘，他还不知道善良的老师是共产党的人。

1939年，温巩章初中毕业后，在国民党宝安县政府谋生，曾任县长幸耀燊的文书、书记，后为县政府电台译电员。

1940年8月，温巩章正式成为共产党的情报人员，1945年5月加入共产党。

日本投降后，他再次潜伏在国民党宝安县党部，谁想到这位县党部的组织干事和县参议员，真正的领导人却是共产党。杨培、黄永光、莫儿、曾百豪、龚锡贤等先后直接领导他，大量的宝安县国民党党政情报出自他手。尤其是1949年10月，他保存了宝安县各部门档案，及时提供南头国民党武装力量200余人，城内官员和守兵不断逃离几近空巢等重要情报。那天，正是他和朱东歧分头引导队伍进入县政府和警察局……

兵不血刃的秘密其实很简单，潜伏者不仅仅有县党部的温巩章等等，在黄永光进城的宝安县政府机关人员中有一位郑鉴枢。

1949年8月，宝安县沙井宝民中学新上任了一位教导主任，同事和学生的眼中，这位毕业于中山大学的郑鉴枢清瘦高挑俊美，且白皙得有点像姑娘，细长的眼睛含着笑，举止文静淡定。

10月的一天下午，沙井东北方向一阵鞭炮声，出什么事了？沙井衙边村前大路上，有老百姓奔走相告，有一支队伍从潭头来沙井了。共产党来了？

队伍来了，沙井义德堂前前后后布满携短枪的人，接着是东一支三团政治处主任兼宝安县县长黄永光率领的金虎队也赶到了。果然是共产党的武工队，当晚义德堂大厅灯火通明，开的是欢迎共产党县长的大会，郑鉴枢领着宝民中学的老师等各界人士出席，而致欢迎辞的竟然是时任的国民党保长。

更让人惊诧的是，第二天一大早，黄县长竟然在宝民中学和这位年轻的教导主任郑鉴枢商量如何破解沙井乡的炮楼武装。郑是共产党的人？不错，争取老师支持，摸清沙井各炮楼武装布防情况，正是他这两个月的任务。

此时，国民党乡长、乡队副已经逃跑，而他们的雇兵仍然固守炮楼，沙井乡炮楼多且武器齐备，如果火拼绝对是一场恶战，怎么办？

郑不慌不忙客客气气请来乡长母亲与黄县长见面，反复讲"立功受奖"政策，乡长母亲权衡再三下令各炮楼雇兵缴械，化干戈为皂白。

第二天，沙井各炮楼的枪械、弹药收缴完毕，当晚黄永光率队撤回乌石岩，郑一并归队，准备参加县城南头的接管工作。

1949年8月，沙井宝民中学来了新的教导主任，中山大学毕业的郑鉴枢……2个月后，他出现在进入南头城的共产党队伍里，被任命为宝安县人民政府文教科首任督学。中华人民共和国成立以来，曾任观澜中学、深圳中学校长。（郑鉴枢 提供）

2016年12月29日，笔者采访了年近95岁的郑鉴枢，老人记忆力相当好，叙述的情形与他10年前的个人回忆录相差无几，记不住进入南头城的确切时间，却记住了县长黄永光进城骑着一匹马。

"我跟着金虎连在乌石岩休整了两天，检验缴获沙井炮楼的枪械弹药等，接着经白芒到西乡。在西乡戏院举行军民联欢晚会，庆祝宝安西乡解放。第二天，我们的队伍穿越西乡飞机场向县城南头进发。行经甲岸，宝安警察局人员列队投诚，大批国民党残兵败将从蛇口出海逃走。"

1949年11月，深圳军民庆祝宝安县人民解放大会会场。
会场由边纵东一支三团艺术宣传队布置。（汤洪泰 提供）

"在南头城广场的北面，中学生为主的群众手持旗帜高呼口号列队欢迎我们入城。入城式从广场绕一周开始，队伍途经一甲、大新街、南园……再绕回南头城的东门，由东门浩浩荡荡地穿过九街的主要道路，直奔天主教堂国民党县政府所在地。我们立即升起中华人民共和国国旗，挂上"宝安县人民政府"牌匾。入城后，我即被派到县人民政府文教科任督学，参加接管宝安县立中学和宝安县立简易师范学校等工作，兼主编县委报纸《宝安人民报》（三月刊）。"

郑鉴枢也许不知道，有好些普通的南头城人躲在屋子里，先是偷偷从门缝往外看，胆子壮的先开门，看清楚这些被称为解放军的陌生人，打绑腿着草鞋头戴八角帽身穿灰军装，并不是三头六臂般可怕，年纪都很轻，一说话还会笑。跟着走进他们住的"育婴堂"，一排排全都睡地铺，一问才知道他们穿军装前也是学生或种田人，还有不少本地人……

哪一天进入南头城？东一支三团团史记载1949年10月16日，不见当年港媒报道？同样16日晚武工队进入沙头角及19日"警察"和艺宣队进入深圳，香港媒体记者蜂拥而至并报道，沙头角本就是边界，一过罗湖一过义锦渡就是深圳镇，些许交通便利成就了香港媒休。

同样的10月16日，观澜古墟也不寻常。

边纵东一支三团团长麦定唐亲率新二营向观澜墟出发，抵达大布巷村后，埋伏在河堤边，对岸就是观澜古墟，准备一场激战。突然，看到河对岸有老百姓舞动红旗，冲着他们不停招手。原来驻守观澜地区的国民党保安十五团黄文光部天没亮就悄悄跑到天堂围坐火车逃了，民愤极大的"地头蛇"陈镜辉联防大队也弃城而去。

"进城！"，麦团长命令一下，战士们冲上观澜河上唯一通往古墟西门的木桥，往日只能偷偷爬铁丝网进古墟贴传单标语，如今高仰头大踏步跨上几十根杉木做的桥墩，6.7米高的"高桥"……队伍经卖布街直达观澜中心小学，教学楼正中悬挂着一条大红标语，"翻身得解放，人民坐天下"。

喜形于色的老百姓搬来桌子，麦团长跳上桌子立正敬礼一声高喊：乡亲们，观澜解放了！从现在起，由万启源队长领导的武工队接管观澜！……观澜籍战士陈干华挥动胳膊指挥唱《解放区的天》，振能学校和中心小学锣鼓震天，舞麒麟舞狮子，观澜古墟的大街小巷都震动着这些声音。

1949年10月16日，撕去了旧的一页。

# 谷行街　黄永玉画了一组速写

1949年10月19日下午4时25分，深圳军管会主任刘汝琛率100多人队伍进入深圳镇，这和数天前进入南头城的武装部队不太一样，以穿警服佩戴"人民警察"徽章为主，还有背着演出乐器的艺术宣传队和政工队……

1949年10月19日进入深圳镇的深圳军管会主任刘汝琛（右一）。这不是进城时的图片，看身后的大标语：巩固税收，努力支前，解放全中国。或许这就是他仰头笑的原因？（选自《定格红色》）

这怕是深圳小镇几十年不遇的新闻。

20多名香港报馆记者，除了香港记者还有红头发绿眼睛的洋记者，不仅英国《泰晤士报》驻港记者过境专访刘汝琛，连香港影业公司摄制组也扛着笨重的摄影器材，"陀螺"一样跟了进城队伍猛抢镜头。

事实上，19日之前，小小深圳镇的空气中已经弥漫和压抑着一丝丝诡异。镇上的国民党军政要员大部分都逃了，百姓人家大多闭门不出，也有站在门前或跑到街上探头探脑的，人和人见面不问吃饭了？挤一挤眼睛，咬一咬耳朵：

1949年10月19日的深圳小站，小得仅有站名的"深圳墟"，列车还没进站，欢迎的民众等候着……远处大人的位置该是平日的停车地点。（深圳市原粤赣湘边纵队战友联谊会 提供）

"来了？"

什么来了？ 19日的那一刻是这样没有悬念地来了。来了，10月19日下午，真的来了。

"刘汝琛率部接管"的队伍到达深圳小站，并非今日罗湖火车站，而是深圳小城郊外，今天老街戏院西边解放路与和平路交叉处的小站。早前知道风声的人已经候着了，"来了"，欢迎的人们挥红旗呼口号，敲锣打鼓……

消息在片刻之间开水那样滚烫起来，人从小镇的每一个角落涌出，向鞭炮和欢呼声跑去。

接管队伍分头而行，先是镇政府、警察所，紧接着的火力发电厂、

"来了"，从平头货卡走下的这支队伍，右边是停靠"深圳墟"的特别列车，左边是欢迎的人们……这是1949年10月19日下午。（汤洪泰 提供）

铁路东站、深圳商会、银行……深圳镇镇长陈虹在原国民党深圳镇公所（当铺"共和押"）门前挂上了共产党"深圳镇人民政府"的牌子。

新任深圳镇镇长陈虹也让当地老百姓有点吃惊，有人认出他，抗战胜利后穿着国民党王牌军新一军军服，经常来往观澜到深圳铁路沿线的国民党军英文翻译，有人说不对，他可是振能中学的英语老师！

其实陈虹早就是共产党人，抗日战争时期参加了广西的游击战争，胜利后曾任国民党部队翻译，后通过宝安县观澜侨办振能中学校长的弟弟陈展权介绍，担任了英语老师。课余，他也会到深圳墟镇的书店逛逛，顺路到蔡屋围燕怡学校歇歇脚，这歇脚不一般，他和领导自己的东一支三团政治部主任（后任宝安县县长）黄永光，在歇脚中完成了单线联系。

那位和陈虹一起挂牌子的深圳镇副镇长庄泽民，水围皇岗的民众都清楚他是抗战动荡岁月里，庄氏族群出资筹组维持村中治安的"巡丁队"总头领。也知道抗战胜利后，他被乡民选为国民党沙头乡副乡长。不过，知道庄泽民"白皮红心"的内幕就不多了：他1926年3月26日加入了中国共产党，担任1927年建立的水围红色交通站站长……

迷住老百姓的倒不是他们，而是挥舞红旗敲打腰鼓扭起秧歌的艺宣队队员们，这些20岁上下的年轻人，走到哪里大人小孩就跟到哪里，坐在空旷处，立即就填满了人，密密匝匝，一圈又一圈……

19日的夜晚7点30分，深圳各界人士一千余人在民乐戏院召开欢迎大会。陈虹镇长主持，刘汝琛主任宣布：深圳镇正式解放。他着重谈到今后的工作："（一）深圳解放了，保证接管工作很快完成，要维持秩序，保障治安，使人民有生意可做，有田可耕，有工可做，有书可读，要做到不侵犯人民一针一线，使人民安居乐业，大家努力建设新深圳。（二）现已胜利完成接收工作，如镇公所、警察所。广东银行等已顺利接管，海关在接收中，接管工作顺利，充分体现了人民合作的精神，今后要合作得更好，把深圳建设得更好。（三）对经商的人民，人民政府必废除一切苛捐杂税，严禁嫖赌。短期内务必使交通顺畅，商业贸易恢复正常，要做到繁荣经济，使深圳新生向上。在深圳，过去有无数个走私为生的苦力工人，今后必须予以安置。深圳邻近香港，社会内部相当复杂，凡属投向光明的，人民政府当本宽大政策，予以自新之路；如敢破坏治安，必将严惩。"

会上，港九工联会代表工人兄弟，特地赠送绣有"没有共产党就没有新中国"的大红锦旗。接下来，在深起义的国民党官兵代表发言，坚决拥护新生人民政府。

第二天，10月20日，香港报刊各式大标题、大篇幅竞相见报，消

深圳镇闹腾了，连香港的青年也闻风而来，围上了女战士们，好奇得很：男兵会欺负你们吗？刘成仪（中）一脸的笃定：男女平等。
（刘成浩 提供）

息、通稿、特写、图片应有尽有。

就看香港老牌大报《大公报》特设的（第四版）深圳解放专版——

香港老牌大报《大公报》，大标突出《阳光普照 万姓腾欢 深圳昨日宣告新生人民政权正式建立》，小标显目《刘汝琛率部接管 数千人列队郊迎》，从这些大小标题大概可知当日情形。

报道"10月19日是粤港边界深圳一个难忘的日子，万里晴朗，阳光普照，国民党反动派政权所加于深圳人民达20年的黑暗统治已经终结，在受殖民统治的边缘，深圳建立了人民政权，向世界宣告伟大的新生。"

特写《通过文锦渡 浅入解放区 红旗蔽天鞭炮满地 深圳家家户户狂欢》——过了文锦渡那座红桥，就踏入了解放区。起义了的中国海关人员见到我们走进深圳境，每个人都显露出一种亲热的表情……途中迎面走来五个身穿白制服的青年同胞，他们还看不清楚我们，就举起手向我们高声叫了起来："解放军到，刚刚入市区，时间是五点二十分。"他们以愉快的心情向每个同胞报喜。市区距离文锦渡只有一刻钟的路程，然而，在怀着一种兴奋的心情走来的人看来，好似走了一个钟头一样。

"永玉写于深圳"，这是刘汝琛率队进入深圳的"警察"，扛着枪，拿手枪的应该是干部，口袋上插着代表文化的钢笔。1949年任职于香港大公报的黄永玉，10月20日赶到了深圳，就有了"永玉"的深圳记录……
（1949年10月21日香港大公报，吴勇利收藏并提供）

在市郊，那辉煌的红旗就映入我们的眼帘了。田野间村民三五成群地在议论解放军的种种……有位老农人边吸着旱烟斗边说："我们的军队来了，我们的政府也成立了，我们有了好日子。"

"深圳居民约500户，达3,000人之众，事前得知这一喜讯，家家高悬五星红旗，大放鞭炮，偕老携幼，奔向郊外欢迎。"

"深圳治安极巩固，广九交通即恢复，石龙大桥并未遭受破坏，侨胞通过深圳必予便利。"

"以滚烫心情投向人民 决改造自己赎罪立功 税警二团护路大队起义宣言"

1949年10月20日香港《大公报》，第四版通版报道"19日刘汝琛率部进入深圳"的实况。这是吴勇利提供的报纸实物……他告知网络以讹传讹无依据之例，一字一句与笔者核实文中所引用的内容。（吴勇利收藏并提供）

　　与这些毫不吝啬的赞美文字比较，深圳镇谷行街百年老店"东生源"东家梁柏合说得更实在"红旗是我们店通宵缝制的……"

　　他不是共产党人，只是不喜欢国民党的政权。怎么知道消息？有一个人悄悄找到他的店，问能否帮忙？他说"好"。他们手脚不停偷偷赶制红旗，缝纫机忙了一个通宵达旦。为什么要偷偷？因为镇上还有驻守的国民党部队（梁柏合还不知道这部队正偷偷筹谋投诚）……19号这天，镇上的人们手里举着的红旗就是出自这家百年老店。

　　2018年1月翻看这些已成史料的报刊，最有趣的是一组速写，出自一位大公报的年轻美编，也就是许多年后的著名画家黄永玉，速写的日期

10月20日，由此推测他20号才赶到深圳。什么触动了他的灵感？他画的都是军人，一组刚投诚的国民党护路大队队长和小士兵，一组共产党解放军的年轻战士，几天前你死我活的敌对双方，这天成为同路人，同为黄永玉笔下人物。

《大公报》10月21日清晨见报的深圳专版"起义的国民党铁路护路大队长麦汉辉、副大队长张颖才、税警第二团团长吴秀民偕深圳镇镇长陈虹暨深圳地方绅士在欢迎行列中纷纷与刘汝琛氏握手"。

"握手"这一个很简单的动作触动了他？迫不及待跨过边境画下握手的两组人。

深圳镇与香港一桥之隔，广九铁路穿行两地，历来为国民党重兵把守之地。如不算九龙关的武装关警，据东一支三团团史记载"驻深圳的税警团和护路大队（广九铁路）1,500余人"。有亲历者说护路大队武器很先进，配备装甲列车，车厢装有炮，还有一个炮兵团。

若强攻这个小镇，必定是一场硬仗。"握手"实属上策。

1949年10月14日开始，广州、惠州和南头城相继解放，之前国民党军政要员大多已经逃往港澳及海南等地，留驻深圳的税警团、护路（铁路）大队、联防大队和粤港边区警备总队梁杞部均陷入惊撼之中。

有多慌乱无奈？14日，梁杞部竟自开借条强闯已秘密协议投诚的九龙关缉私总部借查获的走私米，得到严拒和紧急加强武装关警岗哨的回应……其实，早在1949年8月份地下党派李庆潜伏梁杞部，此时大部分人都被争取过来了。

护路大队副大队长张颖才和中队长郑昌（潜伏的共产党人）互相配合，全力鼓动脱离国军，拒绝执行炸毁石龙铁路桥的命令，并由郑昌向沙头武工队队长刘鸣周、庄彭等表达起义意愿。10月15日，刘鸣周、庄彭、曾虹等和护路大队长麦汉辉、张颖才在罗湖火车站的炮车会面，并立即解决护路大队急需1,500元港币解决断粮之困，以稳定治安。16日上午，麦、张赶往布吉上下坪和刘汝琛谈判起义事宜……

也就是说，几乎与九龙关同步，梁杞部、护路大队已经和共产党秘密谈判。

如何维持深圳治安？之前，刘鸣周武工队和长期在深圳的地下党蔡达取得深圳商会支持，以商会名义组织40人的纠察队，打击趁乱抢劫的流氓。16日，刘鸣周率庄彭、庄昆生等10多人一举将深圳警察所和残存的国民党杂牌队伍缴械收押。

剩下税警团。

当年的宝安民兵基干连副连长邓韵清说到此关键，"最顽固的税警团孤立了，这时警卫连、金虎队，加上我们基干民兵连迅速进入深圳，将税警团包围……"基干民兵连有80多人，连长叫邓望。尽管只是当地的农民，平常种田种菜，有情况才拿起枪，可对当地情况十分熟悉。税警团也明白大势已去，抵抗有何用？逃香港或投诚？

税警团同意全部撤到石龙，接收改编。

19日前，护路大队大队长麦汉辉和税警团团长伍秀民，率部起义。

这就是"握手"之前的故事。

# 布吉站　站在月台上教唱"国歌"

2017年1月，汤洪泰把自己当年的日记和那本三团艺术宣传队队史交给笔者，1949年10月他从香港落马洲偷渡进入宝安县，找到龙华窑吓村，这是中国人民解放军粤赣湘边纵队东一支三团团部……三团艺术宣传队也在此成立。

这支队伍其实也就存在了大约3个月，那本队史不但队员人名一清二楚，连来自何处也不遗漏："有从团部抽调的张允湘、黄忠民和周琳、林庄、黄舒（黄凤榴）、何淑端、刘玉燕，武工队的唐百川、谢维平、钟新声、杨绛（杨虹）；还有一批从香港、广州和当地中学来的知识青年，如当地的青年学生刘成浩、陈丕山、陈淑玲（女），广州和香港来的梁锦权、张伯乐、黄俊、祁书、施金波、陈立人、程耀华、汤洪泰、李觉寰（年纪较大）、陈廷堃。小鬼队中调来一位小同志容卓伦。进入深圳演出时又增加邓讯、万汉光、王素庭（女）、简翠珍（女）、林懿珍（女）。"初始有26名，后发展至30名队员……

队史注明"一个不漏"。

唐百川为队长，周琳（女）为副队长。后来分组活动，张允湘和刚刚进入的汤洪泰被委任为分队长。

30个人3个月，在人的一生里有多少30人？有多少3个月？值得他们离休之后，每年一聚？

笔者拐了弯问汤洪泰"哪一段是人生最好的时光？"答案不是生活丰裕的今天，竟是奔赴游击区后的那段苦日子。直接问"是否后悔这一

窑吓村，对，就是宝安龙华窑吓村，1949年10月，中国人民解放军粤赣湘边纵队东一支三团艺术宣传队在此成立。在哪里排练节目？树下，空地，能站脚的地方……"今晚是留在窑吓村最后的一晚……我又很快乐地写下有历史意义的一页日记。"摘自汤洪泰日记，1949年10月16日。

（汤洪泰 提供）

年轻时候的决定"，汤洪泰愣看着笔者，这问题委屈了他？或是不堪回首？唇齿竟然有点颤抖，疑惑间说话了："无怨无悔。"

2017年1月10日，笔者参加了他们的每年一聚，汤洪泰、张佰乐、林庄等等接近90高龄。1949年的深圳时光已经远离，远得了无痕迹，所以，汤洪泰为大家整理了一本艺宣队资料，复印了，留存了，他们艺宣队队史，活着的都人手一本……

他们愿意记住他们的1949年，他们的深圳。

1949年10月11日，汤洪泰10月7日的日记记录6日才成立艺宣队，不就是5天？龙华乡青年团员入团宣誓庆祝晚会，就是他们参与的首场大型演出，全场节目包括话剧《红军回来了》等，艺宣队演出了歌舞《五里亭》等4个节目。

附近四乡的村民一知道消息就纷纷赶来，他在日记写下"这初试牛刀""人头涌动，高达二千多人"极受老百姓欢迎的场面。

那天中午，艺宣队还应军管会要求，派出队员祁书和汤洪泰去教武装部队唱国歌。军管会说艺宣队可能只有两个星期的时间筹备，便要到深圳演出，时间很紧迫了。大家心里急，只有10多天。没想到很快传来好消息，说惠州、广州已解放，广九铁路已截断，大部分蒋军投降了。接着又说宝安县城南头解放了，很快要解放深圳了，听到这些消息，又高兴又担忧，怕节目赶不上，怕宣传跟不上。

汤洪泰记得很清楚，14日及15日两天全队整天排练，别人睡了，自己在绘制进城用的宣传画、漫画，祁书、张允湘还在写大字、标语。自己还和张允湘一起准备进城张贴的壁报。这两天，他们不知道日落日出，从天亮开始，一直工作到第二天的天亮。

16日晚，军管会派人来通知，明天一早要进入深圳，入城后第二天便要召开庆祝深圳解放大会，艺宣队压阵演出一台文艺节目助庆！这是艺宣队在龙华窑吓村最后的一个晚上。全队都忙，忙到深夜，入睡也睡不着，汤洪泰爬起来写了一篇日记，接着写了一封信给在九龙的妹妹，让妹妹带妈妈到深圳看自己，可又怕妈妈担心，哦，还是到了深圳再说吧……写完已经是17日的4时45分，天亮了。

17日，他们整装出发，经过龙华、坂田进入布吉，数百人队伍集中在布吉圩广场，汤洪泰的日记记载"军管会的刘主任（汝琛）叫我们各单位唱歌助庆，以谢布吉乡民对我们的帮助"。

他们在布吉过了一夜。10月18日早上9时，艺宣队会同其他队伍一起齐集在布吉火车候车出发。队伍里有武装队、警卫连、亚洲连、挺进连、传令班和望天湖武装民兵，共300多名。非武装队伍有：军管会、

1949年10月17日，艺宣队在布吉小学广场集中等待进入深圳。
"全村全乡人的面容都是欢笑的，他们也是携带着一副胜利的心情看着你，招呼你……"摘自汤洪泰日记，1949年10月17日。

（汤洪泰 提供）

秘书处、深圳镇人民政府（新组成）、政工队、艺宣队、税务署、财量科、杂务班等共180至200人。"

对于跑步的接力并不陌生，可看过唱歌的接力吗？这一场教几百人唱"国歌"的接力，是他汤洪泰一生中的唯一，他的日记记着："在火车站的月台上等待开进深圳的命令，我担任指挥，站在月台的最高处……"

这位香港蚂蚁歌唱团团员呆住了，从没有这样教唱过，指挥几百号人，没有音响没有麦克风，甚至一个手提的小喇叭都没有。也许只有几

1949年10月19日下午，汤洪泰们和老百姓一起坐上布吉即将开往深圳墟的平头货卡。"今天，候到了十点多钟才得到一个消息，我们艺宣队和工作队开入深圳，我们欢喜地跳起来了……"摘自汤洪泰日记，1949年10月19日。（汤洪泰 提供）

秒的犹疑，他跳上了土台子，尽力张开嗓门，只有自己的一把嗓子，一句一句教，底下一句句跟唱。一会儿声音嘶哑了，他用尽力气挥动了胳膊打着拍子，胳膊很麻很沉，背上还背着行李、毛毡。他的声音哑了，下了，"祁书接力指挥，可声音太细，战士听不清楚。再接力，黄老三上……"

说是深圳镇内还有国民党护路大队和税警团等1,000多名武装，谈判正在进行，他们接到在布吉停留一天的命令。

19日，他们和警察部队集中在布吉火车站。中午坐上货卡，下午

1949年10月19日，深圳民乐戏院广场。"这是深圳千年来未有过的大转变，未有过的兴奋热烈场面……我们的队伍所走过的街道……被炮竹的光和爆炸声充塞着……"摘自汤洪泰日记，1949年10月19日。（汤洪泰 提供）

到达深圳墟火车站，出站列队时，站外聚集了数千人，举起横额挥舞旗帜，高喊"欢迎解放大军进城"的口号。他们先围绕镇外一圈，再进入墟镇最大的石板路谷行街，小街宽度只有三米左右，窄街仅容一人跟着一人。两边挂满了正在炸响的鞭炮，人就在炸开的纸片和硝烟中穿行，纷纷扬扬一片弥漫，连路也看不清，不少鞭炮几乎就炸在他们的身上，灼穿衣服和手脸也感觉不太强烈，疼痛被兴奋淹没了……欢迎的群众一直跟着走，这些背着乐器背着道具和服装的年轻人，太特别了，笑嘻嘻的，一点也不见生。

在深圳中学广场前排练腰鼓舞。"昨天约定的大光明影片公司的新闻摄影采访组，来替我们拍摄跳秧歌，以便他们（某部）片子的新闻片头。"摘自汤洪泰日记，1949年10月21日。（汤洪泰 提供）

从来没有见过解放军，听说是可怕的人。究竟是怎样的人？一直跟到了他们歇息的指定地点，深圳墟新开的唯一一间电影院"民乐戏院"（现老街人民北路）周边的空地和田野，大家围上了席地而坐的他们，就是不走，一圈又一圈，人越来越多。

他们并没有演出任务，可被这么眼巴巴地看着，盼望着，有情不自禁地舞起来的，接着都舞了，一圈又一圈的秧歌舞，老百姓拍掌啊，笑啊……

艺宣队又开始往前走，老百姓又跟上了，直到艺宣队进驻营地，深圳墟的一间广东银行，跟不进来了，队员们总算松了一口气，多累？汗水从背流到脚跟，里外衣服全湿透，连背上的包袱也湿了。可是他们不能歇息，放下行装又分批出发到大街小巷张贴告示、标语，还访问群众。 从早上到晚上8时40分，14个小时没有吃过一点东西，应该很饿了，太兴奋都忘了肚子饿，直到天黑"上来了饭菜，突然感到十分饿呢，蹲在一起吃了只有几条菜的晚饭……"

第二天，进城队伍各就各位。

艺宣队整天排练，准备在21号晚上召开庆祝深圳解放的大会上首演。

21日，白天就在当年深圳镇唯一的深圳中学（今东门老街电信营业厅附近）前面的空地上排练，还到处张贴演出广告，向老百姓借用演出的大小工具和道具近100多件。下午4时放学后，赶紧在空地（大会的会场）的两个篮球架之间搭舞台，也就是搬出学校的书桌摆成舞台，幕布为队员们睡觉的毛毡，串接起来成为舞台天幕（即背幕）。

舞台前挂上17尺长的大会横额，没有大毛笔，汤洪泰急中生智拿起扫油漆的毛把，蘸墨就在长条布上挥就了"庆祝深圳解放联欢大会"。

大会还没开始，四面八方赶来的老百姓站满整个空地，密密匝匝一直站到四处的田野上，没有侧幕，没有电灯，没有扩音器，只有舞台两侧挂上大光灯（打气的煤油灯）。正式演出8时半开始，节目有：话剧《红军回来了》；歌舞：《五里亭》《雨不洒花花不红》；生产舞：《兄妹开荒》；哑剧：演出《朱大嫂送鸡蛋》；大合唱歌曲：《人民大翻身》《解放军进行曲》。演出近4个小时，至12时多才闭幕。离场者很少，他们想不到共产党还会演戏呢！

演出后，艺宣队队员们都很累了，几天睡得很少还没有地方洗澡，人人都满身臭汗还得善后，拆舞台搬书桌，收布幕拆竹架，一件件点查借来的东西，准备归还……累成这样，还有人写下日记，他是汤洪泰。

他们从进入深圳至演出完毕，只停留了3天。

1949年10月22日下午2时，他们赶赴宝安县城南头，坐上了车。尽管是很残旧的货车，没有上盖只有两侧栏杆挡板的那种货车，人和行李、道具挤迫一起，这样也好，颠簸摇晃也不至于跌倒。从深圳墟到南头大

1949年11月庆祝宝安县解放大会壁报。"会场布置搞得十分庄严美丽，节目也可说很丰富，尤其是我和张允湘搞的壁报，更是全场最精彩的作品，差不多每个经过的人都同声称赞的。"摘自汤洪泰日记，1949年11月10日。（汤洪泰 提供）

约25公里，破烂失修的土路不好走。车到大沙河，一侧的车轮脱离了独木桥走不动了。下河把汽车轮抬上独木桥，一身水淋淋又前进。快到南头了，车轮再陷入烂泥中，越陷越深，大家合力把轮子从烂泥里刨出来，车冲上路，又陷又刨又冲，折腾又折腾，到达南头墟已是傍晚7时多了。货车因为有急事回程了，艺宣队员们只得扛着抬着行李道具。这一群身上干了湿，湿了干的"泥猴"们入城那刻，除了深沉的夜幕还有累和饿。

10月23和24日两天，艺宣队召开会议，总结前段工作。

中共宝安县委和县政府决定于11月5日隆重召开庆祝宝安县人民解放大会。地点设在南头城门对面的较场，那空地可以容纳数千至万人。练兵练武的场所，所以叫作"较场"。艺宣队负责大会会场的策划、布置，宣传和文艺演出。

一切为了"庆祝解放大会"，全队上下又忙得不得了。排练和筹划，汤洪泰去香港采购各种绘画颜料、工具、彩色纸张等装饰布置材料，以及购买和搜集一些小型剧本和歌曲，以补充增加演出的节目。南头墟较场搭棚和设计舞台，绘制主席台的毛主席像、舞台两侧的大宣传画，以及在南头中学礼堂和驻地赶制大幅壁报……

紧张，相比较后来，却是生活稳定的日子。

11月5日，天气晴朗。

较场上搭起的大舞台，台顶上插满了五星红旗，舞台上方悬挂一幅

10多尺长的横额："庆祝宝安县人民解放大会"，舞台两侧有对联。台下摆满各方祝贺花环，较场两侧分别竖起一幅图文并茂配上花边图案的墙报，还有一幅表现支援前线，解放伶仃岛、大铲岛的宣传画。这是较场从没有的新鲜事情，路过的老百姓都停下了脚步……

11月9日，西乡联乡主任梁仓邀请艺宣队去西乡演出，西乡只有一间有上盖没围栏、大石块当座椅的简陋戏院，说容纳五六百位观众，可那天里里外外塞满了不知道多少人，据说是这间戏院演出最成功的一次。

11月10日早上返回南头，第二天黄永光县长亲自召开艺宣队会议，宣布艺宣队改编为政工队。

可按计划还要去沙井和松岗演出。15日松岗演出，这一带喜欢看粤剧，艺宣队用粤曲调子演出的节目《今时唔同往日》很受欢迎。这晚演出天气时雨时停，还没来观看的老百姓极力要求再演多一晚，艺宣队把已拆的布幕重新再装，又演出一场。

11月17日，艺宣队赶去人口一万多的沙井蚝乡。沙井人每逢喜庆事都搭建舞台请戏班来演粤剧，如今渴望艺宣队演出，搭棚工都把舞台建得差不多了，晚上可以登台演戏了。

突然，黄县长派专人紧急通知艺宣队在20日前返回南头县城，说大铲岛解放了，俘虏了吴东权和文栋卿等70多名国民党残兵，要召开全县规模的祝捷欢庆大会。沙井的演出来不及了，他们马上赶回南头布置会场和宣传。25日晚南头城的祝捷大会和演出都很成功。

休息一两天，艺宣队原定计划要回去沙井演出，但是28日，艺宣队又接到紧急任务，庆祝宝安县文教会成立，晚会在南头大新街人民大戏院举办。说是文教界人士参加，可演出时却人山人海，不少解放军两广纵队的同志也观看了，十分热闹。

还去沙井演出吗？艺宣队已经改编为政工队，可以不去演出。可沙井花了不少钱把舞台都搭好了，上次突然撤走，再不去演出，乡里的群

艺宣队队员：前排左起，黄舒、刘玉燕、林庄、梁锦权、黄俊、施金波、黄忠民。第二排左起，容卓伦、杨虹、周琳、陈淑玲、李觉寰、祁书、汤洪泰。第三排左起，刘成浩、唐百川、大容（非艺宣队队员）、陈廷堃、陈立人、张允湘。最后排左起，张伯乐、何淑端、陈丕山、谢维平、钟新声、程耀华。（汤洪泰 提供）

众会很大意见的。

于是，12月2日艺宣队开赴沙井，12月3日完成了他们的最后一次演出。

边纵三团艺术宣传队正式改编为宝安县人民政府政治工作队，简称政工队。艺宣队大部分同志编入第三政工大队中的第一分队和第二分队。原艺宣队队长唐百川任大队长，张允湘和汤洪泰分别任第一和第二分队长。除队长唐百川佩枪支外，张允湘、汤洪泰和祁书也佩上自卫手枪。

几个月的艺宣生活似乎很短暂，却是他们一辈子的记忆，汤洪泰将其整理成文并人手一份。

没有很多修饰的日记。

日记记录了他们的演出：话剧《红军回来了》的红军支队长（**男主角**）汤洪泰饰演，红军的妻子（**女主角**）由林庄饰演，红军的儿子由小同志容卓伦饰，乡长由梁锦权饰，老农由刘成浩饰，还有两三位同志饰演农民等。

日记也记录了他的日常生活：剧情一个多小时，对一次台词都要用4个小时，所以要日日夜夜抢紧排练。要写美术字和绘画，还兼创作漫画、招贴画、壁报，写宣传标语……

可想而知有多累，常常日夜不停，连续通宵几晚。年轻，干劲很足，累，很累，累得倒头能睡坐着能睡，饭吃着吃着也睡着了，眼皮子好像一块铁皮就是架不起来，撑起眼皮实在太难就眯一会儿了，突然惊醒，弹簧一样跳起了又写，或是对台词……累得无法说，高兴也是无法说，演出成功，喝一碗番薯糖水，什么累都甜甜的这种高兴。

就是这样一些"心里有一团火"的事实。

# 文锦渡　扛着一麻袋税款赶路

　　一个被英国人实际控制了62年的九龙关，1949年10月16日，其属下的边境支关和舰艇接到总关命令：不挂国民党旗，改挂海关关旗，有多少人看懂了这一个等候接管的信号……

　　10月19日，深圳军管会主任刘汝琛率队进入深圳。

　　九龙关税务司经蔚斐当晚给黄昌燮电话，希望立即接管九龙关。

　　大势所趋定局在即，刘汝琛和经蔚斐太明白了，可情况有点微妙，刘汝琛回复"迟日再办"，理由"接管工作太忙"，或许他认定接管九龙关已经铁板钉钉实打实，晚点儿不碍事，此时他被一堆接管深圳琐屑事务填充的脑子有多犯困？香港这头的经蔚斐也犯困，如果自己被总税务司革职就无法履行协议。一晚难眠，第二天20日一早即急电黄昌燮"催即接管，免生枝节"，这"枝节"二字是否让刘汝琛打了个激灵？结果立马决定先行临时接管九龙关。

　　这就有了1949年10月21日成立的"九龙关临时接管委员会"，并非不少资料说的"九龙关接管委员会正式成立"。据《海关志》记载，直到11月15日才正式成立九龙关接管委员会。刘汝琛为主任，副主任李国安、蓝杰，谭刚和何财为委员。

　　历史就没有了经蔚斐的如果。

　　九龙关的接管工作千头万绪，刘汝琛必得全力以赴。

　　深圳的工作也有了新安排，10月23日，原任东莞军管会主任祁烽接替刘汝琛，担任深圳军管会主任。

此前，何财任边纵东一支东宝税站总站长，1949年9月他已经参加刘汝琛领导的筹划接管九龙关的工作。1949年10月东宝税务处兵分三路，一路由蓝杰、曾洪带队接管宝安县税务局，一路由王鸣、姚平、李楠带队接管东莞县税务局，一路由谭刚、何财带队接管九龙关。"东宝税务处和属下的东莞、宝安路东3个税务站也相应结束，完成了历史赋予我们为边纵部队筹措经费的艰巨任务。"而"东宝税务处抽调干部到各支关当军事联络员"。

边纵一支三团的战士谢能，就是接管后的首批关警。他回忆10月19日刘汝琛带队进入深圳前，他们连队接到接管九龙关的命令。

出发深圳之前连队曾征求意见，想不想到海关去？几个后生仔互相问了一圈，谁也不知道海关是干啥的，谢能说"哎呀，你们去，我也跟着去，反正都是兄弟……"

就这样，深圳龙华镇大朗村人谢能随队进入深圳，参与接管九龙关。

"我们先在布吉集中，我们连按原计划接管九龙海关，并集中转为海关工作人员。当时，海关关员叫作九龙关警，我那时候年纪轻得很，对新生活充满了激情和好奇，所以特意照了一些照片呢！"

"我们佩枪，虽然全国大多数地方都已经解放，但是好多国民党的残部逃到南方，南方还确实乱得很。一般的老百姓都不敢自己出门，没事就尽量猫在家里。"

"我们一开始拿8斤多重的长枪'红毛狮'，后来换成左轮和驳壳枪。那时候深圳的走私都是武装走私，我们白天出去查私，晚上由于警力不足，一般都不出去。"

谢能说得没错，很长的一段时间，他们都配备武器上岗。不仅国民党派特务从香港潜入深圳，还派飞机偷袭过多次，以广九铁路沿线的货场和车站为目标，深圳火车站堆放的货物和汽油桶几次中弹着火。1950

年2月24日，还空袭了文锦渡支关，炸毁了房屋和进口物资，年底才得以重建。

谢能熟识文锦渡，一到深圳就去了文锦渡，记忆中的文锦渡和今天相比就是一个小山包。

"我们在文锦渡连续训练了几个月，原本把我们派往葵涌海关，但那时候三门岛还没有解放，我就留在了南澳。"

南澳的缉私人员总共有20多人，其中有3个旧关警，这些原来英国人控制九龙关时的人员懂英文、懂海关业务，谢能这批新关警渐渐学会缉私、查私、验货、打税等业务。

那时候生活还很艰难，连走私货也多是紧俏的食用油、布料、煤油等生活用品。不过，这批旧关警的工资还是按照原来标准的几百块钱，而谢能他们每月只有5块钱。谢能记得一起工作的旧关警黄文槛，在这位比自己年长许多、胖嘟嘟的香港人眼里，自己是个啥也不懂的小毛孩子，难怪他不时笑话自己。

"看着人家每天早餐吃鸡蛋奶粉，我们只有眼馋的份儿，我们几乎每天都守在单位，他们却每月还有7天的探亲假，真是让人羡慕。"

"我们并没有因此而发出半句怨言。"

谢能印象最深刻的是查获了一批数量极大的煤油走私，按规定打税，收下的税款竟然装满整整一麻袋，谢能独自扛着一麻袋税款赶路。出力气累点不是问题，问题是一麻袋的钱，从来没有经手这样多的钱，怕有闪失，神经紧绷绷的。没有直通车返回深圳，从南澳坐船经水路再上陆路，结果兜兜转转走到香港上水，就是现在文锦渡的对面，背着麻袋返回深圳境内。当时边界并没封锁，可以自由穿行，有过许多国民党特务过境破坏的案子，从香港扛着这么一个大麻袋过来，文锦渡的警察自然注意上了："你麻袋里面装的是什么？"

谢能说："我是海关的，里面全是税款！"

1948年下半年曾百豪在宝安县立简易师范担任英文老师，领导学运时，不会想到1949年的红色转折如此迅猛，更没想到会进驻大铲岛，会成为深圳解放后大铲海关第一任关长……（张黎明 拍摄）

　　警察一听就说"快！快！快！"，还帮谢能把麻袋抬到文锦渡海关执勤点。这才长长舒了一口气，奔波了一天，累了……

　　1949年10月21日接收九龙关前有张下属支关分布图，图上有18个支关，可接收数字只有11个支关。那7个支关哪里去了？其实，盐田、小梅沙、南澳、沙鱼涌4个支关，1948年7月已经撤销。1949年10月，三门、大铲、垃圾尾都还有国民党残部，不及接管就自行解散了。

直至清除国民党残部后，1950年1月大铲岛重建海关，曾百豪带着一个排进驻大铲岛，成立了军管会，组建大铲岛海关，曾百豪成为深圳在中华人民共和国成立后大铲海关第一任关长。那时的大铲岛交通极为不便，岛上30多个渔民头痛脑热看病吃药都成了问题，海关成立，这下渔民们高兴了，他们可以坐海关船进出了。

谢能有个老乡谢俊强，也调到了大铲岛。曾百豪带领谢俊强等人在岛上办起了小学校，关长和关员轮流教课，岛上的渔民都把孩子送到海关小学校，热闹得很。

当时伶仃岛一带还盘踞不少国民党残部，谢俊强他们晚上放哨，白天查船。有一天，谢俊强值班，凌晨4时交班。交完班还没来得及上船就听见炮声隆隆，火光一片，山头烧起来了，山上的猴子吓得满山乱窜吱吱地叫……原来，国民党军出动了8条军舰围攻大铲岛，舰上开炮猛轰大铲岛。海关立刻还击，一直打到早晨8时，国民党兵都没敢登陆，深圳的部队派出支援船只，国民党军舰不敢恋战赶紧撤退。

海关志大事记记载，1950年3月31日至4月1日，国民党军舰连续两晚炮轰大铲岛，大铲支关关警2人受轻伤。

1951年2月15日，广东省人民政府决定实行边境管理。来往香港的旅客须由对外开放口岸持凭公安机关签发的通行证进出境，其他沿海边沿地区一律禁止进出。3月8日，是日起，陆续将蛇口、桂庙、沙头、莲塘、沙头角、沙鱼涌、白石洲7个支关的人员、房屋、武器装备移交边防公安第三分局，并将边境查私工作和巡逻任务移交给边防部队。

国民党军纷纷逃到大铲和伶仃等岛，1949年11月6日，大铲岛解放。1950年4月18日，内伶仃岛的国民党残部亦被歼灭。至此，宝安县境内全部解放。

## 山厦村　一封司令部密函

2017年1月，深圳原粤赣湘边纵队战友联谊会慰问深圳平湖山厦老区时，听说1949年10月中旬，南下大军第四野战军的一个营秘密进入山厦村，并且驻了近两个月，真有其事？岂不是违反了中央不准武装部队进入深圳的命令？

2007年6月28日，笔者采访1949年10月担任深圳军管会秘书的曾百豪。他尤其强调中央命令武装部队不能进入深圳，以东莞为界，因为深圳毗邻香港，是非常敏感的特殊地方，武装部队进入怕引起和英国的纠纷，产生国际上的负面影响。因此，1949年10月19日仅以警察维持治安的名义进入深圳。

他说出了一个小秘密：我向军管会主任刘汝琛提议，既然武装不进驻，是否以警察的名义，以维持治安的名义进入深圳呢？刘汝琛请示叶剑英，叶剑英和方方商量后也没决定，又请示周恩来，结果同意以警察的名义进入深圳维持治安。

2017年1月4日，赶到山厦村找到那位言之凿凿说当年亲眼见过"大军"的叶润牛，一位86岁的长者。

叶润牛说不仅仅他见过，当年见过大军的人，村里活着的还有60多人——

1949年10月14日，中国人民解放军第四野战军解放了广州。15或16日中午，那天我们就在铁路两边割禾，我才16岁。一列火车往南开过去了，拖着装满军队的大约10节平头货卡。咦？当时国民党153师驻守樟木

广九铁路穿过这一个叫山厦的村子，铁路两旁高楼林立……
1949年10月中，路两旁只是无尽的田野，村里人正在割稻子，
一辆满载军队的列车过去了。（吴勇利 拍摄）

头至深圳这段，是国民党兵拉兵走佬（逃跑）？车过去一个多小时，中午从铁路平湖走过来一队人马，人很多，背着行李还有马拉着东西，看清楚，不像国民党军，胸章标着"中国人民解放军"，背着两条米袋穿着草鞋，也有穿旧烂的皮鞋，打着旧的绑腿。装束也不像常来村里活动的本地游击队，我们认识。我们挑谷回村，哇，整个村子都知道了，说"解放军来了"。原来解放军15日有一个师进驻了东莞石龙、樟木头，列车载的是他们的一个营。

叶润牛当年也就一个10多岁的孩子，怎么知道这是四野的部队？

他们一点也听不懂我们的话，我们全围只有一个人会听会讲他们的普通话。我们村的老书记，当时是秘密的，不知道他是党支书，只是知道他常常出来活动，是我的堂叔，他说营长带着一封司令部密函，指明驻到山厦。老支书向教导员担保这个村没有问题，大可以放心，劝他们搬进屋里去，营长、教导员电话问过华南分局特委，经四野司令部同意

叶润牛："大军一开始不肯住入围内，一律住在山边和围边。老支书叫我们后生仔帮手，哇，回家搬床板，腾出屋、杂屋、祠堂、书院、闲屋……"第四野战军1949年10月住过的山厦祠堂，现为山厦革命历史纪念馆，在深圳市龙岗区平湖山厦香山路25号。（吴勇利 拍摄）

才从巷外、山头搬进老百姓的闲屋、杂屋、祠堂、书院，但要战士严格遵守三大纪律八项注意。一个营4个连有500至600人，一个连驻横头山，一个连驻井头岭，一个连在山厦村外，一个连在我们山厦围边。那天夜晚，忙得几乎没有睡……

此时，叶润牛想起什么，特别强调：我们村是红村。

红村？想起谢维平，这当年观澜武工队队员吃惊的正是平湖山厦村，几十年过去了，说起还轻轻摇晃脑袋选声说了几个"好感动"：我们3人到山厦村监督民主政权的选举。山厦村南边的平湖车站驻了国民党警察，北边的天堂围也有国民党军队。山厦村却建立共产党政权，哎呀，好热情，晚上的地堂（晒谷场）亮着大汽灯，村子里的男男女女100多人都出来了，就在地堂投票选举村长，有选票有投票箱，没用"豆选"。想不到一个小小的村子竟然敢这样选举自己的村长！这个村子20世纪20年代就有党支部，真的不一样。当时，应该是1949年八九月……

叶润牛说村里早准备迎接大军，以为会打一仗，担架队、茶水队都备好了，盼穿眼了，谁想到在路边割禾，解放军来了。初始，解放军很机密，他们有无线电和外面联络，不出来的。后来天天出来帮老百姓割禾，挑禾秆草，佩服！

这就是"大军"选择驻扎山厦的原因？

叶润牛说：不仅仅这样，为什么游击队喜欢这里？我们这里是惠东宝三地交界处，山厦在中间，广九铁路穿过山厦，南边是平湖站，北边是天堂围站。铁路的东边是惠阳塘沥，西边是宝安的观澜、龙华和大岭山，路东路西就以铁路分界。抗战时期就设了一个共产党的情报站，护送游击队员过铁路，侦查日军物资或军队调动等情况，作用很大。1949年国民党军队连游击队谁是头都知道，整天来这里踩踏、围堵，村里人怕他们，恼他们，这里一安全，二交通方便。大军住了一个多快两个月，才逐步移到平湖、布吉等地。

怎么知道他们到了平湖和布吉？

他们撤走的时候，干部逐家去调查，问有没有损坏老百姓的东西，如果有就要赔偿，还特别说有的战士刚从国民党军队解放过来，如有损坏东西一定要告诉他们，不要怕，会如数赔偿。走的时候，也不要我们送。我们问老支书，要去哪里？他说机密吧，去打海南？后来，我们担糖担谷走铁路出深圳圩，过平湖、布吉铁路桥的时候，看到守桥的战士，认出了，驻过我们村的！他们守铁路，后来打大铲打伶仃这两个岛，怕都参加了……

叶润牛说过自己的身世，他本不姓叶，抗战时走日本仔，1939年从佛山逃难到香港才五六岁，没有安稳的日子，香港沦陷了，爸妈死了，一个家就散了。他们又到处流浪，姐姐留在香港，大哥到了龙门，自己被山厦村人捡了，做了叶姓人家的"捡仔"，活下来了。

叶润牛身世苦难，述说时平和极了，语调不见起伏顿挫，说到1949

叶润牛："第二天朦朦光，我们刚起来就听到他们唱歌了，集队了，唱的那个（老人顿了顿，轻轻用普通话哼出了歌词）'革命军人个个要牢记，三大纪律八项注意'。"（张黎明 拍摄）

年时语调突然升高，说自己和一群乡村孩子如何开心和高兴学讲普通话，"吃饭"的普通话"吃饭"不像平湖话"食饭"……

笔者依旧疑惑，不是规定武装部队不进入深圳？

叶润牛没丝毫惊讶："山厦当时属东莞塘厦区，平湖属宝安县，大军没有进入深圳，平湖火车站属宝安，他们下车不出平湖站，回头直到我们山厦村。"

止于东莞界，此时恍然。

叶润牛说到政权："不久后就分区了，省里把山厦归宝安县划入观澜为山厦乡，20世纪50年代土地改革，我成了第一居民组的组长，通知20多户人家开会，好开心。"

"周吉（副县长）以前经常来，本来熟识，其他人黄永光（宝安县县长）、祁烽（沙深宝军管会）、余术，时间长就熟了，他们就在蔡屋围……"

一个普通的16岁孩子，身处深圳的大转折。

# 尾声

　　1949年10月2日"广东战役"拉开序幕，广东战役联合指挥部司令员叶剑英、副司令员陈赓率三路大军南下。

　　其中南路军两广纵队一路高喊：打回老家去！沿途百姓口口相传"东纵"回来了，这一点不假……1947年8月宣布成立的两广纵队以北撤山东的东纵人员为主，"列入华东野战军建制，1949年3月改属第四野战军建制"。

　　10月8日两广纵队进入广东东北部和平，次日粤赣湘边纵队司令员兼政委林平等领导全站在龙川城外，翘首以盼离别3年的两纵司令员曾生等战友。老隆通往龙川城的大路人如潮水，口号声、歌声渐行渐近……北和南的两道人流开始飞奔，融合的瞬间即成江河，曾生和林平恍若孩子般大笑，用尽力气捶打和拥抱……

　　两纵和边纵会师广东龙川组成南路军，两纵第1、2师及炮兵团约1.36万兵力；边纵主力4个团直接参与广东战役，东江第一、二、三支队，北江第一、二支队（**不含湘南、赣南支队**）均在各区配合作战，约3万兵力。

　　南路军分三路联合作战。

　　第一路指挥部和两纵第1师、边纵独立第六团自河源南下，15日与东三支配合解放博罗县城后，至广九线之樟木头。

　　第二路两纵第2师、边纵独立第二团先后由东一、二、三支各部配合，自河源进逼惠州。

第三路边纵独立第一、三、四团，四支队自博罗麻陂附近横渡东江，经惠阳多祝、坪山、新圩等地，14日进至广九线之樟木头，15日插到虎门附近，截断广州守军东南出海口。

三路大军乃奔涌之江河，流淌、渗透，淹没已成孤岛的国民党控制之城镇……

至11月4日广东战役结束，历时34天，共歼灭国民党军6.2万余人（其中毙伤1万余人，停房4.1万人，起义投诚和接受改编1万余人），接着向广西进军……

南路军留守广东期间，一场政权的战役也在进行。

早在广东战役初始的10月，时任江南地委副书记的祁烽和东江行政委员会副主任叶锋等奉命带电台进入东莞和宝安地区。

10月19日，深圳宣布解放，刘汝琛任深圳军管会主任。

10月20日，中共宝安县委机关迁往县城南头，隶属中共江南地委，12月改属东江地委。

10月23日，原东莞军管会主任祁烽率3个连进驻深圳，接替刘汝琛，担任深圳军管会主任。

10月27日，华南分局为加强深圳、宝安边界工作，设立中共沙深宝边界工作委员会（简称"沙深宝工委"），祁烽为书记，徐麟村、黄光宇为副书记。根据中共中央指示，不设广东省委，东江地委和沙深宝工委直属华南分局。

2006年8月12日，笔者曾就这段历史采访祁烽，80多岁的他一点也不含糊：

我们挂的招牌是"广州市军管会沙深宝分会"，而我们党内名称为"沙深宝边界工作委员会"，现在有说"沙深宝边区工作委员会"，哈，哪里有边区？就是沙深宝边界工作委员会！

祁烽特别说到一个小小的秘密：其实我们两个牌子一套人马，对外称军管会，党内简称沙深宝工委。

1949年的深圳大转折并无悬念，中国共产党全面掌握政权。

10月21日，香港《大公报》报道香港和深圳之间恢复通邮，"市面恢复平静""广九路沿线障碍肃清治安无虞"。28日《宝安人民报》创刊，30日全县中小学复课，至11月11日宝安县人民法院成立，19日广九线铁路商人包车运行恢复通车……

不止一个亲历者说：我们掌权了，我们面临着昨天国民党政府的同样问题"禁毒禁赌和治安筹粮"，但更严峻的是国民党多次派飞机轰炸深圳铁路沿线，直至1950年2月24日到3月3日，一周就两次空袭深圳，前炸文锦渡口岸，后炸布吉附近广九线行进的火车，数十平民伤亡。3月31日至4月1日，国民党军舰连续两晚炮轰大铲岛。

而利用深港边界便利潜入宝安的国民党特务更不计其数……20世纪50年代初，宝安县政府征粮工作队南头隔岸村征粮小组6名成员突然失踪，所住祠堂仅剩被翻乱的征粮册子。人呢？在红荙的草地发现他们的手被绳子反绑身后，一列排开脸朝下趴着，排着队被枪杀了。

国民党特务黄灿佳从香港潜回隔岸村和放高利贷的冯照妹共同作案，重金收买了10多个以单车走私为职业的年轻人，趁队员们睡熟的深夜翻过围墙，从祠堂屋顶攀爬进入……

《叶剑英传》记载：据广东省1950年一年的不完全统计，残存匪特所进行的袭击、暗杀、破坏、放火、放毒事件共达488起，杀害中共军政人员、农村干部及农民积极分子1,898人，破坏桥梁18座，毁坏粮食1.414万担。

自广东战役开始，类似案例颇多，终究挡不住大势——

1949年11月，华南分局正式划定东江行政区域，在惠州建立东江地区的党、政、军领导机构，辖惠阳、东莞、宝安、增城、从化、龙门、博罗、河源、紫金、五华、龙川、和平、连平、海丰、陆丰各县。

中国共产党东江地方委员会（简称"东江地委"）成立，梁威林任书记，王鲁明、钟俊贤任副书记，王鲁明兼任组织部部长、监委书记，卓扬任宣传部部长。

11月6日，广东省人民政府成立，主席叶剑英，副主席方方、古大存、李章达。所设惠州的行政机构：东江区行政督察专员公署。叶锋任专员，刘宣任副专员。

11月17日，华南分局和原广东军区指示，惠州设立广东军区第三分区。

无疑，1949年11月东江地区已建立党、政、军权力机构，并不断调整完善。

1950年初华南分局提出首要任务"稳定经济，安定团结"，抓住重整社会秩序的关键，一要清匪反霸，军分区派出剿匪部队，剿灭海陆丰、增城、博罗、龙门来不及撤退与当地恶霸、土匪勾结的国民党残部，全年剿匪8000人。二要稳定金融市场，除南方银行定期兑换老百姓手中法币外，广东全省在同一天统一行动，扫荡地下钱庄，严禁黑市、地下银庄的港币交易，力克因货币大贬值引发金融市场的乱象。

留守广东的两纵和边纵正是稳固政权的钉子，1950年初列入原广东军区建制，编为广东军区第三分区和广东省公安总队。

1950年2月，整编后原活动在宝安地区的边纵东一支三团第二营移防宝安县，4月按全国统一编制改为宝安县大队，驻守沙头角、深圳、南头、沙井一带边防线，执行内务、剿匪、保护土改等任务。

1949年的大转折，尘埃落定。

相关附录

# 大事记

## 民国三十八年

### 1949年

1月，江南支队改称为粤赣湘边纵队东江第一支队，下辖7个团，2个独立营，1个教导队，兵员达1万人。三团驻东宝地区。

同月，成立中共宝安区地方委员会，张辉任书记。

2月，东江第一支队二团在惠阳将军坳活捉宝安县县长陈树英。

8月下旬，根据中共江南地委指示，成立中共宝安县委、宝安县人民政府，黄永光任县委书记兼县长。

9月26日，深圳民乐戏院（今人民戏院）开业。

9月，坪山力行中学创办，1950年改名坪山中学。

## 中华人民共和国时期

### 1949年

10月15日，新华社公布，"广深"全线解放。

10月16日，县城南头解放。

10月18日，国民党驻深税警团和护路大队1,400名官兵宣布起义。

10月19日下午4时30分，宝深军事管制委员会主任刘汝琛率队接管深圳，宣告宝安陆地全部解放。

10月20日，中共宝安县委、县人民政府随解放大队进驻县城南头，正式接管党政事务。

10月21日，九龙海关1,134名员工宣布起义。

10月23日，中共沙深宝边委成立，直属中南局领导，边委书记祁烽。

10月25日，县政府各科成立，设军事、财务、民政、财粮、文教、经建6个科。

10月30日，深圳镇和3个联乡办事处及10个乡人民政府宣告成立。

同日，全县7所中学、147所小学全部复课。

11月11日，宝安县人民法院成立。

11月16日，两广纵队炮兵团解放大铲岛。

11月19日，广九铁路恢复通车。

是年，全县67,200户，268,310人（其中蚝民3,680人）；有蚝田3,600亩，年产鲜蚝7,000担，农业总产值3,757万元，工业总产值655万元（按1980年不变价折算）。

（摘自《宝安县志》，广东人民出版社，1997年版）

# 东江纵队北撤

东江纵队北撤旧址沙鱼涌位于今葵涌街道办事处。经历八年艰苦抗战后，人民渴望和平建国、安定生活。中国共产党派出以毛泽东、王若飞为首的代表团于1945年10月10日飞抵重庆，与国民党展开谈判，签订"国共代表会谈纪要"，即"双十协定"，中共同意让出广东等八个解放区。1946年1月10日，中共代表和国民政府代表正式达成停战协议，并由国民党政府、中国共产党和美国政府三方代表在北平（今北京）成立军事调处执行部，下设若干小组，分赴各地调处军事冲突。4月18日，国共两党代表在重庆签订"中共广东武装人员北撤山东烟台协议"，并发表联合公报。之后，国共代表继续在广州谈判北撤具体问题。5月21日，军事调处执行部第八执行小组、国民党广州行营和中共华南武装力量代表共同签署了"东江停战和华南中共武装人员北撤问题联合会议决议"，并于23日发表北撤公报。东江纵队冲破国民党的围追堵截，陆续集中到沙鱼涌。6月30日，北撤人员2,583人，其中包括东江纵队2,423人、珠江纵队89人、韩江纵队47人、南路23人、桂东南1人，分乘三艘美国登陆艇，离开沙鱼涌，北撤山东烟台。沙鱼涌北撤旧址见证了东江纵队坚决执行党中央的决策，为了国家和平、民主而北撤的那段历史。1985年，原东江纵队司令员曾生亲手题字"一九四六年六月三十日，人民抗日游击队东江纵队及各江武装部队，为了坚持国内和平，从此登船北撤山东"，镌刻在沙鱼涌海边。1989年，宝安县人民政府在沙鱼涌建立东纵北撤纪念亭。

（摘自《深圳博物馆基本陈列·近代深圳》，文物出版社，2010年版）

# 人民政权诞生

　　1949年10月上旬，中国人民解放军两广纵队抵达东莞石龙，宝安县人民武装驻扎在龙华、乌石岩一带，深圳镇的国民党军政人员纷纷逃散，社会秩序极为混乱。深圳商会组织纠察队维持社会治安。10月16日留守深圳的国民党税警团和护路大队1,500余人集体投诚，迁驻黄贝岭，听候改编。19日下午，宝深军事管制委员会主任刘汝琛率领接管人员160多人直抵深圳，接管国民党地方政权——深圳镇公所，成立深圳镇人民政府，镇长陈虹把"深圳镇人民政府"的牌子挂在深圳"共和押"当铺门前，宣告人民政权诞生。当晚，各界代表及人民群众千余人在民乐戏院（后为人民电影院）举行庆祝大会，刘汝琛宣告深圳镇解放。港九工联会派出三四百人的劳军慰问团前来深圳，送上"没有共产党就没有新中国"的锦旗，表达了港九工人的深情厚意。

（摘自《深圳博物馆基本陈列·近代深圳》，文物出版社，2010年版）

# 东宝烽烟

　　中国人民解放军粤赣湘边纵队东江第一支队第三团（以下简称东一支三团或三团），是在中国共产党领导下于解放战争时期建立起来的一支人民武装部队。它以东江纵队（以下简称东纵）留下的人员为骨干，继承和发扬东纵的光荣传统，经历了艰苦斗争的严峻考验，为东（莞）宝（安）人民的解放事业作出了重大的贡献。

　　三团的活动地区，主要是东莞、宝安两县，东、宝地处广州和香港九龙之间，东江下游南岸，南临珠江口，广九铁路贯穿两县，是我国对外通商交往的重要口岸。该地控制广九铁路之咽喉，扼守珠江之要冲，为历代兵家必争之地，具有极其重要的战略意义。

　　东宝人民具有光荣的革命传统。早在一百多年前，东、宝人民在鸦片战争中就英勇抗击帝国主义的侵略，维护祖国的尊严。辛亥革命时期，人们在孙中山等民主革命家的号召和领导下，英勇投入推翻清朝封建统治的斗争。中国共产党成立初期，东、宝地区就建立了党组织，开展轰轰烈烈的农民运动，有力地支援和配合国民革命军东征，狠狠打击反动军阀。第二次国内革命战争开始后，东、宝人民在中国共产党的领导下，积极进行了武装暴动的准备，声援广州起义。抗日战争时期，东、宝人民开展了如火如荼的抗日救亡运动，东江纵队转战东江南北，深入港九敌后，挺进粤北，发动和组织人民群众，团结爱国华侨和港澳同胞，英勇打击日本侵略者，威震南疆，蜚声海外，建立了不朽的功勋。东、宝人民在长期的革命斗争中，夺取了一个又一个伟大胜利，谱写了许多可歌可泣的历史篇章。

抗日战争胜利后，为了全国的和平、民主，东江纵队奉命北撤山东。此时，国民党反动派在美帝国主义的支持下，发动了全国性的内战。国民党广东军事当局乘机对东江纵队复员人员和人民群众实行残酷的迫害，老区的党组织受到严重破坏，民主政权受到摧毁，广大人民处于水深火热之中。为了对付国民党反动派发动的反革命内战，保护复员人员和人民群众，留下坚持斗争的武装队伍，在中共广东区委领导下，及在广大人民群众的支持下，英勇顽强地坚持自卫反击，保存了自己，保护了人民，为后来恢复武装斗争积蓄了力量，奠定了基础。

1946年11月，中共广东区委遵照中共中央的指示，决定全面恢复惠、东、宝地区的武装斗争，成立以惠东宝特派员为领导的建军委员会，筹建惠东宝护乡团，开展武装斗争。

1947年春，根据中共中央和中共广东区委的指示，东、宝地区的党组织迅速建立和恢复活动，同时成立惠、东、宝人民护乡团，下辖三个大队，其第三大队活动于东、宝地区，这就是三团的前身。第三大队成立后，广泛发动人民群众，开展反"三征"反迫害斗争，破仓分粮，打击和摧毁国民党乡村反动政权和反动武装，反内战的斗争烽火，燃烧起来了。

国民党反动派为了图谋消灭东、宝地区的人民武装力量，从1947年12月开始，调集重兵对东、宝地区发动了两次大规模的"清剿"。第三大队在敌强我弱、斗争残酷的困难条件下，以忘我牺牲的精神，投入伟大的人民解放战争。1948年春，根据中共广东区委的决定，把惠东宝人民护乡团扩建为广东人民解放军江南支队，原护乡团第三大队扩建为江南支队第三团。江南支队成立后，三团正确执行"集中优势兵力，各个歼灭敌人"的军事原则，主动寻找战机，内线外线相机歼敌，给敌人的"清剿"部队以有力打击，并在尹林平同志及支队领导直接指挥下，配合一、二团兄弟部队作战，取得了沙鱼涌、山子下、红花岭等一系列战斗的重大胜利，扭转了战局，迎来了辉煌胜利的1949年。

1949年1月，中国人民解放军粤赣湘边纵队成立，江南支队第三团改称为东江第一支队第三团，它标志着东、宝地区人民武装力量进入了一个新的历史阶段，跨进了正规化部队的行列。为了迅速建立和巩固以东江为中心的战略基地，三团发动了强大的春季攻势，歼灭了敌人大量的有生力量，解放了大片乡村和人民，战略基地不断扩大和发展。4月，人民解放军横渡长江，国民党反动派"隔江而治"的梦想彻底破灭。在各解放战场节节胜利的推动下，三团配合南下大军，迅速扫清区内残敌，解放东、宝全境。

（摘自《东宝烽烟——粤赣湘边纵队东江第一支队第三团史》，广东党史资料丛刊编辑部出版，1996年版）

## 深（圳）镇机关调查表（1949年9月）

| 名称 | 负责人姓名 | 兵力或业务资料 | 驻地 |
|---|---|---|---|
| 粤港边区警备总队部 | 梁杞 | 辖3个大队计9个步兵连、1个机枪连，兵力分布各地 | 深圳向南村 |
| 深圳宪兵连 | 陈菜 | 省兵一班，每10天或一星期，由广州输调一次 | 罗湖火车站 |
| 深圳警察所 | 何鸿钧 | 督查2名，巡官2名，警察20名，配重枪20支，各子弹25颗 | 深圳圩东新街 |
| 深圳镇公所 | 袁志超 | | 深圳圩东兴街 |
| 深圳警卫队 | 袁志超（兼） | 队兵25人，配步枪20支，每支配子弹35颗 | 深圳圩 |
| 深圳税捐分处 | 黎士孝 | | 深圳圩□兴街 |
| 深圳田粮办事处 | 简静远（主任） | | 蔡屋围 |
| 公路处交通站代理所 | | | 联星车站左边 |
| 海关 | | | 罗湖山顶 |
| 卷馀税局 | 黎葛天 | | |
| 保民代表会 | 张烦燊 | | |
| 三区局公路车辆管理处 | 李创强 | | |
| 绥署谍报队 | 梁皆 | | 邮局后面楼上（即南庆街联升旅店） |
| 广东省行 | 温境（主任） | | 鸭子街 |
| 招商局无线电台 | | | |
| 深圳财务委员会 | 赖铁民（主任委员） | | |
| 联□部军粮调配广九站 | 黄芳 | | |
| 深圳税捐征收处 | 刘珠 | | |
| 粮食市场管理处 | 潘仰昌（主任） | | 安仁居堂 |
| 邮政局 | 麦锦波 | | 鸭仔街 |
| 深圳商会 | 御维永（理事长） | | 东新后街 |
| 宝安县情报组 | 陈□□（组长） | | 南庆街泰山旅店 |
| 调节处 | | | |

# 后　记

　　直到今天，我仍然记得12年前——2006年2月21日，深圳原粤赣湘边纵队战友联谊会的理事会议，近20位最年轻的也已70多岁的他们，正计划3年后的2009年，粤赣湘边纵队成立60周年的活动，年迈没影响他们的坚定：把我们边纵的历史写下来……这就是《解码边纵——粤赣湘边纵队口述史》的缘起，也是今日《大转折：深圳1949》得以完成的重要因素。

　　今天这辈人的在世者越来越少，最年轻的也八十多了。2016年11月17日《我们深圳》丛书首发式结束，深圳原粤赣湘边纵队战友联谊会常务副会长卓辉特意对深圳史志办主任黄玲和我说，写一部深圳的1949年，3年后的2019年是粤赣湘边纵队，也是中华人民共和国成立70周年……

　　黄玲仅有一句话：你们找对人了。

　　也许不见我应许，他的声音变轻，轻得有点涩哑：我们都老了，人也越来越少，你若不写……也就不写了，不写就没有了。

　　"不写就没有了。"

　　非虚构写作和写小说不一样，不能天马行空自说自话，单凭自己完成，需要向导，需要亲历者，需要海量资料，需要求证核对，因为这和东纵、边纵的他们断不了缘……许多帮助过我的人，想说感谢都来不及，人就走了。

　　记得曾强，当知道我需要前往香港的向导，他毫不犹疑和何鹏飞、卓辉带着我寻觅香港当年的秘密交通线，"大营救"时曾鸿文（曾强父）护送文化人的大帽山，这香港偏僻之地得靠两条腿，他腿脚不好却硬是走完全程。

记得郑群，他亲自联系当年的曾坤延、麦启华、袁创，带我行走九连山和东纵北撤后几十名战士隐蔽在江西归美山的银线山坑。

记得那个粤北的寒冬，从韶关一路寻找，奇心洞、湖南汝城、胡凤璋山寨，几近无路可觅的沮丧还有寒冷，都被何祥、欧阳英、陈玉英的暖意化解了。

记得那些流传至今的东纵和边纵照片，甚多出自罗欧锋之手，当年他拥有一部珍贵的莱卡相机。

记得黄翔，从2006年起每隔十天半个月，都会接到他的电话，很亲很亲的亲人感觉，总有这样一句：书写好了吗？书什么时候出版？

他们给予你百分百的信任，毫不掩饰地等待和渴盼，温情和力量。那些年领我寻觅的亲历者怕有50多人，何止？每到一处，又有新的向导，一个找出一个，一个又一个甚至几个，不仅仅是当年的边纵老战士，还有老百姓，特别记住在香港带我穿街走巷的香港大鹏同乡会那没留下姓名的长者……

没有他们绝对不可能完成当时行程两万多公里，横跨三省的实地寻访和调查。

因书结缘的向导、朋友，甚至不知道姓名，就这样毫无预兆地横卧在胸，这种感觉很重，重得2016年的我对他们的"深圳1949"，无法说"不"。

他们不仅仅是他们，更有多年来支持联谊会的深圳市民政局、宝安区民政局，以及那个年代他们立足和赖以生存的老区，一直支持他们的深圳老区老村，村子如今改名了：深圳市水围实业股份有限公司、深圳市山厦股份合作公司、深圳市龙华弓村股份合作公司、深圳市蔡屋围实业股份有限公司……

他们不仅仅是他们，三和国际集团的董事长张华，鲜有人知他是深圳东江纵队粤赣湘边纵队研究会的名誉会长，而在老战士们的眼里，他是三虎队灵魂人物张玉指导员的儿子，张玉走了，儿子张华成了三虎队老战士们每年相聚的召集人；香港新界沙头角南涌村"港人抗日第一家"的罗家后人，黄小抗、黄俊康、黄小平、罗志威、罗志红、罗凯明、罗海婴、罗丽嫦等都血脉相承……2018年年初在罗家大宅作为"沙头角抗战纪念馆"馆址的仪式上，黄小抗致辞痛斥"港独"思潮一派胡言，哀伤当下年轻人不知道父兄辈浴血奋战赶走侵略者之艰难。而其弟黄俊康早在2016年就捐赠了几千册《血脉中华：罗氏人家抗日纪实》给深圳的中小学及图书馆，以期铭记历史。

2017年5月至2018年4月，整整一年，埋案进入文本创作。

感恩深圳原粤赣湘边纵队战友联谊会从筹划开始至采访和创作一如既往的支持，感恩所有各尽所能给予协助的史志工作者、亲历者、知情者和老深圳：黄玲、何鹏飞、卓辉、廖远耿、梁柏合、梁仓、陈敏学、汤洪泰夫妇、陈梅英夫妇、张伯乐夫妇、邬少尉、张明胜、蔡培、幸镜如、赖荣茂、戴建邦夫妇、叶润牛、龙邦彦、江福仁、林谭煌、郑鉴枢、周梓森、刘蔚娟、林庄、刘成浩、刘成仪、刘成恩、陈永申、易凤仪、刘伟良、刘镇、张杏元、袁匡年、陈淑梅……香港大鹏同乡会，以及联谊会办公室卢小玲、曾卫平协助联系当年的老村老战士和知情者，曾卫平更是从开始的资料搜集至文字录入、细节核实等都给以不可替代的帮助。

深圳方志馆文献阅览室和宝安档案馆让我看到深圳档案管理的规范和便民，谢谢申晨、雨芬等专业的档管人员，还有一些大力协助却不肯留名的朋友，只能把感激存储在心。

2006年，深圳史志办和深圳原粤赣湘边纵战友联谊会共同策划完成的粤赣湘边纵队口述史，时至今日才深感及时和重要，没有那3年寻访而得的录音和图片资料，许多亲历者离世之后，就无法完成这部《大转折：深圳1949》。

因为寻找图片，笔者和电影电视编导殷秀明、民间收藏家吴勇利结缘，得到他们相助，想不到这些80后的年轻人，对东纵边纵历史有如此自发性的探求，历史是通向未来的幽径而已……

再次感谢深圳史志办、深圳原粤赣湘边纵队战友联谊会以及深圳我的父老乡亲们。

2018年4月20日
于麻陂石泉

后记

311

总策划/出版人：胡洪侠
策划编辑：孔令军
责任编辑：岳鸿雁
校　　对：杨　杰　林洁楠
装帧设计：李　斌

**图书在版编目（CIP）数据**

人转折：深圳1949 / 张黎明著. —— 深圳：深圳报业集团山版社，2019.3
　　ISBN 978-7-80709-885-0

　Ⅰ.①大… Ⅱ.①张… Ⅲ.①纪实文学 – 中国 – 当代
Ⅳ.①I25

　中国版本图书馆CIP数据核字(2019)第037160号

《我们深圳》文丛
深圳市文化创意产业发展专项资金资助项目
坪山区宣传文化体育事业发展专项资金资助项目

# 大转折:深圳1949
**Da Zhuanzhe Shenzhen1949**

张黎明　著

深圳报业集团出版社出版发行
（深圳市福田区商报路2号 518034）
中华商务联合印刷（广东）有限公司印制
新华书店经销

开本：889mm×1230mm 1/32
字数：270千字
版次：2019年3月第1版　2019年3月第1次印刷
印张：10
ISBN 978-7-80709-885-0
定价：68.00元